escavando a verdade

A arqueologia e as incríveis histórias da Bíblia

Ao Maurício
Que Jesus o abençoe

Rodrigo P. Silva

CASA PUBLICADORA BRASILEIRA
Tatuí, SP

Direitos de publicação reservados à
Casa Publicadora Brasileira
Rodovia SP 127 – km 106
Caixa Postal 34 – 18270-970 – Tatuí, SP
Tel.: (15) 3205-8888 – Fax: (15) 3205-8900
Atendimento ao cliente: (15) 3205-8888
www.cpb.com.br

3ª edição
2ª impressão: 2 mil exemplares
Tiragem acumulada: 18 milheiros
2016

Editoração: Márcio Dias Guarda e Ozeas Caldas Moura
Projeto Gráfico: Rogério Porto
Capa: Flávio Oak
Fotos de capa: Escavação: William de Moraes
Demais imagens: Domínio Público

IMPRESSO NO BRASIL/*Printed in Brazil*

Dados Internacionais de Catalogação na Publicação (CIP)
(Câmara Brasileira do Livro, SP, Brasil)

Silva, Rodrigo P.
Escavando a verdade : a arqueologia e as incríveis histórias da Bíblia / Rodrigo P. Silva. – 3. ed. – Tatuí, SP : Casa Publicadora Brasileira, 2014.

ISBN 978-85-345-2118-5

1. Arqueologia 2. Bíblia – Antiguidades I. Título. II. Título: A arqueologia e as incríveis histórias da Bíblia.

14-08281 CDD-220.93

Índices para catálogo sistemático:

1. Arqueologia bíblica 220.93

Tipologia: Times, 11/13 – 10409/34119

Sumário

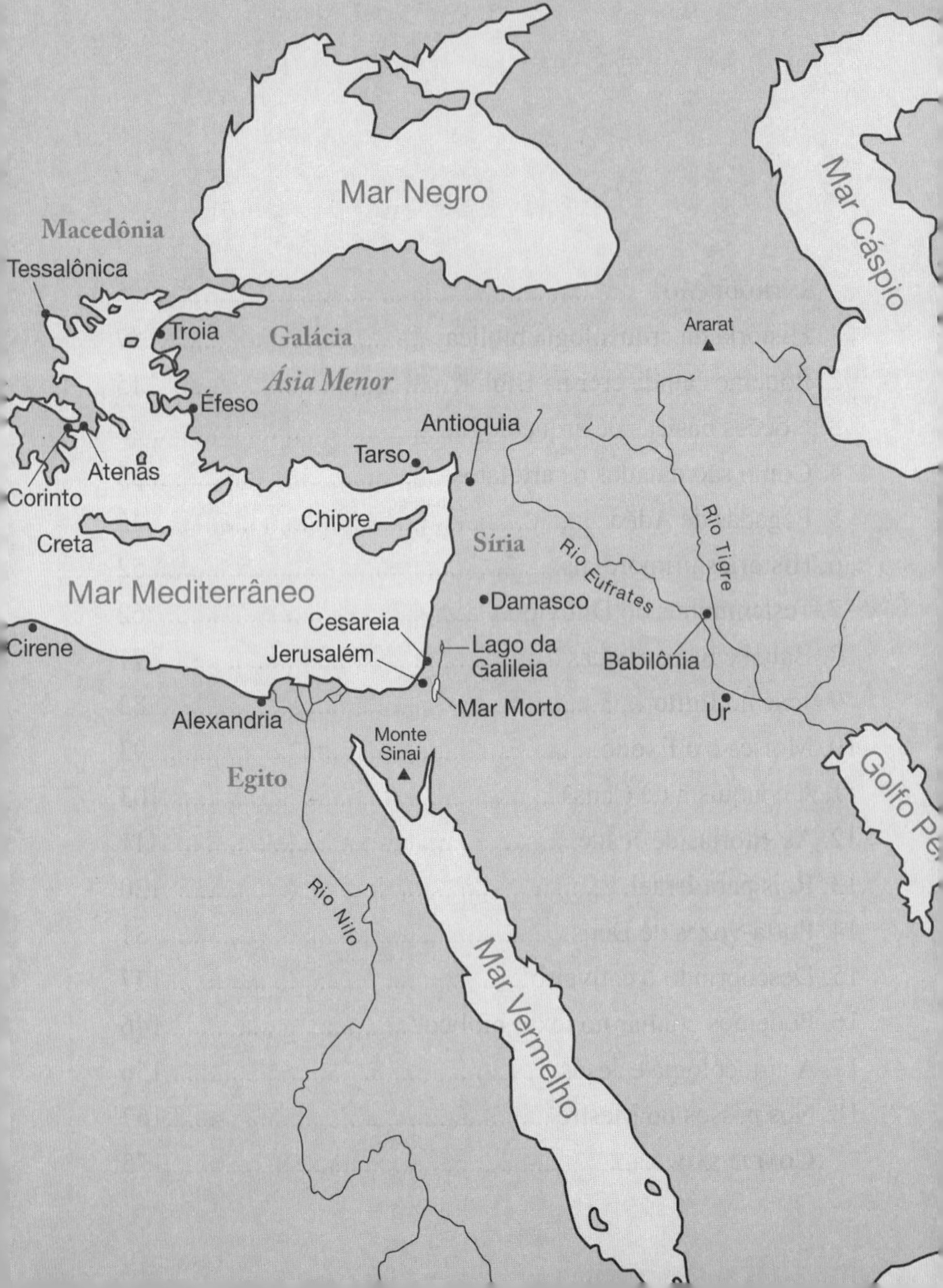
Mar Negro
Mar Cáspio
Macedônia
Tessalônica
Troia
Galácia
Ásia Menor
Éfeso
Atenas
Corinto
Antioquia
Tarso
Ararat
Chipre
Creta
Síria
Rio Tigre
Rio Eufrates
Mar Mediterrâneo
Damasco
Cesareia
Cirene
Jerusalém
Lago da Galileia
Babilônia
Mar Morto
Ur
Alexandria
Monte Sinai
Egito
Golfo Pe
Rio Nilo
Mar Vermelho

Introdução

Participar de uma escavação arqueológica é uma experiência que traz muita emoção! É como abrir um velho baú e encontrar fotografias e objetos de alguém que você ama, mas que há muito tempo não vê. Moedas, lâmpadas e cacos de cerâmica são apenas algumas dessas lembranças que nos fazem recordar a história bíblica e sentir o quanto ela é real.

Foi justamente para compartilhar com o leitor um pouquinho dessa "emoção arqueológica" que escrevi as páginas que se seguem. Não se trata de um livro técnico, muito menos exaustivo. Aqui vamos tratar das evidências do Antigo Testamento e da vida de Jesus no Novo Testamento.

O leitor talvez se surpreenda com o uso repetido de expressões como "possivelmente", "pode ser que" e outras similares, usadas com frequência neste livro. Mas não se assuste, a linguagem acadêmica é assim mesmo, não gosta de muitos dogmatismos. E, mesmo se tratando de uma obra popular, ela deve primar pelo uso comedido dos conceitos e das interpretações.

A arqueologia, como você deve saber, é um ramo da ciência que procura recuperar o ambiente histórico e a cultura dos povos antigos, através de escavações e do estudo de documentos por eles deixados. Em termos de disciplina, é importante diferenciar a arqueologia histórica – e, especialmente, a "bíblica" – daquela chamada por alguns de *arqueologia pré-histórica*, cuja designação mais apropriada seria *paleologia ou paleontologia.* A primeira lida com o conhecimento científico acerca das antigas civilizações, enquanto a outra se interessa mais por aquelas formas de vida ditas "primitivas", que noutra leitura poderiam ser chamadas de "pré-catastróficas" ou "pré-diluvianas", pois viveram antes do grande dilúvio que cobriu toda a Terra. Seu roteiro, portanto, é marcado pelo estudo de rochas, fósseis e evidências que apontam para um catastrofismo universal, responsável, inclusive, pela extinção dos dinossauros.

Este, portanto, não é um livro de paleontologia. Não discute o tema dos hominídeos, nem entra no debate entre Criação *versus* Evolução das espécies. O objetivo é mostrar como a arqueologia do Oriente Médio tem contribuído para o estudo da Bíblia Sagrada e a confirmação de muitas histórias nela reunidas.

Aliás, Wayne Jackson já havia sistematizado muito bem as cinco principais contribuições da arqueologia em relação à Bíblia nesses mais de dois séculos de sua existência. Ele disse:

"A ciência da arqueologia tem sido uma grande benfeitora para os estudantes da Bíblia. Ela tem: (1) ajudado na identificação dos lugares e no estabelecimento de datas, (2) contribuído para o melhor conhecimento de antigos costumes e obscuros idiomas, (3) trazido luz sobre o significado de numerosas palavras bíblicas, (4) aumentado nosso entendimento sobre certos pontos doutrinários do Novo Testamento, (5) silenciado progressivamente certos críticos que não aceitam a inspiração da Palavra de Deus."[1]

No decorrer deste livro, se pode ver em detalhes cada um desses elementos e, principalmente, como eles ajudam a confirmar a veracidade do texto profético. É claro que não se pode, através da arqueologia, determinar conceitos doutrinários como a divindade de Cristo ou a futura ressurreição dos mortos. Esses elementos demandam fé. Também não se trata de dizer que a arqueologia "confirma" a Bíblia, no sentido de ser superior à revelação. Afinal, a maior confirmação deve vir de Deus, que é o verdadeiro autor das Escrituras, e não de qualquer estudo humano.

Mas a arqueologia lida com nosso intelecto e nos ajuda a encontrar evidências que atestem aquilo que acreditamos. O raciocínio aqui é muito simples: se a história que a Bíblia apresenta for real, a teologia que está por trás dela também o será!

Mais importante, porém, que descobrir a história de Deus é descobrir o "Deus da História" e verificar que Ele é tão real que quase dá para tocá-Lo.

---

[1] Wayne Jackson, *Biblical Studies in the Light of Archaeology* (Montgomery: Apologetics Press, 1982), p. 4, 5.

História da arqueologia bíblica

CAPÍTULO 1

Dizer exatamente *quando* começou a arqueologia bíblica não é tarefa fácil. Na verdade, desde os primeiros séculos da Era Cristã já havia pessoas que se aventuravam na arte de tirar da terra tesouros relacionados à história da Bíblia Sagrada. Seus métodos, porém, eram bastante questionáveis. Não possuíam uma técnica formal e o fervor eclesiástico os fazia ver coisas que nem existiam.

Helena, a mãe do imperador Constantino, foi uma dessas "pioneiras" – se é que podemos considerá-la assim. Ansiosa por viver na fantasia a própria fé que abraçara, ela partiu com 78 anos para a Palestina, a fim de "redescobrir" os lugares por onde Jesus passou. Mas os relatos de sua viagem estão repletos de lendas e episódios que conferem pouca ou nenhuma credibilidade a seus pretensos achados.

Não se sabe ao certo qual sua real participação na identificação de certas paragens bíblicas, mas o fato é que algumas igrejas foram construídas sob sua ordem para demarcar, por exemplo, o local do nascimento de Cristo em Belém e o de Sua agonia no Monte das Oliveiras.

Os textos de Eusébio de Cesareia[1] – historiador oficial de Constantino – contam parte desse empreendimento de escavações. Foi, aliás, com base em suas narrativas que surgiu posteriormente uma tradição medieval que ligava a descoberta dos lugares santos à presença de Helena em Jerusalém. Segundo diziam, foi uma revelação divina que a fez encontrar o local do Calvário. À medida que removiam o entulho, as marcas da crucifixão e a gruta do santo sepulcro iam surgindo à vista de todos. Então, subitamente, alguém deparou com um fosso mal cheiroso, onde havia três cruzes. O bispo Macário – que a mando de Constantino acompanhava o processo – orou a Deus para que revelasse qual dessas seria a cruz de Cristo. Então trouxeram uma mulher doente e a fizeram deitar em cada uma das peças de madeira. Quando seu corpo tocou a terceira, ela ficou curada e assim compreenderam que se tratava da legítima cruz de Cristo.

A Pedra de Roseta

Foi somente a partir do fim do século 18 que a arqueologia das terras bíblicas passou a ter critérios de maior rigor científico. Tudo começou com o que parecia ser o maior fracasso das conquistas napoleônicas: sua derrota na Campanha do Egito (1798-1799). Com o intuito de interceptar a rota comercial da Inglaterra com o Oriente (Índia), Napoleão planejava invadir o Egito e fazer dali uma colônia francesa de onde pudesse atacar os ingleses.

Embora não fosse bem-sucedido em seus planos, ele levou de volta a Paris uma grande coleção de peças antigas que seus homens haviam encontrado, e isso provocou uma efervescência acadêmica em torno do Antigo Egito. É que em meio ao exército francês havia um verdadeiro "batalhão" de 175 cientistas e historiadores que tinham a incumbência de mapear e descrever o território egípcio, tanto para fins acadêmicos quanto militares. Suas anotações e desenhos foram compilados e se transformaram numa enciclopédia de 24 volumes, intitulada *Déscription de l'Egypte* (1809-1813). Essa obra serviu de "mola propulsora" para toda a arqueologia moderna, inclusive a egiptologia.

Autor

Pedra de Roseta, descoberta no Egito, em 1798, por soldados de Napoleão.

Em meio ao vasto tesouro de antiguidades que os soldados de Napoleão desenterraram, estava uma placa de basalto trilíngue com inscrições em hieróglifo (14 linhas restantes), demótico (32 linhas) e grego (52 linhas). O estranho objeto foi encontrado por um oficial francês na cidade de Rachid (Roseta), que fica a oeste do Delta do Nilo, e entregue posteriormente ao exército inglês como espólio de guerra. Em virtude disso, o famoso artefato, que ficaria conhecido como "Pedra de Roseta", foi transferido para a Inglaterra e hoje pode ser visitado no Museu Britânico, em Londres.

O irônico, porém, é que acabou sendo um francês, Jean-François Champollion, o responsável pela interpretação e tradução do achado. Partindo do grego, que já era conhecido e facilmente traduzível, Champollion entendeu que se tratava da mesma inscrição em três idiomas e, assim, criou a chave que permitiu decifrar a antiga língua dos egípcios (hieroglífica e demótica).

Moisés certamente aprendeu a falar em egípcio e a escrever em hieróglifos, uma vez que, segundo o testemunho de Atos 7:22, ele "foi educado em toda a ciência dos egípcios e era poderoso em palavras e obras". Tal fluência, é claro, foi perdida depois dos 40 anos que passou no deserto de Midiã, pois, segundo as Escrituras, Moisés se achava "pesado de língua" e precisou usar seu irmão como intérprete perante faraó (Êx 4:10-17).

O hieróglifo, que aparece no topo da pedra, era a mais antiga forma de escrever em egípcio, utilizada antes mesmo da primeira dinastia.[2] Então veio o demótico, uma forma mais simples de escrever, popularizada por volta do ano 700 a.C.[3] Depois disso, ambos os sistemas de escrita caíram em desuso e seu significado ficou completamente perdido até os dias de Champollion.

Graças, porém, ao trabalho desse filólogo, percebeu-se que o texto era um decreto dos sacerdotes de Mênfis conferindo honras divinas a Ptolomeu V, Epifânio (195 a.C.). Isso aconteceu pouco tempo depois que o Egito havia perdido o controle das terras da Palestina.

Para os que se interessavam por histórias bíblicas como o Êxodo e a peregrinação dos hebreus rumo à terra prometida, tal descoberta significava a chave de acesso a um passado remoto que, graças às escavações arqueológicas, poderia se tornar bastante próximo e compreensível aos que viviam cronologicamente distantes daqueles fantásticos acontecimentos. Assim, o achado da Pedra de Roseta pode ser considerado o marco histórico da moderna arqueologia bíblica.

Despertamento religioso

A descoberta feita pelos oficiais de Napoleão ocorreu num clima de bastante entusiasmo em relação ao estudo das Escrituras cristãs.

Com a prisão e desterro do papa Pio VI – ocorrida justamente em 1798 –, eruditos de toda a Europa sentiram-se livres para pesquisar e pregar as doutrinas bíblicas sem o risco de serem perseguidos como hereges pelo Santo Ofício. Assim, o fim do século 18 foi caracterizado por um grande despertamento religioso que invadiu toda a Europa e os Estados Unidos. As igrejas protestantes, sentindo-se compelidas à atividade missionária, fundaram escolas e sociedades bíblicas para sustentar as missões e distribuir exemplares da Bíblia em todo o mundo.

O ceticismo, embora ardorosamente defendido desde o advento das correntes iluministas, ainda enfrentava o questionamento de outros intelectuais que, mesmo reconhecendo os exageros da eclesiologia medieval, continuavam crendo em um Deus Criador e na fidedignidade histórica das Escrituras Sagradas. Galileu, Copérnico, Leibniz e Cuvier são apenas alguns dentre os vários acadêmicos que se declaravam cristãos fervorosos, a despeito das críticas racionalistas de seu tempo.

Um fato curioso, que ilustra o clima daquela época, aconteceu com Voltaire, um deísta que, embora não se proclamasse ateu, era anticristão e crítico absoluto da historicidade bíblica. Inimigo intelectual de Isaac Newton e Blaise Pascal, que haviam defendido a fé cristã, ele chegou a definir a Bíblia como uma crença ultrapassada, que desapareceria em menos de um século. Por ironia da história, em 1849, 58 anos depois de sua morte, a França, sua terra natal, recebia $ 10,000 da American Bible Society (ABS) para a distribuição de Bíblias, e o grande Hotel Gibbon da Suíça, assim chamado em homenagem a outro inimigo da Bíblia, tornou-se ele mesmo um depósito de Bíblias.

Com o avanço das várias atividades missionárias, cresceu a demanda por novas traduções que alcançassem povos distantes, e isso provocou um retorno ao estudo das línguas bíblicas originais. Uma consequência disso foi a busca por uma maior interação com o ambiente geográfico onde tudo aconteceu. Assim, a arqueologia tornou-se uma ciência que veio sob medida para atender à demanda dos novos tempos.

Corrida arqueológica

O despertamento provocado pelos achados egípcios fez com que muitos eruditos e aventureiros embarcassem em uma verdadeira corrida pelo "ouro arqueológico", que talvez não trouxesse riqueza material, mas revelaria um inestimável tesouro: a compreensão mais clara das Escrituras judaico-cristãs.

O mundo respirava uma atmosfera de grandes revoluções na ciência, na indústria, na sociologia e nos estudos da história humana. O tempo parecia acelerado e os eventos ocorriam de modo muito rápido, mudando, num curto prazo, os rumos da civilização ocidental. Era como se a providência divina estivesse costurando a trama e a urdidura dos acontecimentos, a fim de dar ao mundo uma redescoberta das verdades bíblicas.

Nesse afã, as demais terras do Oriente Médio seriam o próximo destino dos que estavam ávidos por novas descobertas. E a Providência não deixou de recompensá-los. Naquele tempo não havia sistema de passaportes, vistos ou demasiadas burocracias governamentais. O Oriente vivia em relativa paz e se revelava praticamente um deserto, sem grandes metrópoles ou edifícios que oferecessem obstáculo físico às escavações. O povo era, em sua maioria, formado por nômades (beduínos) e sua tradição oral ajudava bastante na busca por antigas localidades. A paisagem, modificada apenas pelas gigantescas dunas, permanecera intacta ao longo dos tempos, de modo que a resposta para antigas perguntas parecia finalmente estar por toda parte; bastava escavar um pouco e milênios de história surgiam majestosos à vista de todos.

Mas nem tudo eram flores. Ladrões de sepulturas e comerciantes de antiguidades tornaram-se os primeiros inimigos da arqueologia bíblica. Sua falta de escrúpulos e seus interesses meramente comerciais fizeram com que muitos achados se perdessem ou fossem permanentemente destruídos. Depois vieram os conflitos armados e a compreensível desconfiança dos povos orientais em relação ao ocidente, que nem sempre representou bem o cristianismo que professava. O resultado foi que, a despeito do grande auxílio que a arqueologia ainda presta ao estudo da Bíblia, o que se descobriu até hoje não chega a 5% do que poderia ter sido encontrado. Ganâncias, preconceitos, ignorância e desonestidade foram e continuam sendo os piores inimigos desse tipo de pesquisa.

Finalmente, a Palestina

De todos os territórios que compreendem o mundo bíblico, a região israelense – que na época era totalmente denominada *palestinense* – foi o centro de maior atenção, tanto para os árabes quanto para judeus e cristãos. É que ali está a cidade de Jerusalém, reconhecida mundialmente como o centro dos três grandes segmentos monoteístas da humanidade: islamismo, judaísmo e cristianismo.

Para os muçulmanos, ali foi o ponto de partida da peregrinação do profeta Maomé rumo ao Paraíso; para os judeus foi a cidade do rei Davi e local do quase sacrifício de Isaque; finalmente, para os cristãos, o território sagrado da morte e ressurreição de Jesus.

Desde o período das cruzadas, Jerusalém já era alvo de militares e peregrinos que, embora não tivessem um propósito "arqueológico", reviravam a terra em busca de relíquias que pudessem ser vendidas como objetos sagrados. Muitos nobres da Europa compravam estes artefatos, pois acreditava-se que eram "mágicos", tinham o poder da cura e ainda conferiam ao proprietário o perdão para centenas de pecados.

A disputa por objetos vindos da Terra Santa era incontrolável. Só a coleção de Frederico, o sábio, príncipe da Saxônia (1486-1525), contava com mais de 19 mil peças, entre as quais destacavam-se: um pedaço da sarça ardente, ferrugem da fornalha de fogo onde estiveram os companheiros de Daniel, leite do seio de Maria, uma pena da pomba do Espírito Santo e pedaços do berço de Cristo.[4] Isto para citar apenas algumas. Uma exposição pública desses artefatos em 1516 garantia a quem pagasse o ingresso, uma redução da pena no purgatório que passaria de 1.902.207 anos para apenas 270 dias. Opondo-se a esse sistema, Lutero chegou a ironizar perante seus alunos em Wittenberg – conforme um diálogo sugerido por Eric Till[5] – que os colecionadores haviam trazido tantos ossos de santos para a Europa que "somente na Espanha, poderiam ser vistos os corpos de *dezoito* dos doze apóstolos!"

Contudo, a despeito dos excessos, não se pode negar que houve também casos excepcionais de viajantes que deram mais importância aos aspectos geográficos e científicos do que à efervescência contemplativa dos peregrinos e dos caçadores de relíquias. Assim, podemos mencionar relatórios como do médico Leonard Rauchwolf (1575) ou do pesquisador Jean Zuallart (1586) que foram, sem dúvida, valiosas contribuições para os estudos posteriores.[6]

Após o fim da Idade Média, com o progressivo declínio das relíquias e peregrinações, um vigor mais científico começou a ser gradualmente visto nos relatórios de viagens feitas à Palestina. O resultado foi a produção de importantes tratados utilizados até hoje para compreender, por exemplo, a topografia da região. Um marco significativo dessa nova etapa foi a obra de Hadrian Reland, intitulada *Palestina ex monumentis veteribus illustrata,* publicada em 1709.[7]

Mas foi somente em 1838 que o explorador americano Edward Robinson revolucionou a exploração da Palestina, inaugurando propriamente a pesquisa arqueológica naquele lugar. Bom conhecedor de várias línguas semíticas, principalmente o árabe, ele e um amigo percorreram várias vezes toda a região, identificando localidades históricas (principalmente em Jerusalém) e desenterrando importantes estruturas. Fruto de seu trabalho foram as descobertas dos muros que contornavam Jerusalém no primeiro século e o arco que hoje leva o seu nome e que, nos dias de Cristo, dava acesso direto ao pórtico do santuário.

Nos anos que se seguiram, fundaram-se importantes organizações científicas patrocinadas por europeus e americanos, cujo objetivo era aprofundar ao máximo o conhecimento arqueológico da região. Entre as entidades inauguradas, temos: o Palestine Exploration Fund (1865), a American Palestine Exploration Society (1870) e a École Biblique de St. Étienne (1892), que se constituíram como a base de importantes escolas existentes até hoje.

Os resultados, a princípio, foram bem mais modestos do que se esperava. Porém, o caráter pioneiro desses empreendedores deve ser louvado, pois suas pesquisas abriram caminho para importantes estudos posteriores.

Todd Bolen/BiblePlaces.com

O arco de Robinson foi uma das poucas coisas que restaram do antigo Templo judeu. Esta é uma reconstrução do mesmo como era nos dias de Cristo.

Por fim, este histórico não poderia deixar de citar a figura ilustre de William Foxwell Albright (1891-1972), um dos maiores arqueólogos de todos os tempos.[8] Embora fosse oriundo de uma linha humanista, Albright era um profundo defensor da historicidade bíblica.

Ele se tornou o fundador de uma importante escola de historiografia e patrono dos orientalistas modernos. Hoje, infelizmente, com o crescente aumento de autores que negam a ação direta de Deus na História, alguns o têm reputado por "acadêmico ultrapassado". Porém, muitas de suas descobertas e interpretações continuam insuperadas em nosso tempo. Afinal, trata-se de um homem que recebeu nada menos que 30 títulos de doutorado *honoris causa* e labutou por 60 anos no departamento de assiriologia da conceituada Universidade Johns Hopkins, em Baltimore, Estados Unidos. De todas as suas contribuições, nenhuma foi maior do que a de mostrar a um mundo cético a confirmação da história bíblica que nos vem através dos achados da arqueologia.

Divulgação

William Foxwell Albright, um dos maiores arqueólogos do século 20.

[1] Eusébio, *Vida de Constantino* 3.26, 42-47, em *A Select Library of Nicene and Post-Nicene Fathers of the Christian Church*, ed. Henry Wace e Philip Schaff (Oxford e Nova York: Parker and Company, 1890), v. 1, p. 527, 530-531.

[2] A primeira dinastia é convencionalmente datada em 3100 a.C., mas há autores que põem em dúvida essa cronologia. Veja: F. Manfred Bietak, "Problems of Middle Bronze Age Chronology: New Evidence from Egypt", *American Journal of Archaeology*, 4 (1984), p. 471-485.

[3] Embora o demótico esteja abaixo do hieróglifo na pedra de Roseta, é importante declarar que um não seguiu imediatamente ao outro. Entre ambos houve ainda a forma hierática que floresceu na 12ª dinastia. Allan Gardner, *Egyptian Grammar: Being an Introduction to the Study of Hieroglyphs* (Oxford: Griffith Institute, 2005), p. 9-11.

[4] Sam Storms, *A Vida de Lutero,* disponível em <http://www.estanabiblia.com.br/index2.php?option=com_content&do_pdf=1&id=385>. Acesso em 11 de janeiro de 2006.

[5] Diretor do filme *Lutero*, lançado no Brasil em 2005. Comentários de Joe Isenhower Jr. em *The Canadian Lutheran,* out. 2004, p. 9.

[6] Armando Rolla, *La Bibblia di fronte alle ultime scoperte* (Roma: Edizione Paoline, 1961), p. 10.

[7] Ibid.

[8] Sua vida está muito bem documentada no livro de Leona G. Running e David Noel Freedman, *William Foxwell Albright: A Twentieth-Century Genius* (Nova York: Morgan Press, 1975).

Podemos ainda crer na Bíblia?

CAPÍTULO 2

Até meados dos anos 70, havia um razoável consenso entre os especialistas em Oriente Médio de que a Bíblia era uma fonte histórica confiável, especialmente quanto às origens do povo hebreu. Sabia-se que a arqueologia fornecia indiscutíveis confirmações do relato escriturístico e a oposição de alguns acadêmicos, geralmente sem conhecimento arqueológico, não passava de uma voz isolada.[1]

Albright, o já mencionado príncipe dos arqueólogos modernos, escreveu em 1949 que, graças aos achados arqueológicos, "as informações históricas da Bíblia se mostram tão acuradas que superam em muito as ideias de qualquer moderno estudante da crítica, que tem consistentemente tendido a errar para o lado do alto-criticismo".[2]

Mais recentemente, no entanto, esse cenário de otimismo em relação à Bíblia parece ter sido alterado. Basta ver algumas declarações como a do historiador Stephen Strauss, em 1988: "De forma geral, os arqueólogos atualmente concordam que suas descobertas ... têm produzido um novo consenso acerca da formação do antigo Israel, o qual contradiz partes significativas da versão bíblica."[3]

O que teria provocado essa mudança de entendimento em relação às Escrituras? Deveriam os cristãos temer declarações como essa, as quais parecem desautorizar o relato bíblico? Existe mesmo um atual "consenso" arqueológico que desmente a Bíblia? Muitos autores incrédulos insistem em apregoar o fim da era Albright na qual a arqueologia, de fato, confirmava as Escrituras. Mas, se analisarmos os bastidores do debate nas últimas décadas, veremos que as coisas não são bem assim.

Apesar da escassez de bibliografia existente em língua portuguesa, podemos citar uma importante obra dos anos 70 que é o livro

História de Israel, escrito por John Bright,[4] um conceituado professor do Union Theological Seminary, de Richmond, Virgínia, Estados Unidos.

No prefácio da terceira edição em inglês (1981), o autor já lamentava a crescente existência de controvérsias onde antes havia consenso.[5] Seu desabafo referia-se a uma série de questionamentos à arqueologia bíblica que vinham especialmente das escolas alemãs. Era no mínimo irônico que o mesmo país que abrigou Lutero e suas ideias de *Sola Scriptura* houvesse se tornado o maior produtor de correntes liberais e questionadoras do relato bíblico.

Após a morte de John Bright, uma quarta edição foi lançada, acrescida de um apêndice escrito por William Brown, que pretendia apresentar uma atualização da pesquisa da história de Israel. Semelhante ao que já havia sido observado por Bright, esse autor também escreveu:

"Os trabalhos arqueológicos atuais sobre o chamado período 'bíblico' siro-palestinense têm sofrido dramática transformação por se divorciarem genericamente da preocupação de demonstrar a historicidade das tradições bíblicas."[6]

Desde então até hoje, o grupo de questionadores da historicidade bíblica tem aumentado e organizado encontros acadêmicos, sempre voltados para uma proposta "revisionista" que pretende reapresentar os fatos antigos, corrigindo ou desmentindo a narrativa das Escrituras. Nos Estados Unidos, existe o Jesus Seminar que se reúne periodicamente para questionar a autenticidade dos evangelhos e, na Europa, há o European Seminar for Historical Methodology, cujo intento é reescrever a história de Israel, descartando a Bíblia como fonte confiável.

Maximalismo *versus* minimalismo

Essa controvérsia gerou duas posturas conhecidas no meio acadêmico como maximalista e minimalista. Pela primeira, entenda-se aquela visão tradicional que se sente suficientemente satisfeita com as evidências já desenterradas e não questiona a Bíblia com base apenas no que ainda não foi encontrado. Já a segunda, minimalista, tende a supor que tudo que não é minuciosamente corroborado por evidências contemporâneas aos eventos relatados deve ser corrigido ou abandonado.

Noutras palavras, não basta a Bíblia dizer que houve um profeta chamado Isaías. Se não acharmos nada daquela época (fora do texto bíblico) que mencione explicitamente o nome desse personagem, a historicidade do mesmo deve ser automaticamente questionada. É mais coerente supor que se trate de um mito. Imagine agora que esse mesmo raciocínio seja aplicado aos livros de História Geral que possuímos em nossas bibliotecas. É bem provável que 90% do que conhecemos tivesse de ser revisto ou questionado pelos critérios minimalistas. Afinal, ninguém até hoje encontrou um testemunho arqueológico contemporâneo que confirme, por exemplo, a historicidade de Sócrates. Fora os escritos gregos de seus discípulos (Platão, Aristófanes e Xenofonte), nada há que testemunhe acerca de sua existência e martírio. Seria, portanto, a história desse filósofo um mero mito?

Aliás, você sabia que até mesmo as mais conhecidas fontes históricas de Alexandre Magno são baseadas em documentos bastante tardios? Não há registros do 4º século a.C. que confirmem sua presença ou de seu exército na Índia ou, sequer, mencionem sua existência e seus feitos. As mais antigas fontes sobre a vida de Alexandre que conhecemos datam de 300 a 800 anos depois de sua morte.[7] Além disso, muitas delas são reconhecidamente mitológicas e não estão preservadas nos manuscritos originais, mas em cópias tardias posteriores ao 2º século d.C. Por que, então, dizer que Alexandre é histórico e Abraão é um mito?

Não pensemos, contudo, que esse debate seja algo novo. Basta voltar um pouco na história, após o Iluminismo alemão do século 18, e rever as teses da alta crítica[8] levantadas em Tübingen por Ferdinand C. Baur (1792-1860) e em Göttingen por Julius Wellhausen (1844-1918). Influenciados pela filosofia dialética de Hegel,[9] esses autores ensinavam, dentre outras coisas, que Paulo não foi o autor da maioria das epístolas que levam o seu nome, que o evangelho de João seria um pseudoepígrafo do 2º século d.C., que o Pentateuco não passa de uma compilação tardia de textos feita a partir do 6º século a.C. e, finalmente, que a narrativa dos evangelhos não é uma fonte histórica confiável acerca de Jesus Cristo.

Naquele tempo, a Europa passava por uma tremenda sobrevalorização do racionalismo a qualquer forma de compreensão sobrenatural da história. Um conceito bem difundido era: Não existe um controle divino dos acontecimentos, tudo está nas mãos dos homens e o destino do mundo é decidido por governantes comuns. A razão humana tornou-se, então, o padrão definitivo e a fonte do conhecimento, enquanto a Bíblia, registro infalível da revelação divina na história, passou à alcunha de coleção de mitos, sem nenhum valor histórico.

O estranho é que todo esse intelectualismo arrogante dos pensadores europeus não conseguiu livrar seu continente da I e II Guerras Mundiais. O "super-homem" de Nietzsche idealizou um sistema sem Deus onde ele mesmo controlaria seu próprio destino. Porém, como uma criança mimada que foge de casa, bastou a primeira sensação de fome para a humanidade descobrir que não tem autonomia sobre as rédeas da história. Precisamos de Deus e isso é um fato!

Mas o homem moderno tende a ser obstinado em sua teimosia. Não obstante os fracassos racionalistas visualizados na pós-modernidade (crises ecológicas, esfacelamento familiar, relativização da verdade, etc.), muitos ainda insistem em se comportar como herdeiros intelectuais do Iluminismo. Leem a Bíblia com os óculos do ceticismo e ensinam o povo a fazer o mesmo.

Os minimalistas de hoje repetem as mesmas teses do criticismo alemão, esquecendo-se que, já no passado, intelectuais de Tübingen tiveram de rever alguns posicionamentos antibíblicos que acabaram se desmoronando à luz das evidências arqueológicas. Vejamos dois casos ilustrativos.

No auge do movimento de "desmitologização" da Bíblia, que pretendia expurgar racionalmente tudo que não era considerado histórico nas páginas do livro sagrado, os críticos ensinavam que a arte de escrever não se cultivara entre os israelitas senão a partir do 10º século a.C., nos dias de Davi, portanto. Até essa época, a tradição e legislação de Israel foram apenas orais, de modo que Moisés não poderia ter escrito nada do Pentateuco. Mesmo porque a escrita conhecida em seu tempo era hieroglífica e pictográfica; não possuía vocabulário suficiente para um texto tão rico como o Gênesis.

As escavações, no entanto, vieram demonstrar o contrário. Hoje sabemos que a escrita é muito mais antiga do que se pensava. Ela datava de quase mil anos antes de Moisés. A descoberta de vastas bibliotecas pré-abraâmicas em Ereque, Lagash, Ur, Kish, Babilônia e outras cidades demonstrou que já pelo terceiro milênio antes de

Cristo os sistemas gráficos estavam em uso corrente, produzindo livros, anais e documentos, o que torna perfeitamente possível a autoria mosaica do Pentateuco.

Wellhausen e seus discípulos também afirmavam que o Pentateuco, em sua maior parte, era uma compilação de textos tardios posteriores ao 9º século a.C. Essa teoria é comumente chamada pelos teólogos de hipótese documentária. Ela sustenta que algumas passagens como os capítulos iniciais de Números 1:1 a 10:28 (tecnicamente chamadas de documento Sacerdotal [P]) não teriam sido escritas senão após o cativeiro babilônico, que terminou em 539 a.C.[10] Seu autor, portanto, teria sido Esdras e não Moisés. Assim, os críticos entendiam que a Bíblia seria uma produção literária bem mais recente do que sustentava a posição tradicional.

Embora não houvesse uma evidência concreta para embasar esses pronunciamentos, eles se tornaram o elemento central de muitos comentários bíblicos produzidos na Europa e também nos Estados Unidos. Mas, em 1979, o arqueólogo israelense Gabriel Barkay descobriu num túmulo do vale do Hinom um minúsculo adorno de prata contendo antigas letras hebraicas. Métodos laboratoriais e de paleografia dataram com segurança o artefato em, pelo menos, 650 anos antes de Cristo. Ou seja, bem antes do início do cativeiro.

Isso, aparentemente, nada teria de extraordinário, não fosse a decifração das letras hebraicas impressas no objeto que sacudiu as bases do mundo acadêmico. Tratava-se da bênção sacerdotal de Números 6:24-26 com o nome sagrado de Deus (Iahweh) perfeitamente escrito em três diferentes linhas. Para muitos críticos, essa porção do Pentateuco era parte do documento Sacerdotal e não poderia ter sido produzida antes do cativeiro babilônico, porque supunham que foi somente a experiência do exílio que propiciou sua composição.

Bastou, porém, um pequeno adorno cunhado por um antigo artesão para mostrar que, novamente, os pressupostos minimalistas estavam errados. O amuleto era de uma época em que os descendentes de Davi ainda estavam no poder e, a essa altura (isto é, no período do Primeiro Templo), o texto já era conhecido do povo. A hipótese documentária de Wellhausen, é claro, foi obrigada a sofrer algumas revisões e hoje é notória a falta de consenso entre os especialistas do método crítico sobre onde começam e terminam as tais fontes documentárias

Divulgação

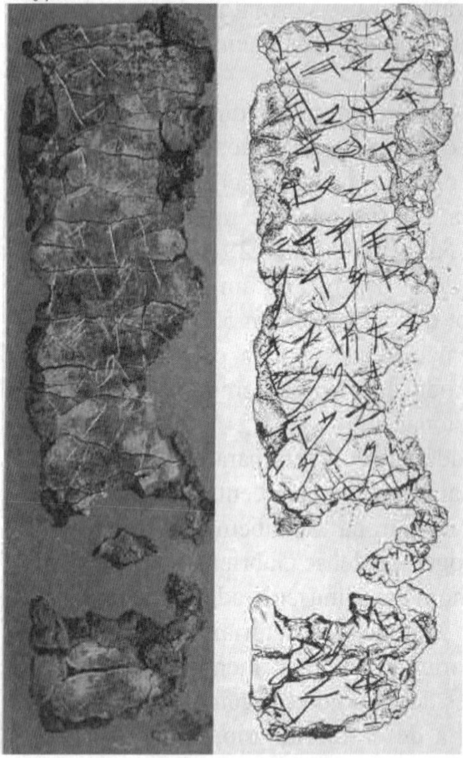

Amuleto de prata contendo o texto hebraico de Números 6:24-26 (7º século a.C.).

que supostamente estariam relacionadas com a compilação do Pentateuco. Como bem concluiu Edward Mack, ex-professor do Union Theological Seminary, de Richmond, Virgínia: "A variedade de opiniões é tão grande na atualidade, que não se pode mais falar em 'Crítica', mas na realidade em 'Críticas' do Antigo Testamento... A unidade dos críticos ainda é um sonho."[11]

Os rumos do debate atual

Achados que põem em cheque os questionadores da Bíblia criam, não poucas vezes, situações de constrangimento para os críticos. Até mesmo autores simpáticos a Wellhausen, como Sayce e Hommel, foram certa vez obrigados a admitir num congresso de arqueologia que, para o embaraço de muitos, a pá dos arqueólogos tem o "mau hábito" (sic) de estar sempre do lado da tradição e nunca da crítica. Por incrível que pareça, quando o assunto é a Bíblia Sagrada, a arqueologia não parece descobrir nada que concretamente possa se pôr como uma contradição ao Antigo Testamento; pelo contrário, quanto mais se escava, mais ela o confirma.[12] E isso não pode ser chamado de exercício tendencioso, pois nem todos os arqueólogos da época eram crentes; alguns duvidavam até mesmo da existência de Deus!

Contudo, exemplos como esses não parecem intimidar acadêmicos atuais como Israel Finkelstein e Neil A. Silberman, cujo livro foi traduzido para o português com o tendencioso título de *A Bíblia Não Tinha Razão*.[13] Baseados no argumento do silêncio e na ausência de um quadro mais completo (pois a maioria dos elementos ainda está perdida), eles constroem um cenário inteiramente hipotético, que ignora o relato testemunhal das Escrituras e as evidências até agora encontradas. Sua "reconstrução dos fatos" nega até mesmo a historicidade do reino unido de Israel sob o comando do rei Davi. Supõem que os israelitas foram apenas um conglomerado tribal cananita sem nenhuma expressão social e que jamais teriam partido do Egito em direção à terra prometida. Vejamos as conclusões em suas próprias palavras:

"O processo que temos descrito aqui é, de fato, o oposto do que encontramos na Bíblia. O surgimento do antigo povo de Israel foi o resultado de um colapso da cultura cananita e não o que a causou. A maior parte dos israelitas não veio de fora de Canaã. Eles emergiram de dentro desta terra. Não houve nenhum êxodo em massa do Egito, nem uma conquista violenta de Canaã. A maior parte do povo que formou o antigo Israel eram moradores locais... Os israelitas primitivos eram – ironia das ironias – originariamente cananeus!"[14]

De fato, não possuímos um elemento de evidência para cada frase escrita na Bíblia. Ninguém ainda encontrou uma pedra que se refira ao rei Saul ou um tablete acadiano que cite o profeta Daniel entre os sábios da Babilônia. Também não temos no Egito nenhum papiro que mencione um governador hebreu chamado José. Mas não devemos ser apressados em concluir com isso que a Bíblia seja mitológica ou inexata em sua narrativa. Passaram-se mais de mil anos até que o arqueólogo Franck Goddio pudesse encontrar o palácio de Cleópatra e realmente confirmar que ele existiu. Até então, os historiadores dependiam de relatos antigos cuja precisão também poderia ser questionada. Quantas vezes perdemos coisas em nossa casa e passamos meses sem as encontrar? Até que numa bela manhã, em que geralmente estávamos procurando outra coisa, encontramos o velho objeto que estava perdido. Seria lógico, durante o período do "sumiço", simplesmente acreditar que tal objeto nunca existiu? É claro que não. Desaparecimento não é sinal óbvio de inexistência!

Guerras, sobreposição de camadas, ladrões de túmulos e a própria ação do tempo fizeram com que muito material histórico se perdesse para sempre. Logo, quem teria mais crédito diante de um julgamento forense? O autor do Êxodo, que viveu na época e se declara testemunha ocular dos fatos ali mencionados, ou Finkelstein, que tenta reconstruir a história, milênios depois de ela ter ocorrido?

Na minha opinião, a narrativa bíblica tem mais elementos a seu favor que a teoria dos minimalistas. Se voltarmos o holofote do ceticismo para essas "reconstruções" hipotéticas que procuram desmentir as Escrituras, faremos com que esses autores experimentem o amargo de suas próprias concepções. Afinal, como alguém pode ser tão detalhista na apresentação de uma história da qual ele não fez parte e ainda se nega a ouvir as testemunhas? Seu depoimento seria, no mínimo, duvidoso.

E mais, onde estão os achados que confirmem, por exemplo, que o êxodo nunca ocorreu? Ora se a África produzisse um livro sagrado dizendo que os negros um dia foram escravos na China e que foram eles que construíram a Grande Muralha – e essa história fosse uma mentira – o que deveríamos esperar? O óbvio: uma versão chinesa contemporânea que desmentisse aquele relato, especialmente se ele terminasse contando a derrota dos guerreiros imperiais de Xian morrendo afogados, enquanto os negros escapavam ilesos sob o comando de um profeta de Deus. Nenhum chinês iria permitir a propagação de um mito africano em que seu povo figurasse como carrasco e perdedor, a menos, é claro, que aquela história fosse verdadeira e não houvesse como esconder os fatos, pois todos os contemporâneos teriam tomado conhecimento dele. Aí sim, o silêncio teria sido a melhor estratégia!

Portanto, a falta de documentos egípcios que descrevam o Êxodo ou neguem sua ocorrência está mais a favor do relato bíblico do que da versão minimalista. O Egito, lembremos, continuou como um poderoso império durante o cativeiro babilônico (época em que, segundo esses autores, o relato do Êxodo teria sido forjado). Por que, então, ficariam calados diante da propagação dessa história? Por que não a desmentiram? Jamais os minimalistas conseguiram apresentar um único texto antigo – mesmo dentre as bibliotecas inimigas de Israel – que desmentisse uma assertiva histórica feita pela Bíblia.

Não é por menos que eles mesmos se contradigam tanto em suas opiniões e "reconstruções" da história. Enquanto alguns minimalistas descrevam os israelitas como oriundos das montanhas, outros insistem que tudo começou nos vales de Canaã. Para determinado grupo de autores, as origens de Israel estariam numa rivalidade tribal entre povos cananeus, mas, para outros, tudo se desenvolveu em meio a uma "retirada pacífica" ou um "nomadismo interno", completamente desprovidos de conflitos tribais.[15] Como aconteceu à escola de Wellhausen, novamente vemos a ideia de consenso dissolver-se em meio às releituras do minimalismo.

Atualmente existem autores que chegam a propor o fim da expressão "arqueologia bíblica". Eles argumentam que isso poderia ofender o povo árabe que não se sentiria bem em ajudar a confirmar outro livro sagrado que não seja o Alcorão. Pode até ser que por uma questão de prudência evitássemos o uso dessa expressão em zonas de conflito. Contudo, o problema é que os próprios proponentes também desacreditam que se possa encontrar algo que valide o texto bíblico. Ademais, eles sugerem alternativas dúbias ou pouco expressivas como "arqueologia da palestina", "arqueologia siro-palestina" ou "arqueologia do Oriente".

Esse debate em torno da nomenclatura ideal chegou a ter destaque num artigo de H. Shanks, editor da *Biblical Archaeology Review*, que,[16] infelizmente, não parece ter posto fim à questão. Por outro lado, porém, independente do nome que se queira dar, ainda persiste o fato de que a arqueologia tem oferecido um tremendo auxílio na confirmação, estudo e compreensão da Bíblia Sagrada.

Para se evitar maiores fantasias seria importante conhecer como funciona o trabalho arqueológico. Trata-se de uma metodologia séria, complexa e com imensos desafios. Ela não responde a todas as perguntas, mas é uma excelente ferramenta para a fé. Afinal, o que se descobre não são as peças de um relato impessoal, mas os fragmentos da ação de Deus na história humana.

---

1 Thomas Davis, "Faith and Archaeology: A Brief History to the Present", *Biblical Archaeology Review* 19 (1993), p. 54-59.

2 W. F. Albright, *The Archaeology of Palestine* (Hardmondsworth, Inglaterra: Penguin Books, 1949), p. 229. O alto-criticismo ou alta crítica foi um posicionamento acadêmico contra a veracidade histórica da Bíblia que começou a ser mais seriamente defendido durante os séculos 18 e 19. Na última metade do século 19, o crítico da Bíblia Julius Wellhausen popularizou na Alemanha a teoria de que os primeiros seis livros da Bíblia, incluindo Josué, foram escritos no 5º século a.C., isto é, cerca de mil anos depois dos acontecimentos ali descritos. Essa teoria foi apresentada na 11ª edição da *Enciclopédia Britânica*, publicada em 1911, que explicava: "O Gênesis é uma obra pós-exílica, composta de fonte sacerdotal pós-exílica (P) e de anteriores fontes não sacerdotais, notadamente diferentes de P em linguagem, estilo e ponto de vista religioso."

[3] Stephen Strauss, citado por Jesse Long Jr., "Archaeology in Biblical Studies", *Gospel Advocate* 12 (1992), p. 12-14 (itálicos acrescentados).

[4] John Bright, *História de Israel* (São Paulo: Paulinas, 1978). Esse livro foi traduzido da segunda edição inglesa de 1972 e teve várias reedições no Brasil. A última, feita a partir da 4ª edição original, foi lançada em 2003.

[5] John Bright, *History of Israel* (Filadélfia: Westminster Press, 1981).

[6] Willian Brown, "Uma Atualização na Pesquisa Histórica de Israel", em John Bright, *História de Israel* (São Paulo: Paulus, 2003), p. 553, nota 1.

[7] As mais antigas fontes históricas que mencionam Alexandre Magno são: *Anabasis de Alexandre*, escrita por Arriano Xenofonte (c.90-170 ou 96-160 d.C.), Quintus Curtius (data incerta, mas que os especialistas apontam como não anterior ao 5º século d.C.), Plutarco (c.46-100 d.C.), Justino (c. do 2º século d.C.) e, finalmente, Deodoro (c. 1º século d.C.).

[8] Ver nota 2.

[9] P. C. Hodgson argumenta que Baur havia produzido suas ideias antes de conhecer as obras de Hegel. Porém, Edwin Yamauchi discorda desse pensamento, ao declarar que a filosofia de Hegel já havia sido difundida na Alemanha muito antes de Baur começar a expor sua tese e que a semelhança de pensamento entre ele e o filósofo teria sido mais que uma simples coincidência. Cf. P. C. Hodgson, *The Formation of Historical Theology: A Study of F. C. Baur* (Nova York: Harper and Row, 1966), e E. Yamauchi, *Las Escavaciones y las Escrituras* (Buenos Aires: Casa Bautista de Publicaciones, 1977), p. 202.

[10] Cf. S. R. Driver, *An Introduction to the Literature of the Old Testament* (Nova York: Meridian Library, 1957), p. 60 e 61. Quanto à data de produção do documento Sacerdotal posterior ao cativeiro, veja Antonio Fanuli, "As 'tradições' nos livros históricos do AT. Novas Orientações", em *Problemas e Perspectivas das Ciências Bíblicas,* Rinaldo Fabris (ed.) (São Paulo: Loyola, 1993), p. 13; Oswald T. Allis, *The Five Books of Moses* (Phillipsburg, NJ: Presbyterian and Reformed Publishing Co., 1949), p. 17.

[11] Citado por William C. Kerr, *Alta Crítica: Avanços e Recuos,* texto apresentado no I Congresso de Cultura Religiosa, realizado em janeiro de 1940, do qual tenho uma reprodução xerográfica, p. 174.

[12] Ibid., p. 201.

[13] O título original é *The Bible Unearthed: Archaeology's New Vision of Ancient Israel and the Origin of Its Sacred Texts* (Nova York: The Free Press, 2001).

[14] Ibid., p. 118.

[15] Um bom resumo das posturas atuais pode ser encontrado em Airton José da Silva, "A História de Israel na Pesquisa Atual", em Jacir de Freitas Faria [org.], *História de Israel e as Pesquisas Mais Recentes* (Petrópolis: Editora Vozes, 2004), p. 43-87.

[16] Hershel Shanks, "Should the Term 'Biblical Archaeology' Be Abandoned?", *Biblical Archaeology Review* 7 (1981), p. 54-57.

Noções básicas de arqueologia

CAPÍTULO 3

Se alguém deseja realmente aborrecer um arqueólogo é muito simples. Basta comparar seu trabalho ao de Indiana Jones ou ao do herói do filme "A Múmia". Essas visões hollywoodianas podem até ter feito bastante propaganda e provocado uma avalanche de vocações arqueológicas. Contudo, o quadro cinematográfico distorceu muito a realidade do que significa trabalhar num campo de escavações.

Bombas, romance aventureiro, tesouros escondidos, máfias e companhia geralmente não fazem parte do dia a dia da maioria dos arqueólogos. Seus instrumentos são outros e seus inimigos não são membros de uma ordem secreta. Muitos arqueólogos são mundialmente conhecidos, mas lutam com a falta de dinheiro para financiar projetos, excesso de burocracia em detrimento da cultura, fraudes, etc.

Nem todo arqueólogo trabalha em escavações. Talvez a maioria jamais tenha participado de uma escavação, a não ser aquela dos estágios durante o curso na universidade. Seu trabalho é de cunho mais laboratorial e consiste em analisar o que os outros encontraram. Assim temos, por exemplo, os técnicos em datação radiométrica, que trabalham com a física; os linguistas ou paleolinguistas (também chamados filólogos), que trabalham decifrando e montando textos escritos em idiomas antigos; os diretores de museus, que catalogam réplicas e originais de artefatos para a exibição ao público; os acadêmicos, que lecionam e sistematizam os achados, criando links entre eles e, finalmente, os papirólogos, cuja especialidade é a preservação, identificação e publicação de antigos manuscritos, em alguns casos, com mais de 4.000 anos de existência!

Muita gente também confunde a figura do arqueólogo com a de um caçador de dinossauros. Na verdade, poucos arqueólogos têm relação com essa área que pertence mais à paleontologia e geologia. Como disse Alfred Hoerth, professor emérito do departamento de arqueologia do Wheaton College, "na realidade, o arqueólogo geralmente saberá muito pouco acerca da geologia. Seu interesse em rochas só ocorre quando elas podem lhe fornecer alguma informação concernente às habilidades ou atividades de povos antigos... Fósseis e mastodontes pertencem aos tempos pré-históricos. [Portanto] um arqueólogo, cujo interesse está mais [direcionado] para os períodos históricos... pode geralmente reconhecer tipos básicos de animais a partir do que sobrou de um esqueleto, porém, escavadores modernos usam especialistas para este tipo de estudo mais preciso."[1]

Trabalho de campo

Um trabalho sério de escavações custa muito dinheiro e esbarra em muitas burocracias. Não basta, como alguns supõem, colocar uma picareta na mochila, tomar um voo até Tel Aviv, Israel, e então começar a fazer buracos por toda parte, trazendo para casa aquilo que encontra.

As dificuldades já começam na própria escolha de um sítio (local para escavação). O Oriente Médio de hoje é um território cercado de muitas metrópoles. Jerusalém, por exemplo, está em franco crescimento. Cada vez que temos a oportunidade de voltar ali, nos surpreendemos com a existência de alguns prédios a mais do que havíamos visto em anos anteriores. Como todo grande centro, esse crescimento nem sempre se dá de modo controlado e fica difícil para as prefeituras administrar a eterna briga entre os modernos empreendedores imobiliários e os especialistas do departamento de antiguidades que querem, a todo custo, salvar mais um sítio antes que vire alicerce para um condomínio residencial.

Certa vez, conversei com um engenheiro civil que admitiu uma prática condenável à vista de qualquer historiador: a ocultação de evidências arqueológicas. Uma vez que o embargo da obra os faz perder dinheiro num empreendimento imobiliário, muitos construtores preferem omitir das autoridades o relatório de um sítio arqueológico acidentalmente localizado no mesmo lugar em que pretendiam construir um edifício. "A indenização é muito barata – disse ele – e mal cobre os custos operacionais da construção!" Com isso, muitas estruturas da antiguidade continuam permanentemente perdidas sob toneladas de concreto duma modernidade que não consegue parar.

Contudo, ainda restam boas surpresas e muitas delas vêm de pessoas leigas, sem nenhum preparo arqueológico. São agricultores, beduínos e gente comum que exercem uma profunda cidadania ao comunicar aos arqueólogos que encontraram, por exemplo, uma pequena estátua quando aravam sua propriedade.

Foi exatamente assim que descobriram a bela estátua da Vênus de Milo, com seus 900 kg do mais puro mármore. Um desconhecido fazendeiro grego da ilha de Milos, no arquipélago de Cyclades, encontrou-a por acidente, em 1820, enquanto caminhava rotineiramente por sua plantação. Pena que uma milícia francesa estava ali na ocasião, fazendo com que o belo exemplar fosse parar no Museu do Louvre, para a tristeza de muitos moradores das ilhas gregas.

Os famosos manuscritos do Mar Morto também tiveram uma ventura parecida. Foi a rotina normal de um garotinho beduíno procurando cabras que se haviam perdido que revelou ao mundo a mais fantástica coleção de manuscritos bíblicos descoberta até os dias de hoje.

Recentemente, em outubro de 2005, um grupo de trabalhadores achou no chão de um presídio de segurança máxima em Megido, Israel, um mosaico que pode ter pertencido a uma das mais antigas igrejas cristãs já descobertas em território israelense. Yardena Alexandre, comissionado pelo governo para anunciar a descoberta, disse que "este pode ser um dos mais importantes achados da história do cristianismo antigo".[2]

Numa situação como essa em que algo foi acidentalmente localizado, a tarefa do arqueólogo normalmente começa por vasculhar a superfície local, em busca de cacos de cerâmica ou pequenos objetos – despercebidos ao olhar desatento – que possam fornecer pistas de onde começar a escavação. É claro, porém, que nem todos os lugares poderão ser escavados pelos motivos acima mencionados. Assim, o arqueólogo tem de trabalhar com uma lista de prioridades, feita a partir do que se pretende descobrir naquele local.

O passo seguinte é arrolar uma série de especialistas que possam contribuir para aquele projeto. Alguns provavelmente nem serão arqueólogos. Se, por exemplo, o lugar apresentar indícios de possuir ossadas humanas, um especialista em medicina forense será muito útil para avaliar o sexo, idade e causa mortis das pessoas ali sepultadas.

Vêm, a seguir, o que talvez sejam as partes mais difíceis de um empreendimento: autorização governamental e financiamento. O procedimento varia de um país para outro, mas a maioria possui um departamento de antiguidades que gerencia a autorização e fiscaliza os trabalhos de campo. Em Israel, o órgão responsável por esse serviço é a Israel Antiquities Authority que emite, inclusive, o documento de permissão para que alguma peça seja retirada do país permanentemente ou por um tempo definido.

Normalmente, peças não muito raras como lâmpadas, moedas e cacos de argila são liberadas e podem até ser adquiridas em antiquários que as vendem por um preço nada módico. O problema é o contrabando e o mercado negro que comercializam artefatos escavados clandestinamente ou roubados de escavações em curso. O contrabandista retira o achado da mão de técnicos experientes para colocá-lo na prateleira de um colecionador rico que, muitas vezes, nem sabe a importância daquilo que guarda na sala de sua mansão. Por isso os governos de países que possuem esse tipo de tesouro em seu solo têm sido cada vez mais rigorosos na concessão de licenças para trabalhos arqueológicos em seu território.

Quanto ao apoio financeiro, ele pode vir de fontes públicas, mas geralmente é de iniciativa privada. Países do Oriente Médio gastam muito com ações militares, e governos estrangeiros nem sempre se interessam por financiar um projeto de pesquisa cujos resultados (os achados arqueológicos) ficarão no exterior. Assim, pouco resta aos escassos arqueólogos bíblicos senão contar com o apoio de universidades, empresários ou organizações não governamentais como a Biblical Archaeology Society que também vive das doações de membros beneméritos.

O dia a dia na escavação

Em geral, a maioria dos diretores de escavação são também professores que dão aulas no período letivo e escavam durante as férias de verão (que no hemisfério norte ocorre em meados de junho a setembro). Alunos de várias universidades participam como voluntários, podendo obter créditos acadêmicos e até lograr um título de especialização expedido por uma universidade local. Nalguns casos, aulas intensivas são oferecidas nesse período – seguidas da prática de campo – para aqueles que não podem assistir regularmente a um curso de arqueologia.

O trabalho é bastante árduo e começa bem cedo, antes mesmo do sol nascer. A primeira vez que participei de uma escavação em Sha'ar Hagolan, norte de Israel, ficamos num *kibutz* (fazenda coletiva) que tinha sauna e piscina, mas não me recordo de nem um dia em que pudesse utilizá-las. A van (*Cherût*) geralmente nos apanhava por volta das 4 da manhã e só nos conduzia até uma parte do caminho. Depois tínhamos de caminhar mais 2 ou 3 quilômetros de deserto até o local do sítio, onde uma ligeira refeição era oferecida. Imediatamente após algumas diretrizes, começávamos os trabalhos de campo.

Um contêiner colocado ali antes de nossa chegada guardava as ferramentas necessárias: martelos, trenas, espátulas, pás, picaretas e outros utensílios bastante utilizados nessas atividades. Em cada sítio, as escavações são feitas, na maioria das vezes, em demarcações de 5 m^2 de área. Dentro dela, delimitam-se espaços quadráticos que podem variar em número e tamanho de acordo com a natureza do sítio e a quantidade de pessoas para o trabalho. Esse modelo facilita tremendamente o controle das profundidades e o mapeamento do campo com seus definidos estratos de sobreposição.

Os trabalhadores geralmente se revezam nas atividades. Um grupo escava o buraco enquanto outro varre delicadamente o setor onde há indícios de artefatos. A terra recolhida vai em baldes para as mãos de outro grupo que trabalha nas peneiras, selecionando cuidadosamente o que é refugo e o que pode ser um minúsculo pedaço de cerâmica ou moeda da circunferência de um botão. Lembro-me de ter encontrado a cabeça de uma estatueta rara (que hoje está exposta no museu local) cujo tamanho era menor que meu dedo polegar.

A cada tanto de terra escavada, uma amostra é retirada para análise. Deve-se observar atentamente as mudanças que podem indicar uma sobreposição de camadas que ajudará na identificação e datação dos objetos. Qualquer alteração, por exemplo, na cor ou na dureza do solo pode ser a pista de uma mudança de nível ou da presença de algum objeto. Nesse momento a atenção deve ser redobrada, pois uma batida desatenta pode destruir um monumento que começa a aparecer.

Por volta das 9 horas, nosso trabalho era interrompido para um rápido desjejum de 30 minutos. Depois, eram retomadas as atividades até por volta do meio-dia, quando tudo era recolhido e voltávamos para o *kibutz*. O sol, a essa altura, fica quase insuportável e logo sentimos que as insistentes recomendações para o uso de protetor solar, com constantes goles de água, não são um exagero. Num ambiente seco como o do Oriente Médio, insolação e desidratação são fenômenos muito fáceis de ocorrer.

Após o almoço, recomeçam as atividades, desta vez no laboratório móvel montado onde estávamos hospedados. É hora de lavar as peças que saem imundas do solo desértico da região. Algumas cerâmicas eram quase irreconhecíveis em seu estado de sujeira, mas quando as limpávamos utilizando apenas água e delicadas escovas, algumas nos surpreendiam com a beleza de seus desenhos coloridos, esplendidamente preservados depois de milênios embaixo da terra.

A junção de peças parecidas, na tentativa de recriar um vaso que agora estava quebrado, é um verdadeiro trabalho de quebra-cabeça. Nesse estágio, nossa tarefa era apenas recolhê-las em sacos plásticos, devidamente etiquetados, e enviá-las a outro laboratório, onde especialistas em restauração realizam a difícil tarefa de remontar a peça do jeito que era antes de ter sido quebrada. Daí, seu próximo endereço será um museu, onde poderá ser vista por pessoas de todo o mundo.

Mas o trabalho não termina aí. Durante o período letivo, os dados obtidos nos campos são divulgados entre os especialistas, que trocam informações e escrevem artigos científicos, publicados em revistas acadêmicas indexadas num índice mundial. A junção de tudo isso, vista à luz do que já se obteve até o momento, gera livros, conferências e teses defendidas em universidades do mundo inteiro.

Todo estudante universitário sabe que o conhecimento acadêmico é dinâmico e cíclico. Algumas opiniões hoje descartadas podem amanhã ser exaltadas e outras hoje defendidas podem ser questionadas. Nalguns casos, a contribuição arqueológica pode vir anos depois que o material foi retirado da terra. Houve tabletes com inscrições cuneiformes[3] encontrados no Iraque que ficaram anos no porão do Museu Britânico antes que um especialista tivesse tempo e recursos para traduzi-los.

Cidades cobertas

A escavação de cidades antigas é outra tarefa que pode levar décadas para ser concluída. Eu mesmo tive a oportunidade de participar de uma escavação na cidade de Clunia, Espanha, cujos trabalhos já duravam 35 anos. Quanto mais audacioso for o projeto, mais longo será o seu processo.

Preliminarmente, há três modos de classificar as cidades: Tell ou Tall (quando se refere a sítios com nomes árabes), Tel (para sítios de nomes hebraicos) e *Khirbet*. As duas primeiras designações referem-se a cidades que, antes da escavação, encontram-se completamente cobertas por uma colina de entulhos que se formou ao longo dos anos. Já a última (*Khirbet*) diz respeito àquelas ruínas que ainda permanecem visíveis acima da terra, mesmo antes da chegada dos escavadores. *Khirbet* significa "ruína de pedras".

Muitos Tel(l)s foram ignorados ao longo de séculos porque julgavam que se tratava de uma colina natural e nada mais. Ocorre que influências geológicas podem alterar bastante uma região. Erosões, sedimentação, ações eólicas e inundações são apenas alguns dos muitos fenômenos que modificam drasticamente uma paisagem à medida que o tempo passa.

Os povos do antigo Oriente Médio, especialmente aqueles anteriores ao 4º século a.C., tendiam a construir suas cidades sobre colinas que dispunham de nascentes de água para abastecer a população. O posicionamento elevado ajudava a se preparar para eventuais ataques, uma vez que a chegada de exércitos inimigos podia ser vista ao longe e a presença de uma nascente de água na região minimizava o sofrimento durante um cerco inimigo ou numa prolongada estiagem.

Não devemos nos esquecer que as metrópoles são dinâmicas, logo, muita coisa poderia acontecer a uma cidade ao longo de sua existência. Casas eram construídas e demolidas; governantes audaciosos empreendiam megaconstruções e os muros ganhavam ampliações e novos contornos. Além disso, acidentes de ordem natural (terremotos) ou não natural (guerras, incêndios) podiam destruir a fortaleza, fazendo com que ficasse deserta por um algum tempo.

Por questões de economia, populações que chegavam depois aproveitavam os alicerces da vila anterior e por cima deles construíam suas habitações. Se o processo de demolição se repetia uma ou mais vezes, o resultado seria um soerguimento do nível do solo uma vez que entulhos de construções passadas iam se assentando para servir de base às novas edificações.

Depois de muitos séculos de abandono, quando a terra sedimentada passa a cobrir as construções, o que encontramos no local é uma colina (Tel) repleta de camadas de construção civil (ou estratos), cada uma de um período diferente. Para estudar esse fenômeno, os arqueólogos pegam carona num ramo da geologia conhecido por *estratigrafia*. Esse mapeamento das camadas ajuda, posteriormente, no processo de datação das estruturas ali encontradas.

Reconstrução de um Tel cananita com seus vários níveis de ocupação

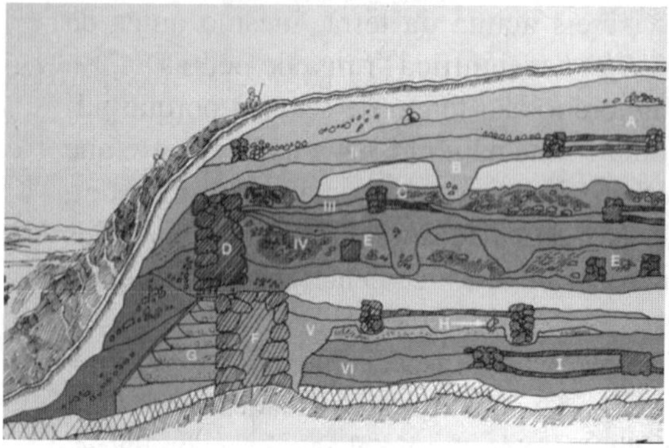

O entrecortamento dos níveis de ocupação mostra como o Tel é formado e por que objetos encontrados no nível ajudam na sua datação (embora algumas vezes um mesmo nível possa ter objetos de datações diferentes).

Assim, longe de ser uma aventura cinematográfica, a arqueologia é um trabalho sério, muitas vezes monótono e que exige bastante concentração. Mas ainda reservam-se espaços para o romantismo, especialmente àqueles que se empenham na arqueologia bíblica.

Tomar nas mãos uma lâmpada ou moeda da época de Cristo e saber que você é o primeiro, em dois mil anos, a colocar as mãos naquele objeto, causa muita emoção. A mente não consegue esconder o êxtase de imaginar se a última pessoa que tocou naquele objeto não teria conhecido pessoalmente algum contemporâneo de Cristo ou o próprio Senhor em pessoa. É como se a história voltasse a se repetir, porém de modo muito mais concreto, retirado da terra pela pá de um sonhador.

---

[1] Alfred J. Hoerth, *Archaeology and the Old Testament* (Grand Rapids: Baker Books, 1998), p. 15.

[2] Scott Wilson, "Discovery Made at Israeli Prison", em <http:\\www.washingtonpost.com>. Acesso em 30 de outubro de 2005.

[3] O cuneiforme é um antigo tipo de escrita que se caracteriza pela forma de pequenas cunhas grafadas na argila ainda molhada que era em seguida cozida e armazenada como documento. Esse processo muito contribuiu na preservação de antigos textos com mais de quatro mil anos de existência.

Como são datados os artefatos

CAPÍTULO 4

Existem duas perguntas que geralmente surgem quando o assunto é a datação de artefatos históricos. A primeira e mais comum é: como se processa o sistema de datação para se saber que tal peça tem de fato todos os anos que os arqueólogos lhe atribuem? A segunda, de interesse maior entre religiosos, é: como harmonizar a história bíblica que demarca a existência da humanidade em pouco mais de seis mil anos, com a historiografia convencional que estabelece a Idade da Pedra e o *homo habilis* em pelo menos 1,4 milhão de anos atrás?

De um modo geral e bastante simplificado é possível dizer que existem dois métodos de datação em arqueologia. Um é baseado em técnicas relativas, e o outro em absolutas. A diferença entre ambos está no grau de certeza laboratorial que se atribui a um e a outro. As técnicas absolutas são consideradas mais acuradas que as relativas. Contudo, a despeito da seriedade com que se empreendem esses estudos cronológicos, os dois métodos têm elementos em aberto que admitem certo grau de questionamento e intuição. Poucos artefatos poderiam induzir a um sistema de datação precisamente inquestionável.

Técnicas relativas

Dentre as técnicas relativas, temos a *estratigrafia* e a *seriação*. A primeira é baseada na sobreposição de estratos de um Tel(l) que se formou ao longo dos anos. O que está nas camadas superiores é, logicamente, mais recente e o que está nas bases é mais antigo, pois já existia quando o de cima se formou. A segunda, baseia-se na eventual alteração que alguns objetos sofrem de uma para outra geração, como é o caso das moedas e das cerâmicas de um modo geral, que recebem novos formatos à medida que as gerações passam. Seriam como as alterações que os novos modelos de automóveis recebem a cada ano. Qualquer um que seja apaixonado por automóveis consegue dizer o ano de fabricação de um automóvel apenas observando o seu modelo. O mesmo acontece, por exemplo, com as lâmpadas a óleo que eram usadas em determinada época. Observe, na foto ao lado, a disposição das lâmpadas a óleo. Cada uma possui um formato e pertence a um período diferente, que vai desde os dias de Abraão até o período bizantino (4º século d.C.).

Começando pelo alto: as duas lâmpadas pertencem ao período do bronze (que corresponde à era patriarcal). A que se encontra no meio delas (com espaço para duas chamas) é do período helenístico (4º século a. C.). As três menores do meio são do 1º século d. C., enquanto as duas últimas (em forma navicular) pertencem ao período bizantino.

Imagine que um esqueleto humano fosse encontrado num túmulo da antiguidade e junto dele estivessem um saquitel de moedas contendo a efígie de Tibério César e um pote de argila típico do que os romanos usavam para armazenar vinho. Esses elementos já oferecem uma forte pista de que aquele homem possivelmente viveu por volta do 1º século d.C., quando Roma ainda estava no apogeu e as moedas de Tibério circulavam pelo território do império.

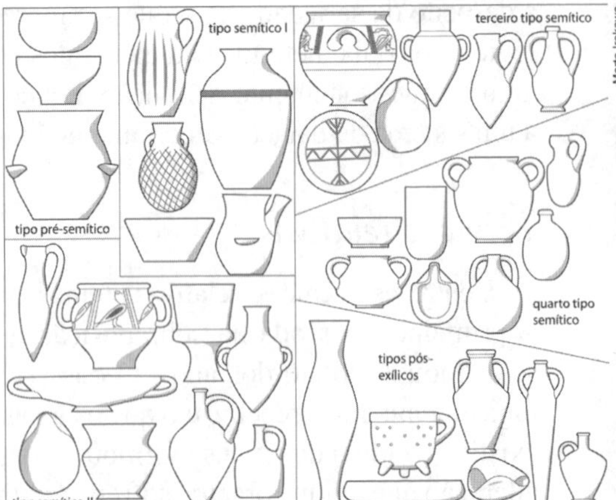

Os vários tipos de cerâmica indicam diferentes épocas.

Técnicas absolutas

Há várias técnicas consideradas absolutas e que

são menos conhecidas, como o arqueomagnetismo, a datação astronômica e a ressonância paramagnética nuclear. Mas vamos falar dos mais conhecidos do público em geral: a *dendrocronologia* e o *C-14*. Estes são os mais citados em revistas populares e documentários de TV.

Pioneira entre as técnicas de datação mais elaboradas, a dendrocronologia foi desenvolvida em 1901 pelo astrônomo Andrew Ellicott Douglas. Ele se baseou no fato de que as árvores desenvolvem anéis concêntricos que são indicadores de ciclos solares. Assim, árvores localizadas nas proximidades de grandes sítios ajudariam na datação dos elementos ali encontrados. O ponto falho desse sistema é a dependência e relativa confiança numa vegetação de longa vida que esteja naturalmente colocada sob o efeito de chuvas torrenciais típicas de um evento climático local e não globalizado, o que tornaria o sistema inadequado a certas partes do mundo, especialmente aquelas mais desérticas como o Oriente Médio.

Já a técnica do *radiocarbono*, surgida no final dos anos 40, foi considerada um dos mais revolucionários métodos de datação do mundo científico. Essencialmente, o que essa técnica faz é utilizar-se do montante de carbono 14 disponível em organismos vivos como instrumento medidor de tempo. Seu pioneiro foi o americano Williard Libby, que criou um sistema de datação capaz de ser aplicado em qualquer resto de material orgânico: madeira, ossos, petróleo, resíduos vegetais, etc.

Em síntese, o processo funciona assim: as plantas absorvem o carbono 14, juntamente com o não radioativo carbono 12, diretamente da atmosfera. A quantidade é mais ou menos igual. Os animais e o ser humano comem as plantas e, com isso, acabam absorvendo esses dois tipos de átomos de carbono.

Ocorre que o C-12 é estável, mas o C-14 não. Ele é radioativo e se desintegra para formar o nitrogênio 14. A taxa média de desintegração é de 13,6 átomos por minuto para cada grama total do carbono. Uma pessoa tem, em média, 170 mil átomos de C-14 se desintegrando em seu corpo a cada minuto. Essa perda, no entanto, é equilibrada quando nos alimentamos de vegetais que obtiveram esses átomos da atmosfera. Um leão, é claro, não come vegetais, mas alimenta-se de animais herbívoros que tinham o átomo de carbono em seu corpo devido às plantas que comeram, assim seu corpo também adquire esses átomos mesmo mantendo um regime carnívoro.

O que Libby descobriu, portanto, é que todas as criaturas vivas mantêm uma quantidade de C-14 em equilíbrio com aquela disponível na atmosfera, pois a reposição é constante através da alimentação. Quando, porém, o organismo morre, cessa a atividade alimentar e a reposição para de ocorrer. Então, a proporção de C-14/C-12 começa lentamente a diminuir. Em cerca de 5.730 anos, metade dos átomos de C-14 deixará de existir no organismo morto – o que é chamado de "meia vida". Daí, quanto menos C-14 é deixado no organismo, mais velho ele é.

Comparando-se o montante de C-14 de um organismo morto com o montante de C-12 é possível estimar quando ele morreu. No caso específico da arqueologia, esse método seria eficaz, por exemplo, na datação do madeiramento de um barco, de uma folha misturada à argila de uma cerâmica, ou num tecido encontrado numa múmia.

A datação pelo C-14 é geralmente expressa em anos anteriores ou posteriores à "presente era" (em inglês BP, *Before Present*), que, por mera conveniência, foi estipulada em 1950. Um osso humano, por exemplo, pode ser datado em 2000 ± BP, o que seria entre 2100 e 1900 anos antes de 1950, isto é, com cem anos para mais ou para menos como margem de erro.

Uma limitação do C-14, conforme apresentada por Taylor e Webster, é que o método se baseia num pressuposto impossível de provar: que a proporção do C-14 em relação ao C-12 da atmosfera tenha permanecido constante através de todo o tempo da escala do C-14. Se houve no passado qualquer alteração atmosférica no planeta, o método torna-se ineficaz para organismos que tenham morrido antes ou durante a mutação.[1]

Aliás, mesmo hoje, percebe-se que o montante de C-14 presente na atmosfera e que não foi absorvido pelos organismos vivos tem variado de acordo com o tempo. Isso pode ter sido por causa de poluentes, ou talvez pelas mudanças no pólo magnético da Terra. Muitos já admitem que a relação C-12/C-14 pode variar em função da intensidade do magnetismo terrestre. Quanto mais forte for o magnetismo da Terra, menos C-14 será formado e o magnetismo tem se alterado mesmo em épocas recentes, necessitando assim de uma calibragem dos resultados.

Veja o depoimento do professor António João Cruz, doutor em Química pela Universidade de Lisboa. Após apresentar os cálculos usados na contagem do carbono, ele conclui:

"Portanto, a determinação da idade *t* (expressa em anos) limita-se à determinação de A_0 e A. Porém, na prática, o problema não é tão simples quanto aparenta.

"Em primeiro lugar, há problemas devido ao fato de a radiação correspondente à atividade A ser inferior à radiação de fundo.

"Em segundo lugar, é necessário admitir que a concentração de ^{14}C na atmosfera é constante no tempo e no espaço e que o teor em ^{14}C é o mesmo em qualquer ser vivo. Só assim é possível determinar A_0 – a atividade correspondente à radiação devida ao carbono 14 no momento da morte.

"Embora no início os pressupostos teóricos em que assenta o método fossem aceitos, não o são neste momento. De acordo com estudos baseados na dendrocronologia, não se pode admitir a constância da concentração de carbono 14 na atmosfera e nos seres vivos. À 'primeira revolução do carbono 14', em 1945, seguiu-se, assim, uma 'segunda revolução' em 1967, data a partir da qual as datações feitas pelo carbono 14 passaram a ser calibradas.

"Essa calibração torna-se particularmente importante sobretudo para materiais com idade superior a 3.000 anos.

"Não obstante a existência das curvas de calibração, há ainda alguns problemas importantes a resolver. Um dos principais é, sem dúvida, o que resulta do fato de a curva de calibração poder apresentar para uma data de radiocarbono mais do que uma data calibrada."[2]

Portanto, embora se trate de um método sério, o C-14 não está isento de erros, pressupostos ou dogmas. Em 1969, houve em Uppsala, Suécia, o Symposium on Radiocarbon Variations and Absolute Chronology. T. Säve-Söderbergh e I. U. Olsson, dois respeitadíssimos especialistas da área, introduziram seu discurso com as seguintes palavras:

"O método de datação com C-14 foi discutido recentemente no simpósio sobre pré-história no Vale do Nilo. Um famoso colega americano, professor Brew, sumarizou para os presentes a atitude comum entre os arqueólogos em relação a esse método: se uma data de C-14 sustenta nossa teoria, nós o colocamos no texto. Se ela contraria parcialmente nossa ideia, a colocamos numa nota de rodapé. E se ela está completamente fora da data que apresentamos, então simplesmente a deixamos fora."[3]

Periodização da História Antiga

No final do século 18, C. J. Thomsen iniciou um trabalho de catalogação das peças do Museu Nacional da Dinamarca, que estavam completamente desorganizadas. De repente, ele percebeu que todos os artefatos – isto é, os objetos antigos feitos pela mão do homem – poderiam ser separados com base em três tipos de material: pedra, bronze e ferro.

Tomados como modelos históricos, esses elementos se tornaram emblema de três grandes divisões dentro da história antiga: Período Lítico (ou Idade da Pedra), Período do Bronze e Período do Ferro.

Antes de apresentar as datas convencionais para esses períodos, é importante lembrar que existem algumas diculdades que devem ser cuidadosamente mencionadas, pois o modelo básico conflita com a cronologia bíblica de uma criação recente – algo em torno de 6.000 anos de história.

Embora não tenhamos aqui espaço para tratar detalhadamente dessa questão (que daria todo um livro dedicado ao tema), vamos resumir alguns pressupostos questionáveis que podem gerar uma discrepância entre as cronologias bíblica e convencional:

1. Cosmovisão evolucionista – Muitos arqueólogos e historiadores realizam suas pesquisas partindo da premissa de que a teoria da evolução é um fato. Eles entendem que o homem resulta de um processo evolutivo, contínuo, a partir de formas primitivas. Enquadrar a Bíblia nessa cosmovisão é inadequado, pois sua antropologia indica um hiato, um salto qualitativo entre a essência humana e a essência animal que não pode ser explicado por transformações sucessivas, mas pela diferença entre ambas.

Ora, para que a evolução se concretize nos moldes como a constroem, faz-se necessário esticar a cronologia humana para bem mais que 6.000 anos, pois o processo foi lento. Assim, estabelecendo-se que o homem primitivo anterior ao *homo sapiens* foi, pouco a pouco, aperfeiçoando seus instrumentos de trabalho, supõe-se que demoraria ainda centenas de milhares de anos até que ele conseguisse passar dos instrumentos de pedra lascada para os de pedra polida e, depois, para os de metal. Daí a grande distância calculada entre a Idade da Pedra e a Idade do Ferro.

2. Culturas contemporâneas e não sucessivas – Existe uma ideia quase convencional (também motivada pela cosmovisão evolucionista) que duas civilizações não poderiam ser contemporâneas caso uma fosse mais avançada que a outra. A descoberta de dois sítios com poucos quilômetros entre ambos faz o arqueólogo supor que o primeiro é milhares de anos mais antigo que o segundo e que este já não mais existia quando aquele foi formado. Tudo pelo simples fato de que as ferramentas encontradas no primeiro local são de manufatura inferior às encontradas na outra escavação.

O problema com esse tipo de abordagem é que ele é de cunho mais filosófico que científico. Ademais, esquece-se que ainda hoje é possível encontrar fazendas vizinhas com um tremendo abismo tecnológico entre elas. Enquanto uma, por ser rica, possui sofisticados maquinários para fazer sua colheita, a outra usa mão de obra humana para fazer o mesmo serviço. Seguindo a mesma predisposição arqueológica da atualidade, seria possível imaginar no futuro um grupo de escavadores desenterrando ambas as fazendas e concluindo erroneamente que a primeira foi construída centenas de anos depois da outra haver sido derrubada. Isso criaria na cronologia local um hiato de tempo que simplesmente não existiu!

É por isso que acadêmicos como Richard Thompson e Michael Cremo, da European Association of Archaeologists, concluem que "preconceitos evolucionários profundamente arraigados... têm agido como um filtro do conhecimento". E, especialmente nesse caso, "é impossível atribuir idades a ferramentas de pedra simplesmente com base na forma delas".[4]

Uma pesquisa financiada pela respeitadíssima British Association, no platô de Kent, Inglaterra, verificou a presença massiva de instrumentos paleolíticos em estratos tanto inferiores quanto superiores do platô, o que indica que continuavam sendo largamente usados mesmo quando se julgava que estivessem ultrapassados.[5] Mesmo hoje é possível encontrar culturas que empregam instrumentos primitivos considerados da Idade da Pedra.[6]

3. Falta de dados precisos – A história antiga é como um jogo de quebra-cabeça do qual nos faltam muitas peças. Períodos bem mais conhecidos como o do império romano são mais fáceis de se pesquisar. Porém, datas anteriores ao 7º século a.C. começam a apresentar lacunas que demandam um preenchimento hipotético. Nesse caso, os eventos mais antigos do Egito e da Mesopotâmia não possuem uma datação tão precisa como às vezes se faz supor. Seus habitantes não contavam o tempo de acordo com os critérios atuais e sua noção de ano podia ser demarcada tanto pela lua, quanto pelo sol ou por ambos (calendário lunissolar). Outra forma mais localizada poderia marcar o início do ano por um acontecimento especial – como a morte de um sacerdote ou pelo reinado de um monarca. Assim, o sétimo ano de Hamurabi também é registrado nalguns documentos como "o ano em que Uruk e Isin foram tomadas".[7]

Outro agravante está no fato de que eles também não dispunham de uma contagem do tempo a partir de um ponto comum e fixo como o fazemos com a Era Cristã. Nós relacionamos os acontecimentos de modo ininterrupto em *antes* e *depois* de Cristo. Eles não. Uma seca ou inundação poderia marcar num documento o início de uma contagem que não seria levada em conta numa cidade vizinha, cujo evento-chave foi a entronização de um monarca local.

4. Mudanças de paradigma nas datações convencionais – À luz do que já ocorreu várias vezes na história da ciência *cronologista*, não deveremos nos surpreender se algumas datas hoje convencionalmente divulgadas sofrerem alteração. Várias datações da história antiga já foram revistas e encurtadas por respeitados especialistas da área.

Petrie e Wooley, pioneiros da egiptologia, datavam a primeira dinastia em 5.000 anos antes de Cristo. Hoje o cômputo mais aceito é o de 3100 a.C. e há quem sugira uma datação ainda mais recente.[8] As dinastias egípcias, diga-se de passagem, são o marco para a cronologia do segundo milênio a.C. (inclusive a mesopotâmica) e, pelo que veremos mais à frente, ainda são tema de constantes debates acadêmicos.[9]

Em um simpósio sobre cronologia e história, realizado na Europa, foi declarado que até mesmo o Museu Britânico manteve durante décadas uma série de tabletes cuneiformes datados em torno de 4.500 anos antes de Cristo, cujo consenso atual não os considera como anteriores a 2500 a.C.[10] Já antes disso, o falecido Dr. Libby, pioneiro do método do C-14, declarou em 1956: "Eu e o Dr. Arnold ficamos chocados quando nossos conselheiros de pesquisa nos informaram que a história se estendia a apenas 5.000 anos. Nós lemos livros e encontramos declarações de que tal e tal sociedade ou sítio arqueológico data, por exemplo, de 20.000 anos. Mas aprendemos, abruptamente, que esses números, isto é, aquelas antigas datas, não são certeza absoluta. Elas se baseiam no período [convencional] da primeira dinastia do Egito, que é a mais antiga data histórica de que se tem uma certeza estabelecida."[11]

5. *Datações anteriores ao surgimento da escrita* – A despeito da importância que ossos, ferramentas, ornamentos e cerâmicas tenham para o estudo arqueológico, é importante mencionar que, em termos de datação antiga (ou seja, anterior à invenção da escrita), sua contribuição não é conclusiva e está sujeita a novas interpretações. Há, por exemplo, um grande debate em aberto sobre a data da destruição de Jericó, pois sua principal evidência vem das cerâmicas encontradas no local, que são interpretadas de maneira diferente, de acordo com o especialista que as analisa.

Se quisermos evitar erros sistêmicos, talvez devêssemos nos manter mais confiantemente dentro daquela cronologia que parte da invenção da escrita até o presente. Afinal, documentos escritos são fontes mais seguras que oferecem, por exemplo, o testemunho de um eclipse ou de um terremoto que, com os atuais instrumentos de estudo da astronomia ou da sismografia, podem ser identificados com absoluta precisão. Isso nos levaria para algo em torno de 2500 a.C., que é quando começa a história registrada por escrito.

Contudo, mesmo alguns historiadores não bíblicos, como John G. Read, ainda se mostram cautelosos ao afirmar que "as datas bem autenticadas [em relação à cronologia egípcia] só nos permitem recuar para 1.600 anos a.C".[12] A razão para esse comentário está em que as datas egípcias com maior ou menor grau de precisão só podem ser traçadas com certa margem de segurança até à discutível dinastia de Ramsés (1320 a.C.), que levou pelo menos nove reis a adotarem esse nome.

As datas a partir desse período são estabelecidas com base em listas de reis sumerianos, cronologia grega e outras fontes correlatas. Porém, para períodos que antecedem essa época, aumenta-se consideravelmente o grau de incerteza. Os egípcios datavam os fatos pelo reinado de seus faraós. Por exemplo: "isso ocorreu no terceiro ano do reinado de Ahmose". Mas hoje é sabido que houve corregências, de modo que o quinto ano de um rei poderia ser também o seu primeiro ano, pois os quatro anteriores foram em companhia de seu pai, que não havia abdicado do trono.

Ademais, não temos precisamente o número de reis que governaram em todos os períodos do Egito. Por razões políticas ou religiosas, os escribas muitas vezes compilavam as dinastias com uma precisão absoluta, noutras não. Algumas dessas listas sobreviveram até nosso tempo, e dentre elas podemos citar a Pedra de Palermo, que está em Turim, e a Tábua de Karnak, que atualmente encontra-se no Museu do Louvre. Contudo, nenhuma dessas listas está preservada o bastante para solucionar todos os detalhes a ponto de oferecer uma cronologia absolutamente precisa. Talvez achados futuros poderão nos ajudar, mas, por enquanto, são esses os elementos que a história disponibiliza.[13]

Portanto, levando em conta os fatos acima apresentados, vejamos a tabela cronológica convencional dada pelos livros de arqueologia, seguida de uma tentativa de adequação à cronologia bíblica.[14] Porém, vale relembrar a hipótese de que a chamada Idade da Pedra, com todas as suas subdivisões, não seria um período anterior ao Bronze, mas contemporâneo dele e posterior aos eventos registrados em Gênesis 6:1-9:29.

Paleolítico (Antiga Idade da Pedra Lascada)	1400000-17000 a.C.	
Epipaleolítico/Mesolítico (Período de Transição)	17000-8500 a.C	
Neolítico (Idade da Pedra Polida)		
Neolítico A – anterior à produção de objetos de cerâmica	8500-7000 a.C.	
Neolítico B – pré-cerâmico	7000-6000 a.C.	
Neolítico Cerâmico	6000-4500 a.C.	
Calcolítico /Megalítico/Eneolítico – Produção em massa de enormes monumentos de pedra e início da utilização do cobre ou bronze como matéria-prima (período de transição)	4500-3500 a.C.	
Período do Bronze Antigo ou Primitivo		
Bronze Antigo IA	3500-3300 a.C.	
Bronze Antigo IB	3300-3050 a.C.	
Bronze Antigo II	3050-2700 a.C.	
Bronze Antigo III	2700-2350 a.C.	
Período do Bronze Médio		
(Bronze Antigo IV/Bronze Médio I)	2350-2000 a.C.	Babel?
Bronze Médio IIA	2000-1800 a.C.	Patriarcas
Bronze Médio IIB	1800-1550 a.C.	Hicsos e hebreus no Egito
Período do Bronze Recente		
Bronze Recente I	1550-1400 a.C.	Êxodo hebreu
Bronze Recente IIA (Período de Amarna)	1400-1300 a.C.	Conquista de Canaã/império Hitita/ início do período dos juízes
Bronze Recente IIB	1300-1200 a.C.	Período dos juízes

Período do Ferro		
Ferro IA	1200-1150 a.C.	Período dos juízes
Ferro IB	1150-1000 a.C.	Fim do período dos juízes
Ferro IIA	1000-900 a.C.	Monarquia unida – Saul, o primeiro rei. Davi torna Jerusalém a capital do reino e Salomão constrói o templo
Ferro IIB	900-700 a.C.	Monarquia dividida – Judá e Israel
Ferro IIC	700-586 a.C.	Judá
Período Babilônico e Persa	586-332 a.C.	Jeremias, Ezequiel, Daniel
Período Helenístico A	332-167 a.C.	Conquistas de Alexandre, o Grande
Período Helenístico B	167-37 a.C.	Revolta dos Macabeus
Período Romano	37 a.C.-325 d. C.	Evangelhos, Atos, Epístolas, Apocalipse, Igreja primitiva, conversão de Constantino
Período Bizantino	325-1453 d.C.	Romanização do cristianismo

Embora não se trate de um mapa cronológico acima de qualquer questionamento, essa tabela é de grande auxílio na reconstrução dos períodos passados. Usadas com o devido bom senso e dentro de um critério rigoroso, as técnicas de datação constituem uma ferramenta importante na reconstrução histórica da antiguidade.

---

[1] E. Taylor, "Cincuenta años de datación por radiocarbono", em *Ciencia de los Orígenes*, n. 58, 2; C. Webster, "La Datación Radiométrica, ¿És de Temer?", em *Ciencia de los Orígenes*, n. 60, 5 e 6. Para a menção de outros problemas com o método C-14, veja A. Roth, *Origens* (Tatuí: Casa Publicadora Brasileira, 2001), p. 241-244; H. M. Morris, *Cientific Creationism* (San Diego: Creation-Life Publishers, 1974), p. 137-148.

[2] Disponível em <http://ciarte.no.sapo.pt>. Acesso em 15 de fevereiro de 2007.

[3] Citado por Robert E. Lee, "Radiocarbon, Ages in Error", *Anthropological Journal of Canada* 19 (1981), p. 9-29.

[4] Michael A. Cremo e Richard L. Thompson, *A História Secreta da Raça Humana* (São Paulo: Aleph, 2004), p. 56.

[5] Ibid., p. 57 e seguintes.

[6] David Livingstone, "Was Adam a Cave Man?", *Archaeology and Biblical Research* 5 (1992), p. 5-15.

[7] S. H. Horn e L. W. Wood, *The Chronology of Ezra 7* (Washington, DC: Review and Herald, 1970), p. 15 e seguintes.

[8] Além do já mencionado artigo de Manfred Bietak, temos: Byron E. Shafer (org.), *As Religiões do Egito Antigo* (São Paulo: Nova Alexandria, 2002), p. 245; Paul Johnson, *História Ilustrada do Egito Antigo* (Rio de Janeiro: Ediouro, 2002), p. 50; W. A. Ward, "The Present Status of Egyptian Chronology", em *Bulletin of the American of Oriental Research,* Cambridge 288 (1992), p. 53-66.

[9] Peter James, e outros, *Centuries of Darkness: A Challenge of the Conventional Chronology of the Old World Archaeology* (New Brunswick: Rutgers University Press, 1993); David Henige, "Generation-Counting and the Late New Kingdom Chronology", *Journal of Egyptian Archaeology* 67 (1981), p. 182-184.

[10] P. J. Crowe, "Ancient History Revisions: The Last 25 years", *Proceedings of the 1999 SIS Jubilee Conference,* em *Chronology and Catastrofism Review* (2000), p. 1.

[11] W. F. Libby, "Radiocarbon Dating", *American Scientist,* jan. 1956, p. 107.

[12] John G. Read, "Early Eighteenth Dynasty Chronology", *Journal of Near Eastern Studies* 29 (1970), p. 1-11.

[13] Para outros detalhes e lista sobre a cronologia dos reis egípcios, ver Paul Johnson, p. 37, 38.

[14] As datas são aproximadas e podem sofrer uma variação dependendo do livro-texto que se adote. Alguns, por exemplo, colocam o Bronze Antigo começando em 3200 a.C., enquanto outros a estabelecem em 3500 a.C. Ademais, o sistema de datação bíblica que aparece na terceira coluna é uma "tentativa" baseada na cronologia que estabelece o Êxodo em cerca de 1445 a.C., no reinado de Amenófis II, e não entre 1280-1200 a.C., conforme propõem alguns que o atribuem ao reinado de Ramsés II.

Pegadas de Adão

CAPÍTULO 5

Imagine a cena: um professor cético desafia seus alunos religiosos perguntando se algum deles acredita na estória do *Lobo Mau e os Três Porquinhos* como sendo um fato real. Ninguém, é claro, poderia achar que aquilo havia acontecido de verdade; afinal, porcos e lobos não falam, não constroem casas nem podem com um simples assopro pôr abaixo uma edificação de palha ou madeira. É lógico que se trata de uma fábula e não de uma história real.

"E quanto à Bíblia?", poderia prosseguir o professor. "Podemos, em sã consciência, considerar *histórica* uma narrativa que apresenta uma serpente *falando* e enganando um casal desnudo, num jardim paradisíaco? Não parece que essa é uma estória simplória demais para justificar o início da humanidade?"

Iguais aos porcos e lobos, serpentes não falam, nem oferecem frutos aos que passam perto de sua árvore. Estariam os primeiros capítulos do Gênesis mais para fábula do que para um relato histórico das origens? Muitos teólogos entendem que sim, que não podemos tomar a sério aquilo que Moisés escreveu. Chegam a sugerir que "devemos cortar esses capítulos fora de qualquer evento especificamente histórico".[1]

Autores clássicos como C. S. Lewis[2] e Teilhard de Chardin[3] chegaram a supor que Adão seria o primeiro exemplar do *homo sapiens* ou de uma raça que se seguiu à cadeia evolutiva. Noutras palavras, eles propõem uma simbiose entre a Bíblia e a teoria da evolução proposta por Darwin, o que colocaria Adão como o resultado das transformações sofridas pelos hominídeos que o antecederam. Esse processo teria demorado milhões de anos para se concretizar.

O grande problema com esse tipo de abordagem – que pretende ser uma defesa racional da Bíblia – é que seus proponentes esquecem que a doutrina de Cristo está edificada sobre o conteúdo do Antigo Testamento que, por sua vez, se apoia inteiramente sobre o relato do Gênesis. Ora, se a história do Éden não aconteceu de fato, então não houve a "queda de Adão" e a humanidade não se encontra contaminada por nenhum tipo de "pecado original". Logo, não existe uma transgressão da qual necessitamos ser redimidos e a morte expiatória de Cristo não passa, na melhor das hipóteses, de um martírio sem significado.

Em busca do Adão histórico

Embora devamos admitir que a história de Adão parece um tanto estranha ao senso comum, pois nada vemos no mundo real que lembre o ambiente edênico que a Bíblia descreve, devemos lembrar que até mesmo os melhores advogados não se aventurariam a acusar de "mentirosa" uma pessoa apenas porque seu depoimento reflete um fato difícil de acontecer. A história dos processos jurídicos está repleta de casos "estranhos" e aparentemente "improváveis" que constituíam a mais pura verdade. Assim, um jurista experiente prefere avaliar de modo neutro tudo o que é dito nos autos e, então, buscar fora deles "provas" ou "evidências" que deponham contra ou a favor daquilo que foi apresentado.

E não há melhor argumento a favor de um depoimento do que o apelo a testemunhas. Há outras pessoas que viram ou ouviram aquilo que se afirmou? Uma pessoa sozinha pode mentir ou se equivocar descrevendo algo que não aconteceu. Porém, quando diversas pessoas, sem contato direto entre si ou com o depoente, afirmam basicamente o mesmo que ele contou, diminuem-se para quase zero as chances de haver um equívoco sistêmico. Ainda que se trate de um relato estranho, ele tem o mérito da lógica racional e pode realmente ter ocorrido. Mas é claro que duas pessoas jamais contam a mesma história ou descrevem o mesmo evento igualmente. Existem contradições não essenciais que são perfeitamente aceitáveis. O importante é que o testemunho se harmonize nas bases que o sustentam.

Transferindo para o Gênesis os conceitos que acima apresentamos, pergunta-se: há testemunhas, fora da Bíblia, que confirmam as bases do que Moisés descreveu? Afinal se Adão de fato existiu, ele estaria no topo das genealogias do mundo inteiro, pois todas as antigas civilizações procederiam geneticamente dele e deveriam fazer referências a esse ancestral comum.

Não se deve esperar, contudo, que as antigas tradições regionais sejam um decalque exato da narrativa bíblica. A história nos revela que houve ondas de "apostasia" em relação à teologia monoteísta que saiu do Éden. A comparação, portanto, deve se resumir à permanência de um esboço similar ou de elementos antigos que sobreviveram ao distanciamento étnico em direção ao politeísmo posterior.

Vasculhando, pois, as origens da civilização, até o ponto mais distante que a história escrita nos consegue levar, chegamos por volta do terceiro milênio antes de Cristo, quando surgiram os primeiros livros da humanidade. Eles foram inicialmente produzidos num sistema de escrita pictogrâmica, no qual as figuras representavam objetos. Depois vieram os primeiros traços ideogrâmicos, quando as figuras começaram a representar "ideias" e "conceitos". Finalmente, surgiu o sistema fonogrâmico, no qual cada figura representa um som.

Como ainda não havia o papel que hoje conhecemos, a escrita era feita na argila ainda úmida e depois secada ao sol ou em fornos especialmente preparados para esse fim. Este sistema muito ajudou na preservação dos documentos, pois, uma vez secos, o barro escrito pode durar milhares de anos debaixo da terra.

Os caracteres eram normalmente traçados a partir de pequenos sulcos feitos na argila que mais pareciam cunhas em miniatura. Por isso receberam o nome de "cuneiforme", isto é, "escrita em forma de cunha".

Curiosamente, os primeiros registros escritos da humanidade foram produzidos mais ou menos na mesma época, tanto na Mesopotâmia quanto no Egito. Por que justamente nesses dois países? Provavelmente porque foram os dois centros que mais rapidamente se desenvolveram após o Dilúvio, gerando as mais antigas comunidades urbanas da História. Ali, a unificação política dos clãs e das tribos em torno de um sistema religioso/governamental (como foi o caso da torre de Babel) resultou numa sociedade centralizada, que se organizou a partir de uma estrutura bastante complexa. Esse modelo social exigiu em pouco tempo a criação de um sistema de

FreeStock.com

Tabletes com escrita cuneiforme datados do 3º milênio a.C.

contabilidade e comunicação confiáveis que pudesse servir de referência no comércio e na repartição dos bens.[4]

Assim, transcorreram ainda mais de mil anos entre esse período e o nascimento de Moisés. Porém, se a história que ele escreveu for verdadeira, devemos, obrigatoriamente, encontrar a partir daí as primeiras referências a Adão, já que este seria, de acordo com o Gênesis, o genitor comum de todos os povos. E, por incrível que pareça, essas referências existem e foram encontradas numa quantidade maior que o necessário para validar o texto bíblico.

Origem comum

Milhares de tabletes cuneiformes foram escavados na região que compreende a antiga Mesopotâmia. Eram recibos, cartas, leis, documentos de propriedade, etc. Alguns continham listas genealógicas e histórias tradicionais sobre os primórdios da humanidade. Ao avaliá-los, qual não foi a surpresa dos arqueólogos ao perceberem que muitos traziam semelhanças bastante acentuadas com o que seria posteriormente escrito na Bíblia.

Uma extraordinária coincidência foi percebida, por exemplo, na forma como os antigos documentos egípcios e mesopotâmicos chamavam o primeiro ancestral da humanidade: *Adamu*, *Adime*, *Adapa, Alulim*, *Alorus*, *Atûm*, *Adumuzi,* etc. Ora, não seria razoável supor que todas essas formas constituam variações ortográficas do mesmo nome *Adão*? Note que a forma hebraica *'Adam* se encaixa naturalmente em todas essas variações. A semelhança fonética é muito evidente. É como se conhecêssemos um homem chamado João, mas que os alemães chamam de *Johann*, os ingleses de *John*, os espanhóis *Juan* e os franceses de *Jean*. Apesar das diferenças idiomáticas, existe uma raiz temática que permanece em todas as formas de escrita ou pronúncia.

Um tablete encontrado em 1934 no sítio de Korsabá, a 22 km de Nínive, contém uma lista de reis assírios começando com "dezessete reis que viveram em tendas", provavelmente líderes de povos nômades. *Tudia* é o primeiro nome da lista seguido por *Adamu*, que, mui provavelmente, seria um título de realeza advindo de um ancestral famoso, como foi o nome César para os imperadores romanos. Mais à frente, noutra lista, encontramos o 37º rei chamado *Puzar-Assur*. Ele era um dos vários reis nomeados em homenagem ao seu ancestral Assur, o fundador da Assíria. Em Gênesis 4:22, encontramos o mesmo costume num dos descendentes de Caim que se autodenominou Tubalcaim. Assim, é possível que *Adamu* tenha sido um rei que assumiu esse nome em homenagem a outro *Adamu* importante que existiu antes dele. E por que não supor que seria uma homenagem ao Adão que viveu no Éden?

Os arqueólogos também perceberam que pelo menos seis elementos históricos do Gênesis podiam ser encontrados nos tabletes que foram traduzidos por peritos em paleografia.[5] Comumente, eles mencionavam:

1. A criação e desobediência de um casal humano que perdeu o paraíso.
2. A maldição que seguiu à desobediência, trazendo a morte aos habitantes da Terra.
3. O início da família humana marcado pela tragédia de um fratricídio.
4. A humanidade que se tornou má e, por isso, foi destruída num dilúvio.
5. O perecimento de quase todos, menos alguns que foram preservados pelos deuses.
6. Uma confusão de idiomas que espalhou os homens pelos quatro cantos da Terra.

Tradição universal

Esses paralelos literários derrubaram a tese de que a narrativa do Gênesis seria um mito criado por Moisés. Alguns, no entanto, continuaram a negar a historicidade bíblica, sugerindo, então, que esses relatos mesopotâmicos eram os originais e que o Gênesis seria um plágio de obras literárias já existentes.

Desmentindo essa última hipótese, K. A. Kitchen escreveu que "a suposição comum de que este relato [bíblico] é simplesmente uma versão simplificada de lendas babilônicas é um sofisma em suas bases metodológicas. No Antigo Oriente Próximo, a regra é que relatos e tradições podem surgir (por acréscimo ou embelezamento) na elaboração de lendas, mas não o contrário. No Antigo Oriente, as lendas não eram simplificadas para se tornar pseudo-histórias como tem sido sugerido para o Gênesis".[6]

Ao contrário de ser um plágio, o Gênesis possui características de ser quase uma "correção" daquilo que o antecede. Prova disso é o fato de que, dentre todos os textos, ele é o único que assume um monoteísmo clássico em meio a versões milenares que preferiam atribuir aos "deuses" a obra de criação e o julgamento do planeta Terra.

Até mesmo Lévi-Strauss, que considerava o relato da criação um mito, foi forçado a admitir que "grande surpresa e perplexidade surgem do fato de que esses temas básicos para os mitos da criação são mundialmente os mesmos em diferentes áreas do globo", principalmente fora do Oriente Médio.[7]

Se o relato bíblico fosse apenas uma reprodução de lendas culturais da Mesopotâmia, não deveríamos encontrar essa mesma história tão largamente ensinada entre povos que viviam fora das terras bíblicas e não tinham, até onde se saiba, algum contato com as Escrituras hebraicas ou com a tradição sumeriana. Foi uma grande surpresa para muitos missionários encontrar, entre aborígenes e tribos isoladas das Américas, Ásia, África e Oceania, tradições orais tremendamente similares à narrativa bíblica. Vários missiólogos e antropólogos reconheceram a importância dos paralelos bíblicos nas culturas pagãs e as coletaram em livros que se tornaram *best-sellers* em várias partes do mundo.[8]

Ao norte de Calcutá, Índia, viviam dois milhões e meio de pessoas conhecidas como povo Santhal. Sua antiquíssima tradição conta que um Deus chamado *Thakur Jiu* criou do barro o primeiro homem e deu-lhe o nome de *Haram* (note a semelhança fonética com o nome *'Adam* em hebraico). Depois criou a mulher que recebeu o nome de *Ayo*. Ambos foram colocados num jardim paradisíaco chamado *Hihiri Pipiri*. Ali um ser sagaz chamado *Lita* fez cerveja de arroz e ofereceu ao casal. Desobedecendo às ordens divinas, eles beberam o líquido e dormiram. Quando acordaram perceberam que estavam nus.

Distante da Índia, encontramos outra remota tradição contada pelo povo Karen, da Birmânia. Ela está preservada em antigos hinos que foram traduzidos de um primitivo dialeto no fim do século 18. Uma das estrofes litúrgicas diz que um Deus chamado *I'wa* formou o mundo a partir da água e a terra produziu o fruto da tentação. Havia ordens explícitas para ninguém comê-lo, mas um espírito rebelde chamado *Um-kaw-lee* enganou duas pessoas fazendo-as experimentar o alimento da morte. Por causa disso, os homens ficaram sujeitos à doença, envelhecimento e punição.

Essas são apenas duas de muitas tradições semelhantes ao relato bíblico que podem ser encontradas fora do Oriente Médio. Portanto, o que nos resta é aceitar a hipótese de que tanto o Gênesis quanto esses mitos (por mais distorcidos que estejam) procedem igualmente de uma mesma raiz histórica, a saber, a tradição adâmica. Todos eles narram, à sua maneira, um fato que realmente aconteceu e ficou marcado, por muitas gerações, na memória dos povos. A distorção, é claro, foi se tornando mais acentuada à medida que os descendentes de Adão mergulhavam no politeísmo, perdendo de vista o aspecto monoteísta de Deus que vinha desde o Éden.

---

[1] Peter James Cousins, *Ciência e Fé: Novas Perspectivas* (São Paulo: ABU Editora, 1997), p. 174.

[2] C. S. Lewis, *The Problem of Pain* (Nova York: Macmillan Company, 1960).

[3] Pierre Teilhard de Chardin, *The Appearance of Man* (Nova York: Harper and Row, 1965).

[4] André Lamaire, "Escrita e Línguas do Oriente Médio Antigo", em A. Barucq [e outros], *Escritos do Oriente Antigo e Fontes Bíblicas* (São Paulo: Paulinas, 1992), p. 13.

[5] Paleografia é o estudo dos mais antigos registros e formas de escrita da humanidade.

[6] K. A. Kitchen, *Ancient Orient and Old Testament* (Downers Grove: InterVarsity, 1966), p. 89.

[7] Claude Lévi-Strauss, "The Structural Study of Myth", em *Structural Anthropology*, (Nova York: Basic Books, 1963), p. 208.

[8] Um exemplo é o livro de Don Richardson, *O Fator Melquisedeque: O Testemunho de Deus nas Culturas Através do Mundo* (São Paulo: Vida Nova, 1991).

CAPÍTULO 6

Histórias primordiais

Há muitos detalhes interessantes nas antigas narrativas orientais que nos fazem lembrar o relato bíblico. Essas similaridades, como já dissemos, evidenciam que todas se originam de um mesmo episódio que, de fato, ocorreu.

Voltando, pois, aos limites geográficos do Oriente Médio, vejamos, a título de ilustração, alguns paralelos entre o Gênesis e as antigas tradições egípcias e mesopotâmicas anteriores a Moisés.[1]

A Criação no Egito

Várias inscrições hieroglíficas foram encontradas em obeliscos, tumbas, sarcófagos, templos e papiros encontrados no território egípcio e sudanês. A maioria desses textos foi catalogada, traduzida e recebeu o nome de *The Pyramid Texts*.[2] Atualmente, qualquer interessado em egiptologia pode ler esse vasto material e ter uma ideia de como os antigos conterrâneos do faraó entendiam, entre outras coisas, a formação do mundo.

Na verdade, o Egito possui um rico acervo de versões sobre a criação. Basicamente, elas apresentam os princípios da vida, da natureza e da sociedade como sendo estabelecidos pelos deuses, desde a criação do nosso planeta. Mas todas começam falando de um tempo em que nada existia. Mencionam uma época "quando o céu ainda não tinha vindo à existência, a Terra não tinha ainda se formado, os deuses não haviam nascido e a morte não tinha se tornado realidade".[3]

Embora, diferentemente da teologia cristã, esses textos marquem um "começo" para as divindades, é possível encontrar na crença egípcia resquícios de uma visão monoteísta, quando afirmam que houve no início um único Deus, anterior a todos os outros, que tirou sozinho a Terra das águas primordiais ou do caos – exatamente como o Gênesis que também descreve a Terra saindo de um estado caótico simbolizado pelas *águas do abismo*.

No entanto, a versão egípcia refere-se ao primeiro deus com um nome que o Gênesis atribui ao primeiro homem. Ele é chamado de *Atûm* (lê-se *Atam*, *Aton* ou *Atên*) que é foneticamente similar ao hebraico *'Adam*. Aí vê-se uma corruptela da tradição original adâmica, pois *Atûm* é o disco solar e mais tarde o próprio deus-sol. Mas ainda há espaço para outras similaridades: assim como o Espírito de Deus pairava sobre as águas do abismo (como um pássaro aninha-se sobre um ninho), Atûm emerge das trevas caóticas de *Num* (o céu) como se fosse um pássaro místico (*Bennu*) e paira sobre Heliópolis, uma antiga cidade próxima ao Cairo, vista como território sagrado do antigo paraíso dos deuses.

A história de *Atûm* está muito bem preservada nas paredes internas das pirâmides dos reis Mer-ne-Re e Nefer-ka-Re que datam de 2400 a.C. Assim como o Gênesis, o texto se ocupa em apresentar os descendentes de Atûm e entre eles existe um cujo nome é Set. Embora não tenhamos bases absolutas para identificá-lo com o *Sete* bíblico, filho de Adão, é deveras curioso que esse homônimo egípcio seja descrito como um homicida que, por inveja, matou o próprio irmão, tornando-se obscuro para todo o sempre.[4]

Ora, a história que conhecemos é bem diferente dessa. Sete é o filho bom, dado por Deus a Adão para substituir Abel que fora vítima de seu irmão, Caim. Não seria, então, plausível supor que estamos diante de uma outra descrição dos acontecimentos, que os egípcios contavam segundo a versão dos antigos descendentes de Caim?

A Criação na Mesopotâmia

Saindo do Egito para a Mesopotâmia, encontramos ainda outra grande variedade de mitos, com curiosas semelhanças com um ou outro aspecto da cosmogonia bíblica. O conto de *Enki* e *Ninhursag*,[5] mais conhecido como o "mito do paraíso",[6] foi escrito por volta do 2º milênio a.C. Nele, os deuses criam os céus, a Terra e os homens. Eles os colocam no paraíso idílico de Dilman e, para curar a costela de *Enki*, fazem surgir uma mulher e lhe dão o nome de Nin-ti, cujo significado seria "rainha dos meses", "senhora da costela" ou "aquela que faz viver".[7] Ora, Eva também foi criada a partir de uma costela de Adão e seu nome hebraico (*hawwa*) é associado etimologicamente ao verbo "viver".[8]

O *Enuma Elish*[9] é outro importantíssimo documento que também possui muitos paralelos com o relato bíblico. O texto foi primeiramente encontrado nas escavações da biblioteca real de Assurbanipal, que ficava na cidade de Nínive e data do 7º século a.C. Porém, outros fragmentos mais completos foram encontrados posteriormente em Kish. Ao todo são sete tabletes que descrevem a criação do mundo dividida em sete partes (como o Gênesis que a divide em sete dias).

Embora existam divergências religiosas acentuadas entre a Bíblia e a epopeia babilônica, vamos nos deter nos paralelismos, os quais nos interessam mais de perto:[10]

Enuma Elish	Gênesis
"Quando nas alturas, o céu não havia sido nomeado e a terra firme abaixo não tinha sido chamada pelo nome..."[11]	"No princípio criou Deus os céus e a Terra, a terra, porém, era sem forma e vazia..."
Um espírito divino coexistia eternamente com a matéria.	O Espírito Divino criou a matéria do nada e vivia independente dela.
O caos primitivo (chamado pelos babilônicos de *Tiamat*) é visto como uma figura mitológica envolvida nas trevas.	A terra era sem forma e vazia e as trevas cobriam a face do abismo (chamado por Moisés de *Tehom*).
A luz emana dos deuses.	Deus diz: "Haja luz".
Criação do firmamento.	Criação do firmamento.
Criação da terra seca.	Criação da terra seca.
Criação dos luminares.	Criação dos luminares.
Criação do homem (sexto tablete).	Criação do homem (sexto dia).
Os homens são criados a partir do sangue de um sacrifício divino.	O homem é criado à imagem e semelhança de Deus.
Os deuses celebram a criação (sétimo e último tablete).	Deus santifica o sábado (sétimo dia), numa celebração pelo que havia criado.

Museu Britânico – divulgação

Tabletes do Enuma Elish *contendo o relato da Criação.*

O primeiro homem e sua queda

Os tabletes cuneiformes encontrados no Oriente revelaram que, desde longo tempo, existiu na Mesopotâmia uma tradicional história acerca de Adapa. Dela já foram encontrados quatro fragmentos, sendo três deles derivados da biblioteca de Assurbanipal, e o mais extenso e antigo veio dos arquivos egípcios de El Amarna, escritos por volta do século 14 a.C.[12]

O poema gira em torno da problemática da vida eterna, pois, segundo seu relato, o primeiro homem chamado Adapa recebera grande sabedoria, mas não era naturalmente imortal.[13] Ele era, pela criação, *o filho do deus Ea* e morava na cidade sagrada de *Eridu*. Curioso é notar que *Eridu* e *Éden* procedem da mesma raiz etimológica em conjunto com o sumeriano *Edin* ou *Edenu* (que também quer dizer "paraíso" ou "planura"). Coincidentemente, Lucas também estabelece a genealogia humana a partir de Adão, qualificando-o, como no mito de Adapa, de *filho de Deus* (Lc 3:38).

A história prossegue dizendo que Adapa vivia em meio aos *Anunnakis*, palavra que lembra muito o termo *anaquins* ou os gigantes que temos na Bíblia. Depois apresenta sua falha ao quebrar com a vela do seu barco a "asa" do vento sul, impedindo-o de soprar sobre a Terra.

Em seu julgamento perante os deuses, Adapa se recusa a alimentar-se do pão e da água da vida. Aquilo, na verdade, era um teste, pois ele sabia que não lhe era permitido participar de um alimento reservado aos deuses. Inconformado, o deus Anu lhe pergunta: "Por que não tens comido, nem bebido [da água da vida]? Se [assim fazes] não poderás ter a vida eterna!"[14] Essas palavras ecoam a mesma proposta da serpente ao oferecer o fruto para Eva: "É certo que não morrereis, pois no dia em que dele comerdes sereis iguais a Deus".

Também lembram a proibição divina do acesso adâmico à árvore da vida eterna (Gn 3:24).

Adapa é, portanto, elogiado em sua atitude de recusar comer do alimento proibido. A única coisa que ele aceitou dos deuses foi tomar sobre si um segundo manto – dado para substituir o primeiro que era o manto da lamentação – e ser ungido com azeite. Esses elementos simbolizam a justiça que é outorgada por outrem àquele que merecia morrer. Embora o Gênesis não fale sobre o azeite, traz o tema das duas vestes de Adão, que primeiro faz para si e sua mulher cintas de folhas e no fim é vestido com um segundo manto feito a partir da pele de um animal (Gn 3:7, 21).

Na mentalidade da época, era forte a ideia de que a imortalidade não é algo que nos pertence naturalmente, ela é outorgada pelos deuses. Igualmente, na visão bíblica, o homem não é criado um ser imortal, mas um candidato à imortalidade mediante a obediência. Com a entrada do pecado perdemos a vida eterna e somente em Cristo podemos recuperá-la.[15]

Com peculiaridades próprias de cada poema essa mesma estrutura de criação e queda do gênero humano aparece em outras histórias espalhadas pelo antigo Oriente Médio. E todas igualmente possuem semelhanças incríveis com o relato bíblico.

No épico babilônico de Gilgamesh, o lendário herói sumeriano tem um amigo, Enkidu, que é seduzido por uma cortesã da deusa Ishtar e passa a ter um "conhecimento pleno" [seria como o "conhecimento do bem e do mal', mencionado na Bíblia?]. Após esse ocorrido, Ishtar lhe declara: "Você agora é um conhecedor, Enkidu. Você será igual a deus." Então ela improvisa vestiduras e o veste com elas.[16]

Selos cilíndricos

Uma outra maneira de descobrir as ideias mesopotâmicas é examinar sua arte. Vários vasos, estatuetas e relevos em pedra contam-nos a história do mundo e do pecado, de acordo com a ótica desses povos antigos. Aqui merecem destaque os selos cilíndricos que foram escavados em Babilônia e hoje enriquecem as coleções de vários museus do mundo.[17] Prontos para deslizar na argila como um rolo compressor, eles trazem, tal qual uma fotografia da época, as cenas ou episódios importantes de sua história. Novamente, muitas delas apresentam os mesmos elementos básicos da história do Gênesis.

Este que aparece a seguir é um selo cilíndrico dito "da tentação", que hoje se encontra no Museu Britânico, em Londres. Ele data aproximadamente do 3º milênio a.C. e contém a figura de um casal sentado defronte de uma árvore, aparentemente comendo do seu fruto. Note que atrás da mulher e do homem há uma serpente participando da situação.

Selo mesopotâmico da tentação, datado de 2300 a.C.

Embora alguns pensem que esse selo seja meramente um símbolo do culto à fertilidade, não é difícil ver na cena uma símile com a história de Adão e Eva.[18] Os que objetam ao paralelismo entre esse artefato e Gênesis 3 argumentam que a figura masculina tem em sua cabeça uma tiara de divindade e, portanto, constituiria um deus sentado diante de uma mulher devota. Ora, isso não invalida a ligação do selo com Adão, que poderia, muito bem, ser identificado como um ser divino, uma vez que os sumérios chamavam o primeiro homem de "filho [direto] do deus Ea". Ademais, numa cultura patriarcal como a sumeriana, é difícil imaginar que uma mulher apareceria sozinha adorando um deus sem a presença de seu marido. Diferente dos gregos, os sumérios não falavam de deuses seduzindo mulheres e a que aparece na cena não se encontra em nenhuma das posições clássicas de adoração. Ela simplesmente está sentada defronte de uma figura masculina sem nenhuma evidência que justifique um culto à fertilidade.

A seguir, temos outro exemplar muito interessante, vindo da antiga cidade sumeriana de Lagash. Um casal (alguns supõem que seja o rei Gudea e sua esposa) é conduzido pela mão até o trono do grande deus *Anu* ou *Enki*, pois eles haviam pecado. Suas mãos erguidas são o que os babilônios e assírios chamavam de *shu'il-la,* isto é, "prece com a mão levantada", porque eram recitadas como sinal de súplica ou penitência, tendo principalmente a mão direita à altura do rosto.

Marta Irokawa

Confissão de Gudea e sua esposa perante o deus Enki. *Atrás da mulher aparece a figura de uma serpente quadrúpede.*

Note que do trono divino flui a água da vida – um emblema que também aparece em Apocalipse 22:1. Além disso, o desenho ainda mostra duas figuras ontológicas que nos chamam a atenção: uma serpente quadrúpede e um ser divino que parece ajudar o casal, como um intercessor diante do deus *Enki.* A maioria dos assiriólogos pensa que ambas as figuras referem-se ao mesmo personagem – o deus *Ningishzida* – na sua forma humana e de uma serpente quadrúpede e alada.

Mas a coincidência de alguns detalhes nos remete mais uma vez à trama do Gênesis. A serpente do Éden também podia caminhar sobre patas e, muito provavelmente, voar. Somente depois do pecado é que lhe foi ordenado rastejar e comer o pó da terra (Gn 3:14).[19] Na Bíblia essa serpente é a representação máxima de Lúcifer, descrito como um querubim que perdeu sua antiga posição no Céu. O curioso é que, se lermos o mito por trás de Ningishzida, perceberemos que ele se parece muito com aquela versão bíblica acerca do anjo caído.

Segundo os tabletes cuneiformes, Ningishzida era uma divindade sumeriana cultuada em Gishbanda, próximo à cidade de Ur. Embora fosse o deus do mundo inferior, ele também era designado como o (antigo?) guardião do trono divino e o "deus da árvore do conhecimento", pois seu nome, aparentemente, significa: "aquele que produziu a árvore agradável".[20] E que árvore poderia ser essa senão a que a Bíblia qualifica como "do conhecimento do bem e do mal"? Afinal, Gênesis 3:6 a descreve como "boa para se comer, agradável aos olhos e árvore desejável para dar entendimento". Não estariam ambos os relatos do Gênesis e de Ningishzida referindo-se ao mesmo elemento?

Representado originalmente por uma serpente – nalguns casos alada –, Ningishzida também é associado a um dragão com asas, expulso do Céu. Em Apocalipse 12, um dragão alado também é identificado com a antiga serpente do Éden que, naquele contexto, é denominada "diabo" e "Satanás".

O ser que toma a mão de Gudea (Ningishzida) também leva sobre os ombros duas cabeças de dragão com dois chifres cada uma (compare com Ap 13:11). Contrastando com a teologia bíblico-cristã, ele está no lugar que deveria pertencer a Cristo, o intercessor entre Deus e os homens. Na ótica cristã, a serpente não é de modo algum a mediadora, mas a que trouxe o pecado e a morte. Cristo, o único intercessor, é quem leva nos ombros a culpa que deveria recair sobre a humanidade pecadora.

Concluindo

É evidente que as diferenças entre esses mitos e o relato do Gênesis são mais notórias que as semelhanças. Contudo, o que nos interessa é que existe um claro paralelismo literário, se não na mensagem teológica, pelo menos na estrutura e em algumas descrições muitíssimo semelhantes.

À luz dessa evidência, só restam três conclusões possíveis: (1) que os escritores mesopotâmicos derivaram seu material dos livros de Moisés, (2) que Moisés derivou seus escritos dos mitos mesopotâmicos ou (3) que ambos (Moisés e os mesopotâmicos) derivaram seus escritos de uma mesma fonte.

A primeira opção deve ser descartada a partir do fato que a civilização mesopotâmica antecede em mais de mil anos o nascimento de

Moisés. Quanto à segunda, lembramos o fato já comentado neste capítulo de que Moisés tem características singulares que negam a dependência literária desses documentos. Ele pode até tê-los consultado ou conhecido, pois era um homem culto. Contudo, se alguma ligação houve entre o Gênesis e a literatura mitológica que o antecedeu, esta foi apenas no sentido de corrigir suas aberrações e seu politeísmo.

Sobra-nos, portanto, a terceira hipótese que é a mais razoável do ponto de vista literário. Houve de fato um ancestral comum a todos os homens cujo nome soa foneticamente similar ao hebraico *Adam*. Ele e sua mulher não vieram à existência pela evolução, mas por um ato criador de Deus. Mas, pela desobediência, ambos pecaram e colocaram a humanidade no estado de permanente caos. No entanto, é aqui que entra a superioridade do relato bíblico: a provisão divina de um Salvador para redimir a humanidade. A Bíblia é a história dessa redenção!

---

[1] Alguns documentos como o Enuma Elish e o Épico do Gilgamesh (ambos do 7º século a.C.) são posteriores a Moisés, mas hoje é praticamente unânime a opinião que esse tipo de literatura remonta a uma tradição que advém do 3º ou 2º milênio a.C., cf. Alfred J. Hoerth, p. 186. J. M. Durand, "Os Escritos Mesopotâmicos", em A. Barucq [e outros], p. 142-144.

[2] Cf. Samuel A. B. Mercer [editor e tradutor], *The Pyramid Texts*, 1952 [copyright não renovado] disponível ao público em < http://www.sacred-texts.com/egy/pyt/index.htm >. Acesso em 11 de dezembro de 2005.

[3] Pyramid Text, 1466.

[4] Cf. *Ancient Near Eastern Texts: Relating to the Old Testament* (Princeton: Princeton University Press, 1969), p. 3-17 [nas referências seguintes: *ANET*].

[5] As transliterações da escrita cuneiforme, quando não escritas conforme a fonte mencionada, seguem as gramáticas de Wolfram von Soden, *Grundriss der Akkadischen Grammatik* (Roma: Pontificum Institutum Biblicum, 1952) e, especialmente, René Labat, *Manuel d'Épigraphie Akkadiene (Signes, Syllabaire, Idéogrammes)* (Paris: Librairie Orientaliste Paul Geuthner, 1988), 6ª edição.

[6] Cf. a tradução inglesa em James B. Pritchard, *ANET,* 37-41.

[7] Samuel Noah Kramer e John Maier, *Myths of Enki, the Crafty God* (Nova York: Oxford University Press, 1989), p. 28-30.

[8] Samuel Noah Kramer, *History Begins at Sumer* (Filadélfia: University of Pennsylvania Press, 1981), p. 143, 144.

[9] *ANET*, p. 61-72.

[10] Esse quadro foi adaptado e ampliado da tabulação de Gaalyah Cornfield e David Noel Freedman, *Archaeology of the Bible: Book by Book* (Peabody, MA: Hendrickson, 1989), p. 6.

[11] *ANET,* p. 60, 61, tablete 1, linhas 1, 2.

[12] Cf. a tradução inglesa em *ANET*, p. 101-103, 313, 314, 450, 606.

[13] A ideia de que Adapa seria o primeiro homem está na expressão: "Ea o criou como um *modelo* dos homens" (*ANET,* p. 101, linha 6). Aqui a palavra traduzida por "modelo" pode ser lida no sentido de chefe ou exemplo a ser seguido, mas sempre mantendo a conotação cronológica e moral de "o primeiro de todos".

[14] *ANET*, p. 102, linha 67.

[15] Para maiores comparações, veja: William H. Shea, "Adam in Ancient Mesopotamian Traditions", *Andrews University Seminary Studies* (Spring 1977), p. 27-42.

[16] *ANET,* p. 73, linhas 16 e seguintes.

[17] Para fotografias e comentários sobre os diversos selos já encontrados, veja A. Kirk Grayson, Grant Frame and Douglas Frayne [ed.], *Assyrian Rulers of the Third and Second Millennia BC* (Toronto: University of Toronto Press), v. 1, 1987, v. 2, 1991, v. 3, 1996; Grant Frame, *Rulers of Babylonia: From the Second Dynasty of Isin to the End of Assyrian Control (1157-612 BC)* (Toronto: University of Toronto Press, 1995), v. 2; Dietz O. Edzard, *Neo-Sumerian Period, Part 1: Gudea and His Dynasty* (Toronto: University of Toronto Press, 1997), v. 3/1; Douglas R. Frayne, *Neo-Sumerian Period, Part 2: Third Dynasty of Ur* (Toronto: University of Toronto Press, 1997), v. 3/2.

[18] T. C. Michell, embora não aceite a equiparação com o relato bíblico, admite que George Smith, que foi por muitos anos pesquisador do Museu Britânico, interpretou o selo como contendo um paralelismo com a história de Gênesis 3. T. C. Michell, *The Bible in the British Museum* (Londres: British Museum Press, 1998), p. 24. Veja também, Federico A. Arborio Mella, *Dos Sumérios a Babel* (São Paulo: Hemus Editora, s.d.), p. 130.

[19] A ideia de uma serpente alada antes do pecado pode ser encontrada em Ellen G. White, *Patriarcas e Profetas* (Tatuí: Casa Publicadora Brasileira, 1990), p. 45, 46.

[20] Joseph Campbell, sugere a tradução "senhor da árvore da verdade". Joseph Campbell, *Occidental Mythology: The Masks of God* (Londres: Penguin Books [Arkana], 1991), p. 9. Outra possibilidade seria "senhor da boa árvore". Thorkild Jacobsen, *The Treasures of Darkness: A History of Mesopotamian Religion* (New Haven & London: Yale University Press, 1976), p. 7; Stephen Herbert Langdon, *The Mythology of All the Races: Semitic* (Boston: Marshall Jones Company, 1931), v. 5, p. 78-90, 178-179, 284-285.

Testemunhos do Dilúvio

CAPÍTULO 7

A vida na Terra não deve ter sido fácil para Adão e seus primeiros descendentes. Principalmente para ele e sua mulher, que haviam conhecido o mundo antes do pecado. A natureza era perfeita e extremamente bela. Acordavam sem se sentir indispostos e caminhavam sem sentimento algum de medo. Mas depois a situação ficou diferente e tudo em redor os fazia lembrar disso. A terra passara a produzir espinhos e abrolhos, a natureza parecia contaminada e a morte, o pior dos inimigos, os ameaçava todos os dias.

Na sequência dos fatos apresentados no Gênesis, encontramos, após os primeiros capítulos, a narrativa de uma imensa catástrofe que pôs fim a quase toda a humanidade. Salvaram-se apenas Noé e sete membros de sua família (Gn 6-9). Essa fantástica história também está preservada em vários tabletes mesopotâmicos, pelo que podemos seguir aqui a mesma lógica usada em relação à historicidade de Adão, ou seja, que esses documentos refletem um episódio que realmente ocorreu no passado da humanidade.

Lista de reis pré-diluvianos

Os escritos de Beroso, um antigo sacerdote da Babilônia, mencionam uma lista de reis que viveram antes *do grande dilúvio que se abateu sobre a Terra* (compare com Gn 5:1-32). Seu texto, embora seja do 3º século a.C., deriva de tabletes cuneiformes muito mais antigos que também foram encontrados e hoje estão disponíveis, tanto nas línguas originais quanto em traduções especializadas, feitas por orientalistas de todo o mundo.

Essas listas foram produzidas num período de aproximadamente 400 anos, que cobrem de 2100 a 1700 a.C. Nesse intervalo, muitas coisas ocorreram na Mesopotâmia. Ur, a cidade de Abraão, se tornou a poderosa capital da Suméria e uma verdadeira "cultura comum" começou a se espalhar por todas as cidades-estado da região. Não é de admirar que Mário Curtis Giordani refere-se a esse período como "verdadeira renascença sumeriana".[1] Depois disso, a força política foi transferida para as cidades de Isin e Larsa, que iniciam uma nova dinastia sob o domínio dos amorreus e elamitas.

Os textos genealógicos, além de fragmentários, não são uniformes, mas parecem proceder de uma mesma fonte mais antiga. O mais completo deles é o Prisma de Weld-Blundell, descoberto em 1921 nas escavações de Larsa. Portanto, a tarefa dos especialistas é tentar remontar a genealogia original e descobrir os homônimos que podem estar escritos de modo diferente nos diversos tabletes já identificados.

Fazendo um paralelo com a Bíblia, há duas coisas nessas listas sumerianas que nos chamam a atenção: em primeiro lugar a extrema longevidade dos chamados reis pré-diluvianos que, de acordo com os tabletes, viveram milhares de anos. Segundo, a semelhança linguística entre vários nomes listados e alguns patriarcas que a Bíblia menciona antes do Dilúvio.

Apenas para ilustrar, vejamos parte de um texto cuneiforme do segundo milênio a.C. que contém a lista sumeriana dos reis pré e pós-diluvianos. Esse documento certamente serviu de base para os escritos de Beroso. Os números à esquerda equivalem às linhas da primeira coluna do tablete:[2]

1. [Quando] a soberania desceu do céu
2. Em Eridu estava a soberania.
3. Alulim exerceu
4. a soberania por 28.000 anos
5. Alamar a exerceu por 36.000 anos
6. Dois reis
7. a exerceram por 64.800 anos
8. Eridu foi destruída
9. A soberania de Badgurgurru
10. foi ...
11. Em Badgurgurru, Enmenluanna
12. exerceu [a soberania] 43.200 anos...

A lista continua apresentando uma série de reis com suas longas soberanias até que uma interrupção na linha 40 quebra a sequência com a frase "*e então veio o dilúvio e cobriu a Terra*". A partir daí a listagem que se segue é formada pelos reis que viveram "*depois que o dilúvio havia coberto [a Terra]*" (linha 41). Curiosamente, seu período de reinado é drasticamente diminuído de vários milhares para apenas algumas centenas de anos. Como, aliás, também ocorre nas cronologias bíblicas pré e pós-diluvianas, em que a média de vida dos patriarcas vai gradativamente reduzindo de 900 anos para valores menores que um século e meio de existência. Vejamos a continuidade do texto:

42. A soberania desceu do céu
43. A soberania está em Kish
44. Em Kish, Gaur
45. Foi rei
46. Ele exerceu [a soberania] por 1.200 anos
47. Khulla-Nidada, a divina donzela,
48. a exerceu por 960 anos.

[Segunda coluna]

1. ... buum (?)
2. exerceu [a soberania] por 900 anos
3. .....
4. .....
5. foram companheiros
6. completaram (?) ...
7. Galumun
8. Governou por 900 anos;
9. Zigagib
10. governou 840 anos
11. A-Ri-Pi, filho de Mashgag,
12. governou 720 anos...

Embora a listagem bíblica também apresente os pré-diluvianos com uma expectativa de vida muito superior à atual, a cifra babilônica que atribui a média de 21 mil anos para cada monarca necessita de um esclarecimento.

Para fins didáticos não nos deteremos muito nas implicações literárias das diversas listas. Contudo, podemos apresentar uma observação feita por Alfred Rehwinkel que desanuvia consideravelmente a problemática. Ele menciona um lexicógrafo grego chamado Suidas, que teria vivido por volta de 670 d.C. e produzido um vasto dicionário da língua grega. Nessa obra, o autor comenta que o "saro" – medida cronológica de Babilônia – teria dois valores: o *saro civil*, que valia 18,5 anos em média e o outro, o *saro astronômico*, que valeria 3.600 anos.

Assim, Rehwinkel assume que os escribas (e especialmente Beroso) teriam dado ao saro civil o valor astronômico que gerou a cifra exagerada.[3] De fato, uma comparação da primeira listagem cuneiforme com a de Beroso apresenta um progressivo aumento dos períodos. Enquanto os tabletes trazem um total de 241.200 anos de reinado pré-diluviano, Beroso traz 432.000!

A matemática que Rehwinkel apresenta não é difícil de ser compreendida. Se, como ele supõe, Beroso deu aos "saros" o seu valor astronômico, então os 36 mil anos de Alamar correspondem na verdade a dez saros. Ora, se cada saro civil equivalia a 18,5 anos, Alamar não teria governado mais que 185 anos, o que estaria próximo da idade de Adão (130 anos) quando lhe nasceu o primeiro filho.

Essa teoria pode não responder a todas as perguntas acerca desses "reis", mas fornece uma boa pista para uma compreensão mais razoável. De acordo com Rehwinkel, levando-se em conta as diferenças numéricas entre a versão samaritana, o texto hebraico massorético e a LXX, a discrepância entre a Bíblia e o texto babilônico seria de apenas 21 anos, o que é um valor insignificante.[4]

Comparando os nomes

Mais interessante que a comparação dos números é a equiparação fonética entre os patriarcas bíblicos e os nomes que aparecem nas listagens mesopotâmicas. No capítulo anterior já fizemos uma breve referência ao nome de Adão que também aparece modificado nesses documentos. Aqui vamos nos deter em apenas duas listas (uma cuneiforme e outra de Beroso) e compará-las com o texto bíblico. A correspondência genealógica entre elas não será, é claro, absolutamente exata. Não obstante, a semelhança entre alguns nomes é incrível!

Antes, porém, é importante mencionar algumas questões de filologia. Todos sabemos que os nomes próprios geralmente provêm de raízes etimológicas que são adaptadas a um idioma derivado ou a um sotaque regional que os modifica. O nome *Jesus,* que na região sul é pronunciado com um "e" mais fechado, torna-se no nordeste *Jésus* (com ênfase no "e" bem mais aberto). Os americanos já o pronunciam de maneira ainda mais diferenciada. Eles dizem algo como *jzeezâz* com um alongamento do "e" e uma típica marcação da última vogal "u" pronunciada como se fosse um "a". Mas, em qualquer um desses três casos, a grafia permaneceu inalterada. Todos escrevem "Jesus".

Noutros casos, a adaptação do nome pode demandar uma variação maior de letras ou de formato. Temos como exemplo o nome brasileiro "Vagner", que é uma pequena alteração – apenas uma letra "V" – do alemão "Wagner", que quer dizer "construtor de vagões". Para os ingleses, a alteração foi um pouco maior e "Wagner" se tornou "Waggoner", embora a base fonética tenha permanecido a mesma.

Algumas similaridades, no entanto, não podem ser tão facilmente visíveis como essas que apresentamos e demandam maior conhecimento técnico para serem percebidas. Se tomarmos, por curiosidade, um livro de "origens e significados dos nomes", observaremos que "Guilherme" vem do teutônico *Willihelm* que quer dizer "protetor resoluto". Por isso, em inglês, esse mesmo nome se transformou em "William" ou "Williams" – uma grafia completamente diferente, mas oriunda do mesmo radical.

Nas línguas antigas o fenômeno linguístico era o mesmo. O deus-sol, por exemplo, recebia no antigo tronco semita o nome de *Shamash*. Mas o acentuado sotaque hebraico fez com que o Antigo Testamento o vertesse para *Shemesh* como podemos encontrar em Jeremias 43:13.[5] No idioma ugarítico a mudança foi ainda maior, pois o mesmo nome recebeu um "p" mudo no lugar do "m", de modo que sua vocalização passou a ser *Shapsh*. Isso esclarece a afirmação do capítulo anterior onde dissemos que *Adam* e *Adapa* seriam grafias diferentes para o nome de Adão.

Munidos dessas informações, vejamos o paralelismo linguístico entre as listagens sumeriana, de Beroso e da Bíblia:

Lista sumeriana cuneiforme (c. 2000 a.C.)[6]	**Lista de Beroso (c. 260 a.C.)**	**Lista do Gênesis**
Alulim	Alorus	Adão
Alamar	Alarapus	Abel? Sete?
Enmenluanna	Amelon	Enos
---------	Ammenon	Cainã
Emmengalanna	Megalaros	Maalalel
Dumuzi	Daonos	Jarede
Ensipazianna	Euedorachos	Enoque
Enmenduranna	Amenpsinos	Matusalém
Uberratum	Otiartes	Lameque
	Xisouthros	Noé

É claro que, como já foi dito, nem todos os nomes de patriarcas bíblicos possuem uma correspondência clara e longe de qualquer questionamento. Mesmo os especialistas mais renomados debatem entre si quanto à grafia e a correlação exata entre alguns nomes. Para alguns, Alarapus teria se corrompido e se transformado em Abel. Para outros seria um correspondente de Sete ou até mesmo de Adão.

Porém, a despeito de algumas divergências, é reconhecido no mundo acadêmico que alguns pares de nomes possuem uma correspondência muito interessante que não pode ser ignorada. Vejamos alguns casos:

1. Amelon, o terceiro nome da lista de Beroso, é claramente derivado de Enmenluanna – coincidentemente, o terceiro da lista cuneiforme. Ambas as formas parecem vir da raiz *amelu*, que significa "homem" em acadiano. Ora, na lista genealógica de Adão (Gn 5:6) o terceiro nome que aparece é o de Enos (no hebraico *enosh*) que também significa "homem".

2. Ammenon, que não parece possuir correspondente na lista cuneiforme, vem provavelmente do acadiano *ummanu,* que quer dizer "artífice". Cainan (cuja abreviatura seria Caim) também significa "artífice" ou "aquele que trabalha com metais" – uma óbvia relação temática com o acadiano. Quanto à falta de correspondência entre esse termo e a lista cuneiforme, devemos nos lembrar que a genealogia de Cristo apresentada por Lucas também acrescenta nomes que não aparecem em Gênesis 5 ou 1 Crônicas 1:1-4. Abreviações e omissões voluntárias de alguns nomes não são impossíveis de ocorrer no trabalho do escriba.

3. Dumuzi, que quer dizer "aquele que recebe a vida" ou "filho vivente", parece ter se modificado posteriormente até assumir a forma *Daonos* que teria o mesmo significado. Seu correspondente bíblico seria Jared, "aquele que descende", o que, por contexto, também se adequaria ao sentido de "filho vivente" expresso em Dumuzi.

4. Devido a corruptelas linguísticas e semânticas, não é difícil supor que Megalaros transformou-se em Maalalel e Euedorachos assumiu a forma abreviada Enoch (Enoque) que aparece em Gênesis.

5. Por fim, tomando-se em conta que Enmenduranna possa corresponder ao acadiano "Utu-sal-elu", não é difícil supor que esse termo tenha sido mais tarde vertido ao hebraico por *Methuselah* ou "Matusalém".

Seria, por fim, interessante relembrar que *Eridu* – a primeira cidade do mundo – vem da mesma raiz da palavra *Éden*. Ademais, *Badgurgurru*, a cidade que segue à destruição de Eridu, significa literalmente "a fortaleza dos que trabalham com bronze". Agora, se você ler Gênesis 4:14, encontrará a afirmação de que Caim fundou uma cidade (talvez a primeira) e pôs nela o nome de Enoque. Ali moraram os primeiros artífices do bronze que tinham por patrono Tubalcaim, descendente direto do primeiro homicida. Seria Enoque a mesma *Badgurgurru* dos tabletes cuneiformes? É possível; e ainda que não tenhamos certeza absoluta acerca de todos os detalhes linguísticos desses documentos, fica evidenciada a origem comum das tradições bíblica e mesopotâmica acerca das origens da civilização mundial.

E então veio o Dilúvio

A mais antiga versão do Dilúvio que conhecemos vem de um tablete bastante danificado que conta a história de um certo herói chamado Ziusudra. Infelizmente mais de 80% do texto encontra-se perdido e, como resultado, a maior parte da história é obscura e difícil de ser resgatada. Apenas umas poucas passagens podem ser lidas com certo grau de certeza e, pelo que sabemos, trata-se do relato de uma imensa inundação que há tempos abateu sobre o planeta Terra, mas Ziusudra conseguiu sobreviver a ela.

Décimo primeiro tablete do Gilgamesh, contendo o relato do Dilúvio. O tablete, que data do 7º século a.C., foi encontrado em Nínive.

Outras versões, no entanto, estão bem mais preservadas que esse épico, e seu achado ajudou bastante na reconstrução dos antigos relatos sumerianos acerca do Dilúvio. O mais completo e bem conhecido é o "épico de Gilgamesh". Ele foi encontrado por Hormuzd Rassam, que substituiu o pioneiro Henry Layard nas escavações de Nínive, em 1852.

Após dois anos de árduo trabalho desenterrando os alicerces do palácio de Assurbanipal, Rassam foi recompensado com o achado da biblioteca real, a qual continha mais de 30 mil tabletes de argila reunindo o conhecimento milenar de povos do Tigre e Eufrates. Embora os documentos fossem datados do 7º século a.C., ficou claro que muitos deles (inclusive o épico de Gilgamesh) eram cópias de materiais muito mais antigos, que remontavam a uma tradição do segundo milênio antes de Cristo.

A história é longa e o que nos interessa está no tablete número onze da coleção. Ela diz que Gilgamesh tinha um amigo chamado Utnapishtim que ganhara a imortalidade e, semelhante ao Noé bíblico, conseguiu sobreviver às águas do Dilúvio. Ele havia sido previamente avisado pelo deus Ea[7] (senhor das águas e criador da humanidade) que uma imensa inundação se abateria sobre os homens. Assim, caso quisesse se salvar, Utnapishtim deveria construir uma embarcação de madeira e piche, capaz de carregar a semente da vida de cada espécie.

Finalmente, o barco ficou pronto e Utnapishtim, munido de todos os seus tesouros, entrou a bordo com sua família, seus artesãos e os animais que havia recolhido. Então fechou a porta e aguardou. Finalmente, uma torrencial tempestade caiu sobre a Terra, durando seis dias sem parar. O desastre foi tão intenso que até os deuses ficaram assustados e fugiram para os lugares mais altos do céu que ficavam na montanha celeste de Anu. Eles se encolhiam como cães assustados.

No sétimo dia após o início da tempestade, o barco encalhou no topo do monte Nissir (no Curdistão) a ali permaneceu por mais seis dias. No sétimo dia, Utnapshtim soltou uma pomba para ver se as águas haviam baixado, mas ela retornou, pois não havia encontrado lugar para pousar. Então, possivelmente dias depois, ele soltou um corvo, que não retornou, pois havia encontrado terra firme.

Seguro de que as águas haviam baixado, Utnapishtim saiu da arca com os animais e seus companheiros e, imediatamente, ofereceu um cordeiro aos deuses que respiraram a fumaça do sacrifício e se mostraram satisfeitos.

Quando essa história foi publicada pela primeira vez, em 1872, houve um grande alvoroço na Europa, pois em 1859 Charles Darwin havia publicado a primeira edição do *best-seller Origem das Espécies,* que mudou completamente a visão de muitos eruditos acerca do Gênesis. Para eles, toda a história do Dilúvio não passava de um "conto judaico" e nada mais. Porém, evidências fora da Bíblia indicavam que o relato de Gênesis capítulos 6 a 9 era mais universal do que se imaginava, e não podia ser, de maneira nenhuma, criação de um autor hebreu.

Outra versão ainda mais antiga do Dilúvio foi recuperada a partir de vários fragmentos encontrados ao longo de 78 anos (1889-1967) em vários sítios arqueológicos da Mesopotâmia. Ela data do reinado de Ammisaduqa, que governou Sippar de 1646 a 1626 a.C., e é seguramente anterior a Moisés.

Nela, o herói diluviano não é Utnapishtim (como no Gilgamesh), e sim Atrahasis. Como no outro relato, ele é avisado pelo deus Enki (outro nome para Ea) de que a Terra seria destruída por causa do barulho que os homens faziam, não permitindo que o deus Enlil descansasse em paz. As pragas e a fome foram enviadas primeiro e, finalmente, derramou-se um grande dilúvio. Obediente às instruções de Enki, Atrahasis, sua família e vários tipos de animais sobreviveram à inundação através de um barco que o próprio herói construiu.

Nota-se, portanto, que os sumerianos criam que um grande dilúvio havia ocorrido num remoto período de sua história. O relato do Gênesis não é imaginação gratuita de Moisés. Além disso, embora não tenhamos espaço para abordar todas as versões do Dilúvio, é importante dizer que não se trata (como alguns minimalistas fazem supor) de uma mera lenda mesopotâmica ecoada pelo autor bíblico. Essa mesma história de uma inundação universal permeia dezenas de culturas fora da Mesopotâmia. Estudos antropológicos estão repletos de relatórios sobre cerimônias religiosas ligadas a esse acontecimento, que podem ser vistas em tradições milenares da Índia, China, Egito e México. Tribos africanas e índios (tanto americanos quanto andinos e brasileiros) também demonstravam conhecer o fato de que um dia o mundo esteve submerso sob as águas, e isso antes de qualquer contato com missionários ou detentores da tradição bíblica!

---

1 Mário Curtis Giordani, *História da Antiguidade Oriental* (Petrópolis: Vozes, 2003), p. 133.

2 Seguimos a tradução de S. Landgon, *Oxford Editions of Cuneiform Texts* (Oxford: Oxford University Press, 1923), v. 2, p. 13 e seguintes.

3 Alfred M Rehwinkel, *The Flood* (Saint Louis, Missouri: Concordia Publishing House, 1951), p. 166, 167.

4 Ibid.

5 As versões em português geralmente vertem o termo para "Semes".

6 A transliteração dos caracteres cuneiformes varia de acordo com a edição adotada. Ademais, muitos tabletes estão danificados e as partes quebradas são preenchidas com certo grau de intuição. Assim, enquanto Pritchard anota o sétimo rei como sendo Ensipazianna, Barton prefere transliterar por Sibzianna.

7 Ea às vezes é chamado de Enki.

Babel e os patriarcas

CAPÍTULO 8

A História Geral está repleta de evidências que colocam o monoteísmo, e não o politeísmo, como a primeira forma de religião seguida no mundo. Em outras palavras, houve um tempo em que somente um único Deus era reverenciado pelos homens. Mas isso mudou com o passar dos anos e várias divindades começaram a ser cultuadas pelas cidades-estado que se formaram após o Dilúvio.

Cada clã tinha seu deus local e muitas guerras tribais foram organizadas a partir da ideia de que representavam na Terra as batalhas divinas travadas no céu. Foi esse politeísmo o responsável pelas primeiras distorções da tradição adâmica em meio aos povos sumeriano e egípcio. Do ponto de vista filosófico, chega a ser um milagre que o Gênesis não tenha sido influenciado pela pluralidade de deuses daquele tempo.

Com a construção de muros em torno das cidades, intensificou-se ainda mais a prática do henoteísmo, isto é, a crença num deus particular que protegeria a aldeia e seus moradores contra o ataque de outros deuses.[1] Foi, portanto, nesse ambiente que surgiu a figura de Ninrode, descrito na Bíblia como "um poderoso caçador diante de Javé" (Gn 10:9). Ele deve ter sido um exímio guerreiro e mui hábil administrador, pois a fundação de pelo menos oito grandes cidades está associada ao seu nome (v. 9, 10).

Nenhuma, porém, foi mais famosa que a primeira da lista: Babel. Ninrode deve ter se aproveitado da crescente onda politeísta/henoteísta para executar um mirabolante plano político: fundar um reino unificado pela religião que teria ele mesmo como principal monarca. De fato, uma verificação dos documentos da época demonstra o crescimento do politeísmo entre os sumerianos. Os mais antigos tabletes cuneiformes encontrados em Uruk (a bíblica Ereque, fundada por Ninrode) e Kish mencionam que apenas dois deuses eram adorados na região: Anu, o Senhor do céu, e Inrieni, sua consorte. Depois passam gradativamente a falar de três, quatro, cinco deuses, chegando ao total de 750 diferentes divindades cultuadas somente nas circunvizinhanças do rio Eufrates.

Após o fim da civilização sumeriana, por volta do segundo milênio antes de Cristo, o número de deuses do panteão mesopotâmico chegou a cinco mil, o que reforça a urgência divina em retirar Abraão da terra de seus genitores e levá-lo para Canaã.

Babel – o encontro dos deuses

Cada cidade-estado da Suméria era governada por um *patesi,* que seria ao mesmo tempo o supremo sacerdote e chefe militar absoluto. Os deuses regionais eram os proprietários de todas as terras a quem os homens deveriam servir, sendo as cidades suas moradas terrenas. Junto aos templos das cidades, homenageando o seu deus patrono, eram erigidas enormes torres em forma piramidal chamadas *zigurates*. Elas eram feitas de tijolos maciços e serviam de santuários ou acesso aos deuses, quando eles desciam à Terra para visitar seu povo.

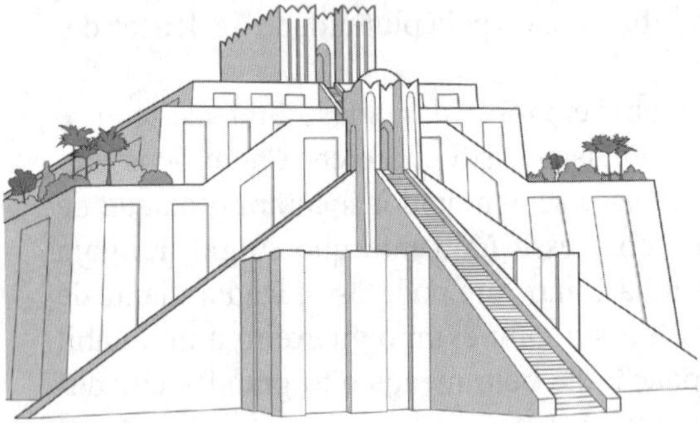

Marta Irokawa

Modelo de um típico zigurate mesopotâmico dos tempos de Babel.

Os zigurates eram para os sumérios como uma espécie de *link* entre o céu e a Terra. As escadarias que subiam de sua base até o topo eram um caminho de ascensão aos deuses. Provavelmente o sonho de Jacó visualizando uma escadaria que vinha do céu em direção à Terra tenha relação direta com essa imagem cultural ainda presente em sua época (Gn 28:10-22).

Na página seguinte, você tem uma placa de pedra que foi encontrada no templo de Ur-Nammu. Ela data de mais de 2.000 anos antes de Cristo e traz o relevo do que seria a construção de um zigurate em homenagem a Nannar, o deus Lua. O rei aparece em três cenas: como trabalhador junto a um operário, como benfeitor no segundo piso e, finalmente, como adorador no topo da torre.

Diferentes do Egito, os governantes mesopotâmicos, salvo raras exceções, não eram tidos como deuses, mas eram considerados seus representantes e intermediários. Logo, sua autoridade era divina e não podia ser questionada por aqueles que viviam em sua jurisdição.

Museu Britânico - divulgação

Esta estela de Ur Nammu (c. 2060-1955 a.C.) sugere a construção de uma torre-templo (zigurate). O rei é visto carregando um cesto, ajudando o povo e também no topo adorando o deus Lua.

Ninrode certamente viu nessa "política divina" a oportunidade de unificar politicamente a região e ter o controle sobre as cidades-estados que viviam em constantes guerras, produzindo sucessivas hegemonias territoriais. Se ele promovesse a paz e conseguisse se estabelecer como o procurador-geral de todos os deuses, ganharia a confiança do povo e obrigaria os governantes regionais a lhe prestarem obediência. Foi talvez por isso que ele empreendeu o maior projeto arquitetônico de todos os tempos: construir o mais gigantesco de todos os zigurates, a torre de Babel.

Até o nome do edifício foi escolhido a dedo. Babel (que os hebreus propositalmente chamavam de *Bavel*, "confusão") vem do acadiano *bab-ilu* que quer dizer "portal de Deus". Com isso, seus construtores queriam dizer que, enquanto os deuses menores usavam os zigurates locais para se comunicar com o povo, o chefe de todos os deuses (Anu ou Enlil) usava o zigurate de Babel para descer à Terra. Portanto, todos os povos deveriam estar ali para adorá-lo, mesmo que fossem devotos de outro deus local, pois sua religiosidade pessoal não permitiria se ausentarem desta grande coletividade ecumênica que traria a paz e a união na terra do Crescente Fértil.

Em 1872, George Smith, pesquisador do Museu Britânico, descobriu um tablete cuneiforme que trazia o seguinte relato acerca da edificação de um zigurate que provavelmente poderia ser a torre erguida por Ninrode:

"A edificação desta torre ofendeu todos os deuses. Numa noite, eles [deitaram abaixo] o que o homem havia construído e impediram o seu progresso. Eles [os construtores] foram espalhados e sua língua se tornou estranha."[2]

Novamente a arqueologia encontrou uma evidência do relato bíblico, dessa vez da confusão das línguas ocorrida em Babel. Alguns minimalistas, é claro, tentaram invalidar o achado de Smith e sua interpretação. Contudo, especialistas como E. A. Speiser e S. N. Kramer, da Universidade da Pensilvânia, após estudar profundamente os tabletes, concluíram que a narrativa da torre de Babel "tem uma demonstrável fonte na literatura cuneiforme".[3]

Um outro fragmento de tablete foi descoberto posteriormente, contendo 27 linhas. Quem o copiou e traduziu foi o assiriólogo de Oxford, Oliver Gurney. O texto é parte de uma carta endereçada ao "senhor de Arrata". O desconhecido remetente solicita ao rei que lhe permita ser seu vassalo, pois os tempos estavam muito difíceis. Ele, então, relembra ao monarca que houve uma era de ouro na Mesopotâmia em que havia "harmonia nos idiomas da Suméria" e "todo o universo, em uníssono [adorava] a Enlil em uma só língua..."

Vários zigurates parcialmente preservados foram localizados na região do Iraque. Muitos deles datam de mais de 2.000 anos antes de Cristo e podem ter sido construídos nos dias de Ninrode. Difícil é saber se algum deles é, porventura, o que restou da torre de Babel. Mas, de qualquer forma, é interessante observar que seus tijolos são queimados e colados com betume justamente como a Bíblia descreve o processo de construção da torre em Gênesis 11:3.

Autor

Pedaço de tijolo de um zigurate sumeriano do 3º milênio a.C. contendo betume como argamassa, exatamente conforme a descrição de Gênesis 11:3.

A cidade de Abraão

A história de Abraão começa na antiga cidade sumeriana de Ur, que mais tarde seria conhecida como "Ur dos caldeus". Ao contrário do que muitos imaginavam, Abraão não vinha de um clã de pastores nômades, sem cultura. Sua cidade natal era altamente civilizada e possuía um extraordinário sistema de leis, economia, religião e arte.

O sítio arqueológico onde ficava a antiga Ur foi escavado entre 1922 e 1934 por uma expedição conjunta da Universidade da Pensilvânia e do Museu Britânico. O líder da equipe era o inglês Leonard Wooley, que recebeu o título de "Sir" diretamente das mãos da rainha da Inglaterra.

Audacioso, Wooley trabalhava contra as ideias de críticos que acreditavam ser Ur uma cidade imaginária, oriunda apenas da cabeça do autor bíblico. "Jamais – diziam eles – houve uma cidade chamada Ur, nos moldes que a Bíblia apresenta." Realmente, eles tinham, aparentemente a seu favor, o fato de que ninguém sabia realmente onde ficava o lar paterno do patriarca Abraão.

Arqueólogos ingleses como J. Taylor e H. Rawlinson já haviam apresentado suas suspeitas de que Ur estaria na região da Baixa Mesopotâmia. Era, porém, preciso descobrir a cidade sob as toneladas de areia do deserto entre o Tigre e o Eufrates. Assim, a confirmação absoluta do lugar – para desespero dos céticos – acabou sendo obtida com os trabalhos de Wooley, que trouxe à superfície os restos da antiga Ur, datada do terceiro milênio antes de Cristo.

Muitos tesouros foram ali desenterrados, mas o que mais impressionou Wooley foi a descoberta de um zigurate que se elevava sobre uma plataforma retangular de 62,5 por 43 metros. Essa torre-templo, a maior e mais bem preservada dentre as até agora encontradas, fora erguida como tributo ao deus Sin (deus Lua), que os sumerianos chamavam de Nannar.

O prédio tinha o estranho nome de Etemennigur, que quer dizer "a casa cuja fundação causa terror" e possuía vários recintos. Usando informações de tabletes cuneiformes que descreviam os zigurates, Wooley pôde fazer um modelo de como seria originalmente o templo.

Ele possuía três andares, e no topo se elevava um pequeno santuário. Seu conjunto arquitetônico interno era protegido por um revestimento de 720 mil tijolos queimados que mediam 30 x 30 x 7 cm e pesavam em torno de 15 kg cada. A torre maciça, por sua vez, foi erguida usando algo em torno de 7 milhões de tijolos crus secados ao sol. Cada tijolo media 25 x 16 x 7 cm e pesava cerca de 4,5 kg.

A cada seis fileiras de tijolos, uma esteira de canas era colocada de maneira entrelaçada, junto a uma camada de areia, para tornar o

Cortesia do Oriental Institute of the Universiy of Chicago e Freestock

Zigurate de Ur quando era desenterrado pela equipe e hoje, completamente visível.

edifício maleável durante uma inundação e não permitir que rachasse quando estivesse molhado pelas águas da enchente. Esse procedimento mostra não apenas uma previsão dos arquitetos quanto a possíveis cheias do Tigre e Eufrates, mas também uma provisão de fuga, caso um dilúvio voltasse a ser derramado sobre a Terra.

Embora não possamos afirmar que algum achado de Ur aponte diretamente para o patriarca bíblico, é digno de nota que Wooley descobriu entre as ruínas da cidade recibos em argila contendo o nome "Abraão", o que indica que esse era um nome corrente ali. Não é muito, reconhecemos, mas é um indício de que havia em Ur pelo menos uma pessoa chamada "Abraão". Ademais, André Parrot mostrou que os nomes de Abraão e Sara também apareciam em documentos da cidade real de Mari, distante poucas centenas de quilômetros ao norte de Ur.

Costumes patriarcais

As escavações mesopotâmicas também ajudaram a identificar o porquê de alguns "estranhos" costumes mencionados no Gênesis. Eles se tornavam claros quando vistos à luz da cultura sumeriana. Vejamos alguns exemplos:

Sistema de adoção

Vários documentos encontrados na Mesopotâmia demonstraram quão desastrosa era a vida de um casal sem filhos. Chegar à velhice sem o amparo de um descendente que, pelo menos, cuidasse dos negócios da família e do sepultamento dos pais era motivo de grande desgraça. A legislação local, no entanto, estabelecia recursos legais para salvaguardar aqueles que, porventura, não possuíssem herdeiros naturais: eles podiam adotar um escravo. O sistema, naturalmente, exigia a redação de um documento lavrado por um juiz, na presença de testemunhas e guardado em lugar público para efetiva consulta dos interessados.

Foi exatamente essa a primeira atitude "legal" de Abraão para compensar a ausência de um filho. Gênesis 15:2 e 3 afirma que ele havia decidido constituir Eliézer, um de seus escravos, como seu legítimo herdeiro. Deus, porém, o dissuadiu da ideia, prometendo-lhe um filho, gerado de sua própria semente.

Leis matrimoniais

Sara, achando que pudesse dar uma "ajudinha" à providência divina, convenceu o marido a usar outra estratégia para ter um herdeiro. Como era ela a parte estéril do casal, a lei prescrevia que Abraão poderia anular o casamento ou ter relações com uma escrava a fim de que esta engravidasse. A esposa, nesse caso, não perderia seus direitos matrimoniais e o filho que nascesse, mesmo sendo legítimo, só teria direito à herança caso fosse adotado pelo pai. Portanto, uma vez que Ismael foi mandado embora por Abraão, sem ser oficialmente adotado, ele não se tornou um herdeiro do patriarca (Gn 21:8-21).

Vejamos o que dizia o famoso código de Hamurabi, datado em algum período entre 1792 e 1750 a.C.:

"Quando a primeira esposa de um nobre lhe gerar filhos e sua escrava também lhe gerar filhos, se o pai em vida declarar: '[estes] são meus filhos' – referindo-se aos filhos que ele teve com a escrava –, então estes serão contados com os filhos de sua primeira esposa quando ele morrer. E os filhos da primeira esposa e os filhos da escrava terão direitos iguais, salvo o primogênito da primeira esposa: este terá a preferência na partilha dos bens.

Contudo, se o pai em vida não declarar: '[estes] são meus filhos' – referindo-se aos filhos que ele teve com a escrava –, então, após a sua morte, os filhos da escrava não receberão a partilha junto com os filhos da primeira esposa. Tanto a escrava quanto seus filhos terão direito à liberdade e os filhos da primeira esposa não terão direito de reclamar os filhos da escrava para serem seus servos."[4]

Esse costume pode parecer estranho à nossa compreensão, mas devemos nos lembrar que Abraão estava apenas seguindo uma tradição cultural de uma época. Por que, então, Deus não o impediu de praticar aquilo, isto é, deserdar Ismael? Ora, se lermos os mandamentos dados por Moisés, veremos que Deus, aos poucos, foi corrigindo algumas dessas e de outras práticas através das leis dadas ao povo hebreu. Afinal, a história nos mostra que as mudanças culturais demoram algum tempo para se concretizar na mente dos povos, pois a humanidade tem uma grande resistência às mudanças de paradigmas, mesmo quando tais mudanças têm como objetivo o bem-estar de todos.

Leis do concubinato

A tática legal de oferecer escravas ao marido para aumentar sua descendência ou compensar a esterilidade da esposa pode também ser vista na competição ferrenha entre Lia e Raquel pelo amor de Jacó, seu marido (Gn 30:1-26). Ao contrário do que poderia acontecer hoje, elas não se sentiam ameaçadas por ter uma serva grávida de seu próprio marido, pois códigos como o de Hamurabi prescreviam que uma mulher estéril tinha o direito de oferecer uma escrava virgem ao seu marido para conceber um filho através dela (uma espécie da "barriga de aluguel" daquela época). Com isso, evitava-se legalmente que o marido pudesse buscar outra esposa legítima para dar-lhe descendentes.[5]

A Bíblia ainda revela que ambas as filhas de Labão tinham recebido de seu pai uma escrava particular – como presente de casamento, que trabalhava como mucama – atendendo exclusivamente às vontades de sua senhora (Gn 29:24, 29). Ora, entre os tabletes legais encontrados em Nuzi, temos o contrato de casamento entre um certo Shennima e sua esposa, Kelim-nimu, que também recebeu uma serva particular chamada Yalampa. O contrato também prescrevia a possibilidade de Shennima tomar outra mulher por esposa caso Kelim-nimu não pudesse conceber-lhe ao menos um filho. O curioso, no entanto, é que seria a própria Kelim-nimu que arranjaria uma segunda esposa ou concubina para seu marido:

"Se Kelim-nimu conceber [filhos], Shennima não poderá tomar outra esposa, mas se Kelim-nimu não conceber, ela mesma tomará uma mulher das terras de Lullu e a dará como esposa para Shennima. Kelim-nimu não poderá mandar embora os descendentes [da segunda esposa].[6]

Talvez por isso, Sara, embora tenha escolhido Agar para se deitar com seu marido, não tinha autoridade para mandá-la partir com Ismael e, portanto, pediu a Abraão que o fizesse. De fato, em casos especiais como esse, somente o patriarca da família poderia despedir um escravo, vendê-lo ou alforriá-lo. Abraão, é claro, mostrou-se relutante em atender à mulher, pois, embora fosse o líder do clã, tinha certas restrições legais quanto a mandar embora uma escrava que lhe havia gerado um filho.

O código de Hamurabi determinava que qualquer mucama dada pela esposa para se deitar com seu marido e que extrapolasse sua posição de serva por haver engravidado dele, poderia, por lei, ser punida e marcada como escrava comum, mas não poderia ser vendida por sua senhora.[7] Nesse caso, é possível que Abraão incorresse num risco legal ao atender o pedido de Sara. Por outro lado, códigos legais como o de Lipit-Ishtar também diziam que "se um homem desposar uma mulher que lhe dê filhos que ainda estejam vivos, e se uma escrava também lhe der filhos, o senhor (pai) poderá outorgar liberdade à escrava e a seus filhos [para que] os filhos da escrava não participem da propriedade com os filhos [legítimos] do senhor".[8]

Certidões de propriedade

Os tabletes legais desenterrados em Nuzi e Eshuna ainda apresentam outra legislação que ilustra bem de perto o estranho comportamento de Raquel em roubar os ídolos de seu pai com o fim de entregá-los a Jacó. A lei da época declarava que, após a morte do chefe da família, o(s) herdeiro(s) legítimo(s) poderia(m) tomar posse dos ídolos da família e, através deles, garantir sua participação nos bens.

Esses ídolos eram chamados de *ilani* (deuses) ou *terafim* – palavra de sentido incerto, mas que se referia aos ídolos portáteis do lar. Sua função legal nos tempos patriarcais era a de representar perante o tribunal um certificado de posse, isto é, uma escritura de determinada propriedade com tudo o que ela possuísse: animais, construções, mananciais de água, escravos, etc. Era de responsabilidade do proprietário guardar bem seus ídolos para que não fossem furtados, sob pena de perder o direito às terras. A intenção de Raquel ao roubar os ídolos do pai era tornar Jacó o dono efetivo de tudo que Labão possuía. Ela estava profundamente chateada com o fato de o pai haver enganado seu marido dando-lhe Lia como primeira esposa ao invés dela. Portanto, longe de ser uma motivação religiosa, o furto dos ídolos do lar, descrito em Gênesis 31:34, visava a uma "indenização forçada" pelos indevidos sete anos a mais que Jacó trabalhou para o enriquecimento do sogro.

Life Time

Tabletes cuneiformes escavados em Ebla

Historicidade patriarcal

Todos esses paralelos históricos entre os costumes do 2º milênio a.C. e o Gênesis representam apenas uma pequena fração do que se poderia mostrar. Há muitos outros que, se fossem reunidos, justificariam um livro inteiro a esse respeito.

Thomas L. Thompson tentou provar, através de uma tese iniciada na Alemanha e concluída nos Estados Unidos,[9] que esses paralelos não podiam provar a historicidade dos patriarcas, nem objetar a hipótese documentária de Wellhausen. Seu principal argumento era que muitos dos costumes encontrados em Nuzi ainda vigoravam noutros povos durante o 1º milênio a.C., isto é, posterior ao período patriarcal. Logo, não faria sentido dizer que Abraão, Isaque e Jacó seriam personagens reais do 2º milênio a.C.

Ora, se estivéssemos numa classe de filosofia, esse seria um bom exemplo de falácia, isto é, de um erro sistêmico de lógica que infringe as leis do raciocínio correto. O que Thompson faz é tomar duas premissas particulares e querer delas obter uma conclusão impossível de se formalizar. É como se alguém, estudando a história da fundação de São Paulo, descobrisse que muitos dos costumes indígenas do século 16, descritos nas cartas do Padre Anchieta, continuam sendo praticados em outras comunidades latino-americanas em pleno século 21. Seria razoável, com base nessa descoberta, concluir que Anchieta nunca existiu e que a história da cidade de São Paulo deveria ser revista, pois não aconteceu como nós imaginávamos? É claro que não. Nenhum historiador sério daria crédito a esse tipo de raciocínio. Não é por menos que Thompson teve sua tese várias vezes rejeitada na Europa e só conseguiu concluí-la numa universidade menos expressiva do estado da Filadélfia, nos Estados Unidos.

Seu último livro, *The Mythic Past: Biblical Archaeology and the Myth of Israel* (O passado mítico: a arqueologia bíblica e o mito de Israel), nega praticamente tudo o que a Bíblia descreve sobre a saga do povo hebreu desde suas origens até o cativeiro babilônico. Para William Dever, considerado uma das maiores autoridades dos Estados Unidos em Oriente Médio, autores como Thompson podem ser descritos como os novos niilistas deste tempo, pois se baseiam no nada para negar o todo.[10]

Não obstante essa insistência de alguns em negar a historicidade dos patriarcas bíblicos, os paralelos ainda devem ser considerados, pois são muito evidentes. Abraão, Isaque e Jacó foram tão reais quanto Gandhi, Luther King e Santos Dumont. Não há como negar as evidências.

---

[1] Jack Finegan, *Myth & Mystery*: *An Introduction to the Pagan Religions of the Biblical World* (Grand Rapids: Baker, 1997), p. 24.

[2] O texto aparece em Robert T. Boyd, *Tells, Tombs and Treasure* (Grand Rapids: Baker [1969]), p. 65; e Stephen L. Caiger, *Bible and Spade* (Oxford: University Press, 1936), p. 29.

[3] S. N. Kramer, "The Babel of Tongues: A Sumerian Version ", *Journal of the American Oriental Society* (março de 1968).

[4] *ANET*, p. 173, leis 170/171.

[5] *ANET*, p. 172, leis 144 e 146.

[6] *ANET*, p. 220.

[7] *ANET*, p. 172, lei 146.

[8] *ANET*, p. 160.

[9] Thomas L. Thompson, *The Historicity of the Patriarchal Narratives: The Quest for the Historical Abraham* (Berlim: Walter de Gruyter, 1974).

[10] William Dever, *What Did the Biblical Writers Know & When Did They Know It?* (Grand Rapids: Eerdmans, 2001), p. 32, 33.

José no Egito

CAPÍTULO 9

A história de José é uma das sagas mais famosas do Antigo Testamento. Vítima de seus próprios irmãos, ele teve sua túnica rasgada, foi vendido como escravo e levado para o Egito. Uma vez lá, foi injustamente para a prisão, mas terminou liberto e promovido a primeiro-ministro, após decifrar um obscuro sonho do faraó que previa a fome no país. Essa é uma história maravilhosa, que mostra a providência divina na vida de um homem sofredor.

As rivalidades entres os irmãos de José podem ser compreendidas à luz da poligamia praticada na época, especialmente por chefes tribais nômades como Jacó. Um homem que possuísse várias esposas era respeitado, pois, além de ser pai de uma grande prole, demonstrava ter recursos para sustentar várias famílias.[1] Não obstante, ele tinha de lidar com o problema de que cada uma de suas mulheres gostaria que seu filho e não o da outra fosse o sucessor do pai na chefia do clã. Devemos nos lembrar que José era filho de uma segunda esposa, assim como Benjamim depois dele. E o curioso é que o ápice da rivalidade entre ele e seus irmãos parece ter sido por causa de uma comprida túnica de muitas cores que Jacó lhe havia presenteado.[2] No dia em que viram José vestido com o novo traje, decidiram que ele deveria ser morto. Por que uma simples roupa incitaria tamanho ódio? Um presente tão simples seria motivo de tanta inveja?

Para nós ocidentais a trama desse relato pode parecer um tanto confusa. Mas ela deve ser vista sob o pano de fundo dos costumes orientais. Mesmo numa rápida visita aos mercados do Oriente Médio é possível observar as peças de tecelagem fabricadas de modo artesanal como nos tempos bíblicos. Ainda hoje, no moderno mundo árabe, costuma-se dar muita importância aos tecidos coloridos, que são um fino presente para as mulheres. Nos tempos antigos, porém, as cores e o comprimento de uma roupa tinham um significado político bem mais acentuado.

A mais ou menos 100 km ao sul do Cairo, encontramos uma pequena vila chamada Beni Hassan que fica à margem leste do rio Nilo. Ali existem várias tumbas remotas, pertencentes a governantes e políticos que viveram no Egito durante a 12ª dinastia (cerca de 1800 a.C.). As paredes de cada uma delas estão decoradas com cenas da vida diária e uma em especial talvez nos ajude a esclarecer por que a túnica de José provocou a ira de seus irmãos.

O desenho do túmulo, que você pode ver a seguir, traz a figura de oito homens, quatro mulheres e três crianças acompanhados por animais de carga e guiados por oficiais do Alto Egito. O texto hieroglífico do alto da parede dá a descrição do fato e seu significado. Ele diz que aquelas pessoas faziam parte de um grupo de 37 asiáticos que haviam vindo da região de Shut (que inclui Canaã) para comprar alimentos dos egípcios. O chefe do grupo se chamava Abissai, que é um nome tão semita quanto Jacó, Benjamim e Judá. Toda a arte desse período mostra os egípcios sem barba e os cananeus com barba.

Divulgação

Caravanas de nômades semitas para comprar alimentos no Egito. Túmulo de Beni Hassan, c. 1800 a.C.

Só o fato de descerem ao Egito para negociar comida valida historicamente a atitude dos filhos de Jacó de seguirem até o território egípcio a fim de comprar mantimento, pois havia grave fome na terra (Gn 42). Mas o que nos interessa são as túnicas multicoloridas que alguns deles apresentam. Elas parecem concordar com a tradução de Gênesis 37:3 que menciona as vestes de José como sendo "de muitas cores".

A figura mostra dois tipos principais de vestimenta; os dois são listrados e cada listra tem uma cor distinta. Há também desenhos dentro das listras, o que aumenta a originalidade, beleza e importância do traje. Ambos representam o tipo de vestimenta que José poderia ter usado, segundo a descrição da Bíblia.

Se proceder o fato de que, além de muitas cores, a veste de José também tivesse mangas compridas, conforme deduz a maioria dos tradutores, então temos de compreender que não se tratava de veste comum. Afinal de contas, esse não era um tipo de roupa adequado para o trabalho manual ou pastoril.

Além disso, convém lembrar que as cores no antigo Oriente eram um artigo muito precioso. Hoje temos uma miríade de matizes, pois desenvolvemos colorações através de produtos químicos que não desbotam e permitem criar várias tonalidades diferentes. Mas na antiguidade a situação era completamente diferente, porque cada tipo de tintura disponível era proveniente de produtos naturais. Assim, algumas cores eram mais complicadas de se obter que outras. Os tons mais raros (e, portanto, bastante caros) eram o vermelho e o púrpura; cores, aliás, usadas pelos viajantes semitas pintados em Beni Hassan.

Cornfield e Freedman[3] sugerem que a vestimenta nova de José poderia ser uma espécie de túnica ornamental usada por sacerdotes e divindades no antigo Oriente Médio. De fato, textos cuneiformes referem-se a uma vestimenta cerimonial chamada *kutinnu pishannu* que era usada pelos governantes sacerdotais e enrolada nas estatuetas das divindades. Elas eram cheias de adornos, simbolizando a soberania daquele que as vestia. Note-se que sua designação em acadiano (*kutinnu pishannu*) lembra muito de perto o termo hebraico usado para referir-se à túnica recebida por José. O Gênesis a chama de *ketonet passim*.

Deduzimos, portanto, que ganhar uma vestimenta especial (provavelmente tingida de cores raras e enriquecida com adornos) foi uma mensagem para os irmãos de José. Significava que ele era o favorito de Jacó para ocupar a chefia do grupo após sua morte. Logo, era de se esperar que quisessem se livrar dele.

De escravo a primeiro-ministro

José foi vendido por 20 moedas de prata e esse é outro detalhe que não podemos passar por alto. Na verdade não eram "moedas" no sentido atual da palavra, pois essas não eram usadas antes do 7º século a.C. Tratavam-se de "siclos" ou "pesos", isto é, uma certa quantidade de metal que era pesada numa balança e usada nos contratos de compra e venda. Mas o que nos interessa mais de perto é que documentos egípcios revelam ser esse o preço esperado por um escravo no 2º milênio a.C. Com o passar do tempo, os preços foram subindo para 30 e até 50 moedas, que era o valor exigido na época do cativeiro babilônico.

Ora, se a história de José houvesse sido forjada tardiamente em Babilônia, como dizem os minimalistas, era de se esperar que o escriba registrasse um valor entre 30 e 50 moedas e não 20 conforme vemos no texto do Gênesis. Esse é um indício de que, ainda que tenham havido pequenas anotações editoriais posteriores a Moisés, o texto reflete basicamente uma história real ocorrida quase 1.200 anos antes do cativeiro babilônico.

É claro que nem José nem Potifar foram mencionados nos documentos egípcios até aqui encontrados, mas um papiro daquela época, encontrado perto de Luxor e que hoje pode ser visto no Museu da Universidade de Brooklyn, mostra que o uso de empregados domésticos semitas era extremamente comum no Egito. O papiro traz a lista de setenta e nove escravos que serviam na casa de um rico comerciante egípcio. Donald Wiseman notou que pelo menos 45 dos nomes listados são da região sírio-palestina. Eles foram "provavelmente vendidos no Egito como escravos, do mesmo modo que José, cerca de quarenta anos mais tarde. Alguns dos nomes soam legitimamente hebreus, como, por exemplo, Shiphrah e Menachem".[4]

Pode parecer estranho que um estrangeiro como José assumisse um cargo tão elevado no Egito, principalmente o de primeiro-ministro. Contudo, existem achados que mostram homens semitas, como José, assumindo elevados postos no Egito. Nos anos 80, em Saqqara, os arqueólogos acharam a tumba de um ex-primeiro-ministro chamado Apael, que não é um nome egípcio e sim semita. Esse homem era o primeiro-ministro do Baixo Egito durante o reinado de Akenaton.

Aqui é importante esclarecer que todo hebreu era semita, pois suas origens remontam a Sem, um dos três filhos de Noé. Mas nem todo semita era hebreu, pois havia outras etnias que também participavam do mesmo tronco, como é o caso dos hicsos, que a seguir comentaremos, e também dos sumerianos, de onde veio o patriarca Abraão.

Nas famosas cartas de Tel-el-Amarna,[5] onde um rei vassalo pede socorro ao Egito, certo cananeu de nome Dudu é referido como o mais importante oficial que sentava na presença do faraó. Ademais, encontramos na mesma correspondência a menção de um alto oficial semita chamado Yanhamu, citado como um administrador que ordenou ao povo egípcio vender tudo o que possuía e, com o dinheiro, comprar alimentos que deveriam ser estocados para um longo período de fome.

É claro que o episódio descrito nada tem a ver com os sete anos de fome da história de José. Trata-se de uma situação posterior, ocasionada pela guerra. Contudo, Yanhamu pode ter se inspirado na história da administração de José – que ele certamente conhecia.

Durante muito tempo os críticos argumentaram que a ascensão de um semita ao poder seria uma situação completamente irreal, inventada pelo autor bíblico. Hoje, no entanto, muitos têm desistido desse argumento, uma vez que as evidências mostram ser perfeitamente normal encontrar semitas ocupando elevados cargos no governo de um faraó.

O domínio dos hicsos

No caso de José, sua ascensão poderia ser atribuída ao fato dos hicsos estarem no poder em sua época. Eles formavam um forte grupo asiático de linhagem semita que, aproveitando-se de um período de debilidade, ocuparam o Egito e lá permaneceram, estabelecendo seu próprio governo desde cerca de 1640 a.C. até por volta de 1570 a.C.[6]

Deslumbrados com o sistema de governo existente no Egito, os hicsos também se autoproclamaram "faraós" e chegaram a ter duas dinastias só para eles, a 15ª e a 16ª. Assim, por incrível que pareça, o Egito teve faraós de sangue semita como os hebreus! Somente depois disso é que Ahmose I, um rei de sangue genuinamente egípcio, comandou uma insurreição e os tirou do poder. O próprio Ahmose, é claro, se proclamou o novo faraó depois da vitória e fundou a temida 18ª dinastia, que haveria de escravizar o povo hebreu nos dias de Moisés.

A palavra *hicso* é uma transliteração tardia adaptada do egípcio *heqaushasut* ("príncipes estrangeiros"), com o sentido de "dominadores (*haq*) que vieram de fora (*shasu*)",[7] uma referência às tribos que habitavam o deserto do noroeste ocupado pelos descendentes de Sem. Até onde se sabe, foi Meneto, um historiador egípcio do 3º século a.C., que os chamou, pela primeira vez, de hicsos, levando muitos a crer, erroneamente, que se tratava de "reis pastores". Seja como for, a ideia de forasteiros embutida em sua alcunha parece um título adequado, considerando-se que eram estrangeiros dominando na terra do Nilo.

Enquanto estavam no poder, os hicsos mantiveram algumas tradições, mas também trouxeram inovações da Ásia Menor, como a introdução do carro de guerra puxado por cavalos, o manejo do arco composto e a fabricação de armas de bronze totalmente desconhecidas no Delta do Nilo. Mesmo após sua expulsão, os egípcios continuaram utilizando esses instrumentos em sua própria cultura, não se importando com o fato de haverem sido importados do estrangeiro.

O faraó Tutancâmon em sua típica carruagem de guerra egípcia, puxada por cavalos. Uma novidade trazida pelos hicsos.

É bem provável que o começo da carreira de José tenha coincidido com o fim da 14ª dinastia e o começo da dominação dos hicsos, que não se importariam em oferecer um cargo político a alguém que, como eles, também tinha sangue semita.

Contudo, com a perda do poder para as tropas rebeldes de Ahmose I, os estrangeiros que haviam dominado o país por 150 anos foram perseguidos pelo novo governo. Os hebreus, é claro, que tinham parentesco étnico com eles também foram vítimas do novo Estado e foi aí que se estabeleceu a ordem descrita em Êxodo 1:8: "Levantou-se um novo rei sobre o Egito que não conhecia José." Embora soubesse que os hebreus não eram necessariamente hicsos, mas apenas parentes por aproximação semítica, o novo faraó viu no crescimento demográfico dessa população a ameaça de ter sua terra novamente governada por estrangeiros, o que o irritou muito! Como líder, ele não poderia permitir que tal coisa ocorresse. Assim, sua melhor saída foi escravizar o povo e evitar o seu crescimento.

O sonho de faraó

Na saga de José, o rei do Egito é simplesmente denominado "o faraó", sem nenhum complemento nominal. Não há qualquer identificação que esclareça de que faraó se trata. Isso talvez se deva ao fato de a Bíblia seguir de perto o costume literário dos próprios escribas egípcios. É que nos tempos mais antigos, anteriores ao 9º século a.C., o faraó era, muitas vezes, mas não sempre, denominado apenas "o Faraó", como se este fosse seu nome próprio. Mais à frente, porém, tal prática foi abolida nas inscrições e documentos, por causa da confusão que ela criava. Então os escribas tornaram "obrigatória" a identificação do faraó todas as vezes que se referisse à sua pessoa.

Novamente a Bíblia obedece à mudança e, ao produzir livros posteriores a esse período, passa a identificar o faraó a que se refere, por exemplo: Faraó Neco (Jr 46:2), Faraó Hofra (Jr 44:30), etc. Esse é outro indício de que a história de José não pode ter sido "criada" tardiamente como propõem os defensores da alta-crítica, senão ela identificaria o faraó conforme o costume corrente após o cativeiro.

Quanto aos sete anos de fome, aludidos no texto, é importante dizer que períodos de grande escassez, embora não fossem necessariamente comuns, ocorreram algumas vezes no antigo Egito. Por ser uma região desértica, sua agricultura não era medida tanto pelo volume de chuva, mas pela alta ou baixa do Nilo.

Apesar de ser um rio tranquilo que não se assemelhava àquela fúria fluvial do Tigre e do Eufrates, o Nilo tinha uma performance variável como, aliás, é até hoje. Entre os períodos de cheia e seca, o volume de água de seu leito podia cair de 106.680 metros cúbicos por segundo para menos de 2.133. Isso, é claro, foi amenizado no século 20 com a construção de altas barragens em Assuã, a partir de 1964, mas antes suas correntezas se comportavam praticamente da mesma maneira que na antiguidade.

As águas mantinham-se baixas de meados de novembro (início do inverno) até maio, quando atingia o ponto mais crítico. A partir daí, com a chegada do verão e o derretimento das geleiras do monte Kilimanjaro, o nível subia abruptamente e continuava alto até o ciclo seguinte. Porém, nem sempre foi assim. Houve alguns anos em que o período de baixa foi maior que o normal e a alta não veio com a abundância fluvial esperada. Aí a agricultura ficava prejudicada e não havia colheita suficiente para abastecer todo o povo. Iniciava-se um ciclo de fome.

Os antigos egípcios estabeleceram marcos de pedra (nilômetros) às margens do rio para tentar predizer o seu comportamento a cada ano. Mas nem isso evitou determinadas tragédias. Temos, por exemplo, um relato escrito sobre a famosa Pedra ou Estela da Fome, descoberta em Sehel, uma das ilhas amontoadas na primeira catarata do Nilo. O texto data dos dias de Ptolomeu V, Epifânio (204-180 a.C.), mas faz referência a um episódio ocorrido 2.500 anos antes, no reinado de Djoser, da 3ª dinastia:

"Eu choro sobre o meu trono; todos no palácio estão em angústia ... porque *Hapi* [o Nilo deificado em forma humana] tem falhado em sua tarefa. Num período *de sete anos*, o grão se tornou escasso e secou ... todo homem está roubando seu semelhante ... as crianças choram ... o coração dos velhos está carente ... os templos estão fechados, os santuários cobertos de pó. Todos estão em desgraça."[8]

O sonho do faraó mostrava sete vacas gordas seguidas de sete vacas magras (Gn 41:1-36). Essa imagem parece fazer referência à deusa Hathor, que era representada por uma vaca celestial. Era uma das mais importantes divindades do panteão egípcio, pois, entre outras coisas, era o símbolo da alimentação.[9] Talvez seja por isso que havia exatamente sete santuários ao longo do Nilo dedicados à sua glória e conhecidos como "as sete *hathoras*" ou "as sete vacas".

Autor

Inscrição em pedra do período ptolomaico descrevendo um terrível período de fome ocorrido no Egito.

O túmulo de Nefertari, no vale das rainhas, é ornamentado com o desenho de sete vacas e um touro celebrando a fartura de alimento trazida por Hathor.

No *Livro dos Mortos*, famosa peça da literatura egípcia antiga, Osíris é representado num momento como um inválido, acompanhado por sete vacas magras que seriam um emblema da fome. Por outro lado, sete vacas gordas desenhadas num afresco da 18ª dinastia, hoje expostas no Museu do Cairo, representavam claramente os anos de fartura.

Os sete anos de fome também são mencionados em hieróglifos desenhados nas paredes de dois templos: o de Edfu (o trono de Hórus) e o de Dendera (antigo palácio da deusa Hathor, posteriormente assimilada como Isis, a mãe de Hórus).

Embora se tratem de referências tardias e remetam a acontecimentos cronologicamente distintos dos sete anos de fome interpretados por José, por que não assumir a hipótese de que essas menções sejam lembranças daquela tragédia que o folclore do povo misturou com outros acontecimentos? Seja como for, as semelhanças com o episódio bíblico são impressionantes.

Existe ainda uma inscrição tumular mencionada pelo egiptólogo Henrich Brugsch que merece ser destacada. Ela fala de um período de fome que muito provavelmente seja o mesmo da história de José. Brugsch diz que esse texto foi escrito por ordem de um certo Baba, governador da cidade de El-Kab, sul de Tebas, que viveu durante a 17ª dinastia (contemporânea à 16ª dinastia no norte). Esse período, segundo certa cronologia, poderia abarcar parte do tempo em que José governou o Egito.

O texto revela que aquilo que o governador hebreu fez pelo país, Baba fez por sua cidade – provavelmente seguindo as orientações que vinham de José. Ele diz: "Eu recolhi o grão, como um amigo do deus da colheita. E quando a fome chegou, castigando [a terra] por muitos anos, eu distribuí o grão para a cidade durante todos os anos em que a fome durou."[10]

Seria José?

Uma série de escavações, conduzidas desde 1966 por Manfred Bietak,[11] trouxe à luz o que, para muitos, teria sido o túmulo temporário de José no Egito, antes que seus ossos fossem transportados na saída do povo hebreu (Êx 13:19). O sítio abriga os restos da antiga Avaris (hoje Tell el-Dab'a), que era a capital do Egito no período hicso.

Um setor especial da cidade apresenta o que seria um assentamento rural sem muros, repleto de pequenos cercados de alvenaria próprios para a criação de gado de corte e ovelhas. O esquema do sítio parece indicar uma vila formada principalmente por ovinocultores, que viviam em paz no Egito. Um bairro asiático nas terras do Nilo!

Os quarteirões exibem alicerces típicos daqueles usados não para sustentar uma casa de tijolos, mas uma tenda retangular comum aos nômades de cultura pastoril. Ora, a criação de rebanhos era a principal atividade dos irmãos de José (Gn 47:3) e as tendas foram um dos principais tipos de moradia dos hebreus desde os dias de Abraão até o estabelecimento da monarquia em Israel. Os patriarcas são sempre descritos como homens ricos que moravam em tendas, e mesmo depois do estabelecimento dos filhos de Jacó no Egito é possível que esse tenha sido o seu costume (Gn 13:2-4; 24:67; 26:12; 31:33; 35:21).

Nem todos os residentes, no entanto, moravam em tendas. O setor asiático de Tell el-Dab'a abrigava em meio às moradas um pequeno edifício oficial com estruturas bem acentuadas. Era o centro administrativo da região.

Dentro dele encontrava-se uma divisão de quatro quartos e uma tumba familiar pertencente ao dono da propriedade. As escavações dessa tumba duraram quatro anos para serem concluídas (1984-1987). O que Bietak descobriu foi bastante sugestivo: dentro da tumba havia uma estátua quebrada de cor amarela, com os cabelos presos na forma de um cogumelo (indicativos claros da origem semita do indivíduo). Em sua mão ela trazia o cetro faraônico especial, que nos leva a supor que se tratava de alguém muito importante no Egito, provavelmente o primeiro-ministro do rei. O arqueólogo Bryant Wood concluiu que "esta seria a primeira evidência material da presença dos hebreus no Egito"[12] e vários outros autores, incluindo Bietak, sustentam que ali estaria a estátua do próprio José quando esteve no poder.

A ação de vandalismo que o artefato sofreu não é típica de ladrões de túmulos, mas de políticos do passado que, para apagar a memória de um governo opositor, raspavam seus rostos e apagavam seus feitos das inscrições hieroglíficas. Vários soberanos sofreram esse tipo de violência e hoje sabemos que o faraó Ahmose usou o mesmo artifício para omitir da história as glórias do governo hicso.

Infelizmente não podemos ainda afirmar, para longe de qualquer questionamento, que essas sejam realmente a casa e a tumba do patriarca José. Não obstante, há vários indícios que apontam nessa direção e não podemos descartar a possibilidade de ter encontrado em Tell el Dab' a confirmação arqueológica da morada de José e sua família nas terras do Egito.

---

[1] Jesus, é claro, não parece ter endossado esse tipo de prática ao sancionar para os discípulos o ideal da monogamia. Essa ideia perpassa várias passagens do Novo Testamento (Mt 19:3-9; Mc 10:1-12; 1Co 6:16; Ef 5:22-33; 1Tm 3:2). Dos diáconos e outros líderes da Igreja cristã esperava-se a monogamia, que, aliás, já parecia desencorajada em Israel desde os tempos pós-exílicos.

[2] Algumas versões em português traduzem "túnica talar de mangas compridas", em vez de "túnica multicolorida". Ambas as traduções parecem possíveis ao termo *pasim* que ainda é um tanto ambíguo em hebraico. Ele ocorre apenas em Gênesis 37:3, 23, 32 e 2 Samuel 13:18, 19.

[3] Cornfield e Freedman, p. 31.

[4] Donald J. Wiseman, *Ilustrations from Biblical Archaeology* (Grand Rapids: Eerdmans, 1958), p. 39.

[5] Para o texto das cartas, veja *ANET*, p. 482-490.

[6] As datações egípcias variam, às vezes, em décadas de acordo com os autores. Paul Johnson, por exemplo, coloca a 18ª dinastia começando em 1567 a.C., enquanto Byron E. Shafer a estabelece em 1539 a.C. Os anos fornecidos, portanto, são aproximações que não podem constituir uma cronologia absolutamente exata. Cf. Paul Johnson, p. 52, e Byron E. Shafer e outros, *As Religiões no Egito Antigo: Deuses, Mitos e Rituais Domésticos* (São Paulo: Nova Alexandria, 2002), p. 246.

[7] Alguns, no passado, confundiram *shasu* (terras estrangeiras) com *shushu* (pastores); por isso, alguns livros erroneamente traduzem hicsos como "pastores governantes". Cf. M. Brodrick e A. A. Morton, *Diccionario de Arqueologia Egipcia* (Madri: Edimat Libros, 2000), p. 76.

[8] Tradução baseada em Miriam Lichtheim, *Ancient Egyptian Literature: A Book of Readings* (Berkeley: University of California Press, 1980), v. 3, p. 94-100. Parte entre colchetes acrescentada.

[9] Hathor, como símbolo da alimentação, é, às vezes, representada como uma figura feminina amamentando o deus Hórus – representante de faraó. M. Brodick e A. A. Morton, p. 73.

[10] Heinrich Brugsch, *Egypt Under the Pharaohs* (Londres: Trafalgar Square, 1996), v. 1, p. 158.

[11] Manfred Bietak, *Avaris, the Capital of the Hyksos: Recent Excavations at Tell el-Dab'a* (London: British Museum Press, 1996).

[12] Bryant G. Wood, "New Discoveries at Ramesses". Disponível em <http://abr.christiananswers.net/enews/jul2002.html >. Acesso em 3 de março de 2006.

Moisés e o Êxodo

CAPÍTULO 10

A vida de Moisés foi sempre cercada de tremendas manifestações do poder de Deus. A sarça ardente, as pragas do Egito, a visão de Deus e a passagem pelo Mar Vermelho foram acontecimentos tão fantásticos que os críticos não tiveram outra reação a não ser seguir o caminho natural da dúvida: negar sua historicidade. Algumas descobertas, no entanto, têm jogado por terra as teorias revisionistas do Êxodo.

Um dos primeiros motivos encontrados pelos céticos para duvidar do relato bíblico era o fato de que a história de Moisés sendo salvo do Nilo parecia-se muito com a saga de outros heróis da antiguidade. O mito de Sargão I, o grande rei de Acade, é um bom exemplo. Ele governou Babilônia na segunda metade do 3º milênio a.C. e foi um personagem legitimamente histórico, mas com um surpreendente começo de vida.

A semelhança entre o relato de seu nascimento e a narrativa bíblica acerca de Moisés é tão evidente que alguns concluem não se tratar de mera coincidência. Vejamos um trecho do texto encontrado em duas cópias neoassírias incompletas e um fragmento neobabilônico que estavam entre os tabletes desenterrados na região do Iraque:

"Sargão, o rei poderoso, o rei de Agadé [Acade] eu sou,

minha mãe era uma alta sacerdotisa [alguns traduzem: "minha mãe era humilde"] e meu pai não tive oportunidade de conhecer.

O irmão de meu pai vivia [ou amava] as montanhas.

Minha cidade é Azupiranu, que está situada na ribeira do Eufrates.

Minha mãe, a alta sacerdotisa [ou: a humilde], me concebeu, em secreto me deu à luz.

[Ela] me colocou num cesto de juncos e fechou a tampa com betume.

[Ela] me colocou no rio [Eufrates] que não me submergiu.

O rio me levou boiando até Akki, o regador das águas."[1]

Até recentemente muitos entendiam que esse mito seria o texto original que inspirou os escribas judeus a criarem a lenda de um herói hebreu. Afinal, é fato conhecido que, em 587 a.C., os judeus foram levados cativos para a Babilônia. Ali, eles poderiam ter conhecido a história de Sargão, que foi acrescentada à história de Moisés após o fim do cativeiro em 537/6 a.C.[2]

Mas, se provássemos que a história original não vem de Babilônia e sim do Egito, isso mudaria tudo. Afinal, se o texto bíblico for o reflexo de um mito babilônico, este deverá ser obrigatoriamente o direcionador literário de seu conteúdo. Logo, devemos ir direto ao texto hebraico e descobrir que cultura está por detrás de sua trama, a babilônica ou a egípcia.

Respondendo a essa problemática textual, o egiptólogo James K. Hoffmeier, da Trinity International University (Illinois, Estados Unidos), demonstrou numa pesquisa recente que, ao contrário do que se esperava, o pano de fundo do Êxodo não é nem de longe, um reflexo das mitologias babilônicas.[3] Seu texto original encontra-se permeado de antigos termos técnicos egípcios que não faziam parte do vocabulário hebraico, muito menos do babilônico usado após o exílio.

Palavras-chave da trama como "cesto", "junco", "papiro", "linho", "ribeira", etc. são inquestionavelmente egípcias e não era de se esperar que um escriba judeu do cativeiro as conhecesse tão bem. Elas só podem ter sido escritas por alguém que morou nas cercanias do Nilo num período muito anterior ao 6º século a.C.

De todas as palavras, no entanto, nenhuma oferece maior pista que o nome do herói em si. *Moisés*, longe do que deveria ser, caso se tratasse de uma lenda semita, não é um nome hebraico, mas egípcio. Sua raiz está nos verbos: 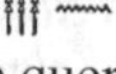 *ms-n,* que significa "nascer ou nascido de", e 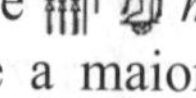 *ms(i),* que quer dizer "gerar, dar à luz a".[4]

Hoje a maioria dos historiadores reconhece o antigo costume egípcio de colocar nas crianças nomes reais em homenagem aos deuses. Assim, os nomes dos nobres eram, em geral, a junção de um verbo (geralmente o verbo *ms-n* = nascer) e do nome de uma divindade. Entre os apelidos desse tipo poderíamos mencionar: *Ahmose* ("Ah, o deus Lua, nasceu" ou "nascido do deus Lua"), *Ramose* ("Rá, o deus sol, nasceu"), *Tutmés* ("Thot [outra forma do deus Lua] nasceu"), *Ptahmose* ("Ptah, o deus criador, nasceu").

Veja como o mesmo símbolo para nascimento aparece nos cartuchos hieroglíficos contendo, por exemplo, os nomes de Tuthmose III e Ramsés II:

Tuthmose III  *Ramsés II* 

Siegfried Júlio Schwantes deduz que a "omissão do nome de uma divindade egípcia no nome de Moisés explica-se provavelmente pelo fato de que ele renunciou ao culto idólatra quando atingiu a maioridade";[5] por isso, seu nome ficou sendo apenas "mose" (Moisés), sem o complemento divino que talvez existira na infância. Essa é realmente uma sugestão bastante plausível, levando-nos a crer que originalmente o líder hebreu teria um deus egípcio acoplado ao seu nome, mas renunciou a esse complemento ao fugir para o deserto. Quem sabe esse deus não poderia ser o próprio Hapi, o deus do Nilo, de modo que seu nome original fosse *Hapimose* com o sentido próprio de "nascido do Nilo"? É claro que se trata de uma conjectura e a Bíblia nada diz a esse respeito, mas, sabemos por outras passagens que houve homens e mulheres que mudaram seu nome ao aceitar a missão dada por Deus. Abrão (que passou a ser Abraão) é um caso clássico.

Seja como for, o fato do texto correlacionar o nome de Moisés (em hebraico *Mōsheh*) com o sentido de "tirado das águas" (Êx 2:10) ainda não pôde ser explicado com absoluta certeza. Flávio Josefo, historiador judeu do 1º século, informava que *Mō* era o nome egípcio para o Nilo e *uses* uma designação, também egípcia, para qualquer coisa que fora "retirada de algum lugar". Assim, Moisés significaria "retirado do Nilo".[6] A dificuldade, porém, com essa exposição é que se desconhecem hoje as fontes filológicas de Josefo. O que se sabe é que, no panteão egípcio, o Nilo, como já dissemos, era denominado *Hapi*, embora correntemente fosse também chamado *Itru'y* ou, mais tarde, *Itru*.

A meu ver, outra hipótese para explicar a etimologia do nome seria presumir uma aproximação fonética do hebraico *Mōsheh* com os substantivos egípcios *msw* (manancial) e *mw* (água), mas o jogo de palavras ainda seria desconhecido.

Não obstante tais dificuldades etimológicas, devemos lembrar que colocar crianças em rios para deixá-las à sorte da providência divina não era algo tão incomum no mundo antigo. O caso de Rômulo e Remo, ainda que lendário, está aí para confirmar, pelo menos, a existência de uma prática que talvez explique o porquê de haver outras histórias semelhantes à de Moisés. Os rios geralmente eram locais tão sagrados quanto os templos e as montanhas. Assim, deixar uma criança ali, na esperança de que os deuses cuidassem dela, não parece ser algo difícil de acontecer. No caso da mãe de Moisés, está claro que seu intuito era fazer com que a filha de Faraó encontrasse o cesto e pegasse amor ao menino. Hoje sabemos de muitas mães que abandonam seus filhos na porta de igrejas e conventos, pois o ambiente religioso oferece segurança para o seu estranho ato. Naquela época eram os rios sagrados que desempenhavam esse papel.

Escravos hebreus no Egito

E quanto à presença de hebreus escravos no delta do Nilo? Podemos acreditar que foram os descendentes de Jacó que construíram alguns dos monumentos hoje encontrados no Egito? Entre os modernos cidadãos do Cairo (muçulmanos, na sua maioria) chega a ser uma "tolice" supor tal possibilidade. Certa vez, fiz o teste de perguntar a um guia junto às pirâmides de Saqqara, qual a sua opinião sobre a possibilidade dos hebreus haverem construído pelo menos alguns monumentos de seu país. Seu semblante que havia sido alegre durante todo o dia decaiu repentinamente e percebi logo que falar de "história hebraica" num ambiente islâmico era algo proibido, mesmo se tratando do Egito, que mantém relações diplomáticas com Israel. Assim, fico me perguntando se o motivo por trás da negação do Êxodo não é, na verdade, um preconceito étnico recheado de razões políticas que temem fermentar o conflito árabe-israelense caso se confirme o triunfo hebreu descrito na Bíblia.

Mas o método científico não deve contemplar nenhum tipo de xenofobismo. Uma pesquisa séria, desprovida de nacionalismos, deve ser feita para averiguar a realidade dos fatos que nos interessam. Realmente, devemos admitir que não foi encontrada ainda uma menção direta nas fontes egípcias acerca da opressão dos hebreus ou da saga de Moisés. Afinal, como dissemos, ainda há muito a ser descoberto sobre a própria história dos faraós. Ademais, lembremo-nos que havia a prática de alguns monarcas apagarem dos monumentos oficiais relatos de conquistas que aconteceram antes de seu governo e, em virtude disso, muita coisa está definitivamente perdida. Entretanto, existem algumas preciosas evidências que nos levam a crer que a Bíblia esteja correta ao contar essa magnífica história do Êxodo.

O próprio relato da opressão possui um detalhe que não pode ser passado por alto. O texto bíblico diz que "os egípcios, com tirania, faziam servir os filhos de Israel e lhes fizeram amargar a vida com dura servidão, em barro, e em tijolos, e com todo o trabalho no campo" (Êx 1:13, 14). É impressionante ver que até hoje moradores pobres das margens do Nilo mantêm a mesma prática milenar de produzir tijolo com barro tirado do próprio rio e misturá-lo com palha como, aliás, a Bíblia menciona acerca dos hebreus, em Êxodo 5:6.

Esse episódio, caso não fosse real, só poderia ter sido criado a partir de coisas que o escriba estivesse acostumado a ver. Contudo, é significativo o fato de que o fabrico de tijolos não era corrente em Jerusalém, onde as edificações eram normalmente feitas de pedra. O mesmo se pode dizer dos babilônios que, embora fabricassem tijolos, os faziam com técnicas muito mais avançadas que os egípcios, usando, inclusive, fornos elevados a altas temperaturas que dispensavam o secamento do tijolo à luz do Sol. Portanto, só resta sugerir que o autor bíblico descrevia uma prática que ele mesmo testemunhara não na Babilônia ou em Jerusalém, mas no próprio Egito.

O dia a dia das olarias egípcias está bem preservado em vários desenhos que decoram paredes de tumbas egípcias. Uma, em especial, merece ser mencionada. Ela pertenceu a um vizir chamado Rekhmire, que viveu sob o domínio de Tutmés III, cerca do século 15 a.C., isto é, perto da época do Êxodo. Ali temos várias cenas de trabalhadores braçais semitas (muitos deles, certamente hebreus) fabricando tijolos, à semelhança do que descreve o relato bíblico. Os capatazes egípcios são representados com varas nas mãos chicoteando impiedosamente os trabalhadores escravos.

Desenhos ornamentais encontrados num dos templos de Tebas, mais precisamente no complexo de Karnac, mostram a figura de um egípcio tendo em sua mão uma vara levantada, dizendo aos trabalhadores: "A vara está em minha mão! Não sejam preguiçosos!" Noutra parede, um relevo de Tutmés III mostra o faraó em pessoa espancando um escravo siro-palestino (ou seja, hebreu) e levantando-o pelos cabelos em sinal de extrema humilhação. O escravo, que acabara de ser subjugado, ergue as mãos implorando misericórdia. Foi uma cena dessas que serviu de impulso para explodir a ira de Moisés, levando-o a matar um feitor egípcio (Êx 2:11-15).

Um dos principais capitães do faraó Ahmose I, que liderou suas tropas na guerra contra os hicsos, também se chamava Ahmose (talvez em

Autor

Acima: detalhe de uma parede do túmulo de Mená, escriba de Tutmose IV, onde um capataz espanca o escravo diante de um companheiro suplicante. Ao lado: um alto relevo de Tutmose III, no qual o faraó oprime prisioneiros siro-palestinos, segurando-os pelo cabelo.

homenagem ao rei que ele tanto admirava!). Sua tumba foi descoberta pelos arqueólogos e hoje pode ser visitada na vila de El-Mahamid, a poucos quilômetros ao sul de Luxor. As paredes do túmulo seguem a cultura egípcia de descrever a vida do morto e, portanto, estão repletas de inscrições contando as proezas do capitão a serviço do faraó. O texto descreve sua coragem frente aos inimigos hicsos e relata o nome de 19 escravos que lhe foram dados pelo próprio rei como prêmio pelas batalhas vencidas. O curioso é que a maioria dos alistados tem nomes semitas, pelo que não nos parece impossível supor, com boa probabilidade de acerto, que se tratassem de escravos hebreus! Não podiam ser escravos hicsos (embora também fossem semitas) porque esses, quando dominaram o Baixo Egito, adotaram inteiramente os costumes egípcios. Não somente se autoproclamaram "faraós", como também seguiram a religião local e assumiram nomes totalmente egípcios para si e para seus filhos. Portanto, os hebreus ainda permanecem como os mais fortes candidatos para a lista encontrada no túmulo de Ahmose.

As pragas

De todas as evidências que poderíamos citar em favor do Êxodo, nenhuma é tão espetacular quanto o testemunho externo das pragas que ocorreram no Egito. Ao que tudo indica, esse foi um vexame notório que ficou registrado por muitos anos na mente do povo. Tanto é assim que Deodoro Siculo, um tardio historiador grego do 1º século a.C., escreveu o seguinte testemunho que permanece até hoje:

"Nos tempos antigos houve uma grande praga no Egito e muitos a atribuíram ao fato de Deus estar ofendido com eles por causa dos estrangeiros que estavam em seu país... Os egípcios concluíram que, a menos que os estrangeiros fossem mandados embora de seu país, eles jamais se livrariam de suas misérias. Sobre isso, conforme nos informaram alguns escritores, os mais eminentes e estimados daqueles estrangeiros que estavam no Egito foram obrigados a deixar o país... [portanto] eles se retiraram para a província que agora se chama Judeia. Ela não fica longe do Egito e estava desabitada na ocasião. Aqueles emigrantes foram pois conduzidos por Moisés, que era superior a todos em sabedoria e poder. Ele lhes deu leis e ordenou que não fizessem imagens de deuses, pois só há um Deus no céu que está sobre tudo e é Senhor de tudo."[7]

As ruínas da cidade de Avaris também possuem marcas do que poderiam ser as pragas do Egito. Não obstante, o papiro de Ipuwer, encontrado no Egito em 1820, é o que mais nos interessa por sua clara conexão com o Êxodo. Imediatamente após descoberto, ele foi levado para o museu da Universidade de Leiden, na Holanda, onde permanece até hoje. Seu texto, decifrado originalmente por Alan H. Gardner, só veio a público após 1909 e revelou um conteúdo surpreendente.

Trata-se de um lamento e admoestação cerimonial escrito por um antigo sacerdote egípcio chamado Ipuwer. Ele se dirige diversas vezes ao faraó, questionando acerca do que estaria acontecendo na terra do Nilo. Afinal, segundo sua declaração: "Os estrangeiros [hebreus?] vieram para o Egito... [eles] têm crescido e estão por toda a parte [lit. "em todos os lugares, eles se tornaram gente"]... *o Nilo se tornou em sangue*... [as casas] e as plantações estão em chamas... a casa real perdeu todos os seus escravos... os mortos estão sendo sepultados pelo rio... os pobres [escravos hebreus?] estão se tornando os donos de tudo... *os filhos dos nobres estão morrendo inesperadamente*... o [nosso] ouro está no pescoço [dos escravos?]... o povo do oásis está indo embora e levando as provisões para o seu festival [religioso?]."[8]

Essas palavras nos soam muito parecidas com as pragas descritas em Êxodo 7:14-24, especialmente a primeira e a última. A referência aos escravos que agora se vão e ainda levam consigo algumas riquezas parecem ecoar o comentário bíblico de que os hebreus foram "e pediram aos egípcios objetos de prata e de ouro... de modo que estes lhes davam o que pediam. E despojaram os egípcios" (Êx 12:35, 36).

Ainda existe um debate acerca do período ao qual as admoestações de Ipuwer se referem. Embora o manuscrito tenha sido escrito entre a 19ª ou 20ª dinastia (1350-1100 a.C.) seu original certamente pertence

Papiro egípcio de Ipuwer descrevendo várias pragas que caíram no Egito.

a um tempo anterior. Não tão antigo como propõe John Wilson (que o atribui a antes de 2050 a.C.),[9] nem no período hicso, como faz supor Van Seters,[10] mas certamente nalguma ocasião imediatamente anterior ao Êxodo, quando as pragas castigavam o delta do Nilo.

O faraó do Êxodo

Existe um detalhe em Êxodo 1:11 que ainda intriga os pesquisadores. O texto diz: "E os israelitas edificaram a Faraó as cidades-celeiro, Pitom e Ramessés". Que cidades seriam essas? Embora não exista hoje no Egito nenhuma metrópole com tais nomes, é certo que houve um faraó chamado Ramsés II que governou de 1292-1225 a.C., durante a 19ª dinastia, e construiu uma cidade chamada Pi-Ramese ou "casa de Ramsés".

Um sítio arqueológico localizado por volta da década de 1930, em Tânis (atual San el-Hagar), a nordeste do delta, revelou a presença de enormes edifícios e várias estátuas de Ramsés. Desde então, os especialistas passaram a crer que seria essa a cidade mencionada em Êxodo e que teria sido edificada pelos hebreus.

Contudo, estudos posteriores enfraqueceram tal hipótese. Percebeu-se que as pedrarias, monumentos e inscrições desenterradas em Tânis não estavam em sua posição original. Algumas jaziam de ponta cabeça, ou viradas para o lado. Os alicerces também não coincidiam com a estrutura que estava por cima deles. Logo, o mais provável é que o templo e outros edifícios não pertencessem àquele lugar, mas tivessem sido transportados para ali, bloco por bloco, numa data bem posterior ao reinado de Ramsés II.

Hoje, o consenso quanto à localização original de Pi-Ramese é o de identificá-la com a moderna Qantir, próxima a Tell el-Dab'a, que foi no passado o mesmo sítio que abriga as possíveis ruínas do palácio de José e que mencionamos em capítulo anterior. Ela se localiza a trinta quilômetros de Tânis, e a menos de três da moderna Khatana-Qantir. De vez em quando, escavações locais ainda desenterram ali azulejos reluzentemente petrificados e pequenas estruturas arquitetônicas, mas quase não dá para enxergar nada acima do chão. Só para lembrar, foi nesse mesmo sítio que se localizava a antiga Avaris, capital dos hicsos durante sua permanência no Egito.

Quanto à cidade de Pitom, os especialistas acreditam que seria uma corruptela hebraica do nome egípcio *Pi-Atum*, isto é, "casa de Atum (o deus Sol)". Sua localização é mais difícil de ser determinada. Alguns egiptólogos a identificaram com a moderna Tell el Maskhuta, que fica na região oriental do Delta. Mas ainda hoje não se tem certeza absoluta sobre sua localidade.[11]

Sobra-nos, no entanto, um último problema: se, com base em Êxodo 1:11, considerarmos Ramsés II o faraó da opressão e seu sucessor Merneptá (1225-1215 a.C.) o faraó do Êxodo, teremos um conflito com o texto de 1 Reis 6:1, que diz que o quarto ano do reinado de Salomão ocorreu 480 anos depois que os filhos de Israel saíram do Egito. Ora, embora as datas do período monárquico ainda oscilem cerca de 10 anos, o quarto ano de Salomão deve corresponder mais ou menos a 967 a.C., que é a data proposta pela clássica obra de Edwin Thiele, *The Mysterious Numbers of the Hebrew Kings*.[12]

Assim, somando 480 a 967 (pois as datas a.C. são em ordem decrescente) chegamos a 1447 a.C. como sendo o ano-limite para a ocorrência do Êxodo. Essa não é uma data exata, é claro. Estudos recentes publicados por E. W. Faulstich (baseados na pesquisa astronômica de Oliver R. Blosser)[13] têm sugerido uma conversão de calendários que retardaria o Êxodo para pelo menos 1461 a.C. De qualquer modo, um período muito anterior ao reinado de Ramsés II!

Para mim, uma maneira simples, porém não absoluta, de resolver essa aparente incongruência seria sugerir que a descrição do Êxodo tenha recebido uma pequena adição editorial, nalgum manuscrito posterior a Moisés. Isso não é, de modo algum, um endosso à alta crítica, mas a admissão de pequenas anotações explicativas que não teriam por que serem barradas pela Providência, uma vez que não maculam o texto bíblico. Deuteronômio 24, por exemplo, que descreve a morte de Moisés, certamente não foi escrito por ele mesmo!

Seguindo essa suposição, creio que o problema fica amenizado se entendermos que um escriba posterior "atualizou" o texto, para indicar que aquela cidade que os hebreus edificaram tinha, na época, o nome de Ramsés. Tal acréscimo não seria de modo algum um erro, se lembrarmos que nossos livros de história convencionalmente dizem que Colombo descobriu a "América", embora todos saibamos que em 1492 (data da descoberta) ainda não havia nenhum continente com esse nome.

Nossa conclusão, portanto, é que o Êxodo ocorreu em algum período anterior a 1447 a.C. e os contemporâneos da trama seriam: Tutmés II, meio irmão e marido de Hatsepsut, a princesa que adotou Moisés, e Tutmés III, filho de Tutmés II, mas não de Hatsepsut (que, embora tenha gerado uma filha, parece não ter tido nenhum filho homem). Esse possivelmente tenha sido um inimigo natural de Moisés, a quem Hatsepsut queria empossar no trono. Porém, com a fuga do hebreu para Midiã, o caminho ficou livre para ele assumir o trono no lugar de Moisés. E, por fim, temos Amenófis II (também chamado Amenhotep II), o possível faraó do Êxodo, embora, se assim for, resta saber a identidade daquele que se afogou sob as águas do Mar Vermelho.[14]

---

[1] *ANET*, p. 119.

[2] Francis D. Nichol, ed., *Seventh-day Adventist Bible Commentary* (Washington, DC: Review and Herald, 1977), v. 3, p. 97. Nas próximas referências, apenas *SDABC*.

[3] James K. Hoffmeier, *Israel in Egypt: The Evidence for the Authenticity of the Exodus Tradition* (Nova York: Oxford University Press, 1996), p. 136-140.

[4] Nossa transliteração do egípcio segue a de Mark Collier e Bill Manley, *How to Read Egyptian Hieroglyphs* (Londres: The British Museum Press, 2002), p. 154.

[5] Siegfried Júlio Schwantes, *Arqueologia* (São Paulo: Seminário Adventista Latino-americano de Teologia, 1988), p. 28.

[6] Flávio Josefo, *Antiguidades Judaicas* 2.9, 6, em W. Whiston, *Josephus: Complete Works* (Grand Rapids: Kregel, 1985), p. 57.

[7] Diodorus Siculus, *The Library of History* (Cambridge: Harvard University Press, 1933), 12 v.

[8] *ANET,* p. 441-444 (ênfase acrescentada).

[9] John Wilson, em *ANET,* p. 441.

[10] John Van Seters, *The Hyksos* (New Haven: Yale University Press, 1966), p. 103-120.

[11] E. Uphill, "Pithom and Ramses: Their Location and Significance", *Journal of Near East Studies* 28 (1969), p. 15-39.

[12] Edwin R. Thiele, *The Mysterious Numbers of the Hebrew Kings* (Grand Rapids: Zondervan, 1983).

[13] Citado por Randall Price, *The Stones Cry Out* (Eugene: Harvest House Publishers, 1997), p. 411, nota 16.

[14] *SDABC*, v. 1, p. 1102.

A conquista de Canaã

CAPÍTULO 11

O período da conquista de Canaã pelos hebreus ainda é objeto de acirrada discussão entre os especialistas. O material encontrado nos sítios produz interpretações diferentes e a reconstrução dos fatos não é unânime.

Mesmo os que acreditam na veracidade do relato bíblico esbarram em algumas questões ainda em aberto. A Bíblia diz, por exemplo, que, em sua trajetória pela região dos amorreus, os israelitas foram impedidos de passar, por ordem do rei local chamado Seom. Tal impedimento precipitou a guerra contra os amorreus descrita em Números 21:21-30. Os israelitas, é claro, venceram a batalha e tomaram todo o reino amorreu, inclusive sua capital Hesbom.

O problema é que hoje não temos provas de que o sítio atribuído à antiga Hesbom, a moderna Tell Hesbon (também conhecida como Tell Hesban), tenha existido nos dias de Josué. Uma expedição feita pela Universidade Andrews, dos Estados Unidos, realizou uma série de escavações ali, desde 1968 até 1976, mas não chegou a algum resultado conclusivo que lançasse luz sobre o assunto. Estrato após estrato foram descobertos nesse *tell*. Eles começaram com o período árabe que estava na superfície e atravessaram todas as camadas: bizantina, romana, grega e persa. Porém, o nível mais baixo que encontraram (isto é, o mais antigo nível de ocupação) correspondia ao período do Ferro I, ou seja, por volta de 1200 a.C. – uma data muito recente para a conquista dos israelitas. Portanto, a cidade que está naquele sítio não pode ter sido tomada por Josué, pois nem existia em seu tempo![1]

Não podemos também perder de vista a possibilidade de que o verdadeiro local da antiga Hesbom seja outro e não aquele suposto pelos arqueólogos atuais. Muitos sítios do passado já tiveram sua localização corrigida mesmo depois de terem sido por anos apontados como estando em determinado lugar. Embora não tenhamos espaço para tratar aqui da polêmica "rota do Êxodo", é ilustrativo dizer que muito provavelmente os arqueólogos admitam num futuro próximo que o Monte Sinai, identificado tradicionalmente com o *Gebel Musa*, no Egito, não seja o autêntico monte no qual Moisés recebeu os mandamentos. Uma outra hipótese, bem mais razoável, faz supor que a caravana dos hebreus teria se dirigido para Cades e daí para o leste do golfo de Aqaba, na península arábica, onde em seguida dobraram para o norte, tomando o rumo da Transjordânia. Os guias turísticos do Egito é que não iam gostar nada dessa nova localização!

Cidades cananitas

Apesar das divergências técnicas, uma coisa é certa entre os arqueólogos, no que diz respeito às cidades cananitas: muitas delas mostram evidências de que foram destruídas por depredação ou incêndio. É o caso de Hazor, Beth Shean, Megido, Laquis e outras. Nalguns casos, a camada de cinzas chega a medir 1,5 metro de espessura, o que leva a crer que houve uma devastação em série, provocada por algum tipo de ação militar. As evidências de campo também sugerem que a maioria dessas destruições resultou de ataques guerrilheiros ocorridos durante o fim da Idade do Bronze, isto é, um pouco antes de 1200 a.C.[2]

Para a cronologia que estabelece as conquistas de Josué entre, aproximadamente, 1400 a 1360 a.C., isso ainda pode representar uma dificuldade, pois teríamos um hiato de aproximadamente meio século entre Josué e a data atribuída às destruições. Não obstante, é importante que relembremos a relativa oscilação das cronologias que já comentamos neste livro. Tomemos o caso de Laquis e Hazor: enquanto trabalhos anteriores apontavam a destruição dessas cidades por volta do século 12 a.C. (período do Ferro I), a tendência dos arqueólogos contemporâneos é recuá-la para o século 13 (final do Bronze), cem anos antes da datação inicialmente proposta![3] Escavações futuras poderão tornar mais claros esses pontos ainda obscuros.

O problema, como lamenta Alan Millard,[4] é que os guerreiros de Josué não deixaram nenhuma tabuleta dizendo: "Nós, israelitas, incendiamos esta cidade chamada Betel." Ademais, durante a primeira invasão, os israelitas não queimavam indiscriminadamente todos os povoados. Afinal de contas, eles precisavam ter um local onde pudessem morar! Segundo a Bíblia, somente Jericó, Ai e Hazor foram queimadas. Portanto, com base nos achados atuais, é impossível saber com absoluta certeza se foi Josué o autor de *todas* essas destruições ou apenas de uma parte delas. Afinal, os israelitas não eram os únicos combatentes da ocasião! Havia outras milícias tentando a posse de Canaã. Os filisteus, por exemplo, avançaram do mar e conquistaram a região costeira; os sírios também desceram do norte e impuseram sua hegemonia nas imediações da Transjordânia.

Mas essas dificuldades não devem desanimar o leitor das Escrituras. Se por um lado tais achados não "confirmam" diretamente as conquistas de Josué, pelo menos as colocam numa categoria de historicidade bastante plausível. Afinal, enquanto a Bíblia descreve as batalhas dos israelitas em Canaã, a arqueologia demonstra que houve, na mesma ocasião, uma generalizada destruição de cidades cananitas e isso não pode ser mera coincidência!

O historiador Joseph Callaway,[5] embora negue a historicidade das conquistas israelitas, descobriu algo que pode fortalecer o argumento a favor do texto bíblico. Ele foi um dos primeiros pesquisadores a observar nas escavações de Ai e Khirbet Raddana, no território de Efraim, que os habitantes dessas pequenas localidades situadas nas montanhas usavam as mesmas técnicas dos que moravam nos vales para perfurar poços, confeccionar ferramentas, cultivar o solo e construir casas com terraços para a retenção da água de chuva. Isso implica não apenas na continuidade cultural entre os povoados dos vales e das montanhas, mas também na ideia de que muitas pessoas se deslocaram para Ai e Raddana a fim de fugir de possíveis guerrilhas que estariam acontecendo nos povoados dos vales. Houve, portanto, uma fuga em massa.

Ora, as guerras de conquista empreendidas por Josué e depois pelos juízes se encaixam muito bem nesse perfil, ainda que hipotético.[6] Os israelitas podem ter começado dominando cidades menores dos vales, para então atingir as fortalezas que geralmente ficavam em cima das montanhas. Os aldeões que viviam nos vales procuraram refúgio nessas fortalezas a fim de escapar do flagelo dos conquistadores. Não é sem razão que entre 1400 e 900 a.C. o número de povoados das montanhas passou de 23 para 114, o que sugere uma significativa retirada dos vales.[7]

Outra possibilidade seria supor que os hebreus atacaram primeiro as fortalezas das montanhas e estabeleceram sobre elas as cidades israelitas que serviram de refúgio para outras cidades que procuravam escapar de grupos conquistadores como os filisteus. Israel se tornou aí uma espécie de "protetor" das cidades menores e parceiro militar das maiores. De fato, a Bíblia mostra situações em que Israel socorreu cidades como Gibeon que, embora fosse uma grande fortaleza, pediu auxílio de Josué para enfrentar a confederação comandada por Adoni Zedeque, rei de Jerusalém (Jz 10:1-11).

Uma estela erguida cerca de 1230 a.C., por ordem do faraó Merneptá, cita sua vitória sobre os líbios e aliados que queriam invadir o Egito e menciona Israel como "nação", ao lado de Asquelom, Gezer, Hurru e outras. Seu texto, é claro, enaltece a vitória dos egípcios, mas é importante porque, além de ser a primeira menção de Israel em fontes extrabíblicas, mostra ao pesquisador que os hebreus, longe de serem um grupo nômade pastoril, como acentua Finkelstein, se constituíam num país estabelecido nas terras de Canaã, já por volta de 1200 a.C., e o Êxodo, é claro, deve ter ocorrido antes disso![8]

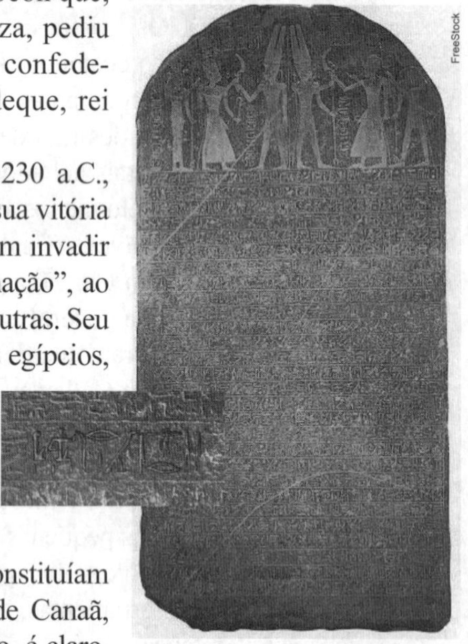

Estela das vitórias do faraó Merneptá. No destaque, o nome de Israel.

Domínio egípcio sobre Canaã

Depois de expulsar os hicsos do Egito, os faraós da 18ª dinastia temeram que outros grupos estrangeiros tentassem novamente invadir seu país. Assim, procuraram conquistar o corredor sírio-palestinense, a fim de estabelecer uma hegemonia de proteção sobre o sagrado delta do Nilo que era o que todo egípcio mais temia perder. Esse plano foi realizado por Tutmés III (1501-1447), que administrava tudo a partir de Tebas, a nova capital.

"Nenhuma segurança, senão no Eufrates" – era o lema do Novo Império.[9] A expulsão dos hicsos se transformou numa desesperada corrida para proteger o solo egípcio recém-reconquistado e gerou uma guerra de conquista rumo a Canaã. Um importante documento do começo da 18ª dinastia, grafado numa inscrição tumular do Alto Egito, indica essa mudança de ares no comportamento dos faraós.

Mesmo assim, é preciso salientar que os egípcios não eram um povo conquistador, muito menos "colonizador". Nenhum cidadão comum gostaria de viver fora das adjacências do Nilo. Morrer e ser enterrado ao longo do rio sagrado, próximo às pirâmides faraônicas, era uma glória religiosa que nenhum deles queria perder. As pessoas piedosas temiam ser enterradas em terras estrangeiras que não possuíam nenhum de seus deuses ancestrais.

Portanto, o domínio egípcio de Canaã (que duraria uns quatro séculos), não deve ser enxergado na ótica de uma superpotência unificada, mas de uma conquista relativamente política e comercial. Os povos subjugados viam na parceria com o Egito a proteção que precisavam contra eventuais ataques guerrilheiros e a vantagem cosmopolita de adquirir bens preciosos (como o papiro e o linho), que eram de produção exclusivamente egípcia. O Egito, por sua vez, via nos aliados uma espécie de barricada que seguraria eventuais ataques vindos principalmente do norte de Canaã, da região dos hititas.

Aqui nossa dificuldade maior é conciliar esse domínio egípcio sobre Canaã com os movimentos militares de Josué. Se ambos foram contemporâneos, como podemos dizer que os israelitas conquistaram a região? Afinal, ela permaneceu sob o controle dos faraós até por volta de 1200 a.C. (época de Ramsés II). Somente depois disso é que a jurisdição egípcia sobre Canaã começou a declinar.

É realmente difícil ver Josué nesse contexto, a não ser que revisemos nossos conceitos de "domínio" e "conquista". Hoje o país basco é comandado por autoridades locais que conquistaram certa autonomia, mas, oficialmente, o território pertence à Espanha e à França, que não reconhecem sua total independência. O mesmo se deu no passado. Oficialmente, Canaã (que não era bem um país, mas um aglomerado de cidades-estado) pertencia aos egípcios, mas, na prática muitos territórios já haviam sido tomados por Josué e outros grupos conquistadores como os filisteus.

Os hititas ou heteus também merecem destaque por ser outro grupo a minar as forças faraônicas na região da Síria. Desde 1380 até 1200 a.C., eles foram sem dúvida a maior soberania desde o Egeu, a oeste, até

Damasco, ao sul. Mencionados nos documentos hieroglíficos com o nome de *Khetas*, esse grupo conseguiu exigir alianças com os faraós (especialmente Ramsés II), que não somente cederam, mas os trataram em pé de igualdade. Vê-se, pois, que aquele não foi um domínio pacífico e as tribos israelitas, certamente, foram um obstáculo à hegemonia dos egípcios!

Cartas de Tel el-Amarna

Um arquivo de correspondências oficiais encontrado em Tell el-Amarna confirma o que dissemos acima. São ao todo uns 377 tabletes cuneiformes escritos em acadiano, que era a língua da diplomacia internacional.[10] Eles documentam muito bem a situação do Egito em relação aos seus governadores vassalos, desde o fim do reinado de Amenhotep III, até depois do reinado de Akenaton (cerca de 1376-1350 a.C.). Esse último soberano, diga-se de passagem, tentou inutilmente promover o monoteísmo no Egito com a abolição de todos os demais deuses e a transferência da capital de Tebas para Amarna.

Dentre os remetentes da correspondência oficial estavam alguns governadores cananeus que pediam auxílio militar ao Egito contra os constantes ataques que vinham sofrendo de um violento grupo seminômade, que estava ganhando cada vez mais terreno na região. Os perigosos "invasores", conforme o texto das cartas, são reconhecidos pelo nome de *Habirus* ou *Hapirus* que muitos ligam semanticamente ao nome "hebreus".[11]

A despeito de algumas reconhecidas lacunas linguísticas que dificultam a equiparação exata entre os nomes, são notáveis as semelhanças entre os dois seguimentos, o que nos incentiva a crer que se tratava de um mesmo grupo. Note que ambos atuam militarmente em Canaã durante o tempo do envio das cartas. Como os hebreus saídos do Egito, os *hapiri* (plural de *hapirus*) também não tinham pátria e são, algumas vezes, descritos como escravos.

Uma estela encontrada em Beth-Shean, produzida por Set I e Ramsés II, menciona os *hapiri* como habitantes da mesma região de Canaã, onde viveram os israelitas no tempo dos juízes no século 13 a.C.[12] A região mencionada é Yarmuth, uma colina da Galileia, conhecida na Bíblia pelo nome de Jarmute (Js 21:29) que, na divisão em territórios, ficou com a tribo de Issacar.

Apesar de ter sido neutro no início de suas pesquisas, Albright não pôde resistir à evidência da estela de Beth-Shean e declarou que a similaridade entre os hebreus da Bíblia e os *hapiri* de Tell el-Amarna é tão grande que se torna praticamente impossível duvidar de sua correlação.[13]

Os documentos de Amarna às vezes se referem aos *hapiri* pelos apelidos de *sa-gas* (um ideograma babilônico que quer dizer "ladrões") e *shasu* (um ideograma egípcio que quer dizer "estrangeiros [do deserto]"). Nessa última referência é notório que, embora fosse um título genérico que os egípcios usassem para mais de uma etnia, os *shasu* são descritos como "pastores" e esse era o ofício identificador dos hebreus na terra do Egito.[14]

Seria interessante, à guisa de ilustração, ver o conteúdo de algumas dessas cartas:

"Veja, Namyawaza [um governador local] tem entregue todas as cidades do rei, meu senhor, para os *sa-gas* que estão na terra de Cades e Ubi [Síria]. Mas eu vou, e se os teus deuses e o teu sol forem diante de mim, eu trarei de volta as cidades para o rei, meu senhor, que foram tomadas pelos *Habiri* ... eu expulsarei os *sa-gas*." De Itakkama para o faraó.

"Meu senhor, veja, eu, juntamente com todos os meus arqueiros, minhas carruagens de guerra, meus irmãos e os *sa-gas* que estão comigo [possíveis desertores semitas que mudaram de posição] e meus ... estaremos à disposição das tropas [egípcias] para aquilo que o meu senhor comandar que façamos." De Namyawaza, que havia sido acusado por Itakkama, na carta anterior, de ser desleal e "afrouxar" a segurança, entregando cidades aos *hapiri*. Ele tenta convencer o faraó de sua fidelidade.

"Todas as minhas cidades que o rei tem posto em minhas mãos, foram para as mãos dos *Habiri*". De Zimrida, rei de Sidom, para o faraó.

"Se [tuas] tropas vierem este ano, as terras e os príncipes continuarão pertencendo ao rei, meu senhor; mas se não vierem, essas terras e esses príncipes não continuarão pertencendo ao rei, meu senhor." De Abdi-heba, rei de Jerusalém, para o faraó.

Os *hapiri*, portanto, poderiam muito bem ser os hebreus conquistando a terra sob o comando de Josué.

---

[1] Uma série de relatórios foi publicada pela Universidade Andrews apresentando os resultados de cada expedição feita em Tell Hesban. Ao todo são 14 volumes publicados pelo Instituto de Arqueologia da Andrews University.

[2] Amihai Mazar, "The Iron Age I", em Amnon Ben-Tor [ed.], *The Archaeology of Ancient Israel* (New Haven/Londres: coedição Yale University Press e The Open University of Israel, 1992), p. 260.

[3] Sobre a datação de Laquis, veja: David Ussishkin, "Excavations at Tel Lachish 1978-1983, second preliminary report", Tel Aviv 10/2 (1983), p. 160-163. Para uma visão mais atualizada de suas considerações, veja: David Ussishkin, *The Renewed Archaeological Excavations at Lachish (1973-1994)* (Tel Aviv: Institute of Archaeology e Tel Aviv University, 2004), 5 v. Sobre Hazor, veja Yigael Yadin, "Hazor and the Battle of Joshua – Is Joshua 11 Wrong?", em *Biblical Archaeology Society – Online Archive,* disponível em <http://members.bib-arch.org/nph-proxy.pl/000000A/http/www.basarchive.org/bswbSearch.asp=3fPubID=3dBSBA&Volume=3d2&Issue=3d1&ArticleID=3d2&UserID=3d0& >. Acesso em 31 de março de 2006.

[4] Allan Millard, *Descobertas dos Tempos Bíblicos: Tesouros Arqueológicos Irradiam Luz Sobre a Bíblia* (São Paulo: Editora Vida, 1999), p. 92.

[5] Joseph A. Callaway, "The 1964 Ai (et Tell) Excavations", *Bulletin of the American Schools of Oriental Research* (abr., 1965), p. 27-28. "Village Subsistence at Ai and Raddana in Iron Age I", em H. Thompson [ed.], *The Answers Lie Below: Essays in Honor of Lawrence Edmund Toombs* (Lanham: University Press of America, 1984).

[6] É bom deixar claro que, na proposta de Callaway, os israelitas seriam os povos das montanhas (ele nega que eles tenham vindo do Egito) e os cananeus, os habitantes dos vales. Ele ainda diz que é praticamente impossível distinguir entre esses dois povos no período do assentamento pacífico (ele não aceita falar de "conquista"). Essa teoria, contudo, parece ter sido forjada com o propósito de atender à demanda política atual que procura criar elos de pacificação entre judeus e palestinos e não através de uma análise fria das evidências encontradas.

[7] Alguns autores pensam que a retirada dos vales deve ter começado por volta do período do Ferro I, em 1200 a.C. Contudo, se lembrarmos que o declínio do poder egípcio sobre a Ásia Menor está intimamente ligado com essa atividade migratória (como mostram as cartas de Amarna), então teremos justificado o retrocesso para 1400 a.C., conforme sugerimos neste livro.

[8] Bimson, "Merneptah's Israel and Recent Theories of Israelite Origins", *Journal for the Study of the Old Testament* 49 (1991), p. 3-29.

[9] Paul Johnson, p. 122.

[10] Para o texto das cartas, veja *ANET,* p. 482-490.

[11] Essa compreensão linguística foi especialmente difundida por J. W. Jack, *The Date of the Exodus (*Edinburg: T & T Clark, 1925), p. 142-168, 237-241.

[12] W. F. Albright, "The Smaller Beth-Shean Stele of Sethos I", *Bulletin of the American Schools of Oriental Research* 125 (1952), p. 24-32. Para o texto da estela, veja *ANET*, p. 255-258.

[13] Ibid. Outros argumentos para a identificação dos hebreus com os *hapiri* podem ser encontrados em Douglas Waterhouse, "Who Are the Habiru of the Amarna Letters?", *Journal of the Adventist Theological Society* 12/1 (2001), p. 31-42.

[14] Amihai Mazar, *Archaeology in the Land of the Bible: 10.000-586 B.C.E.* (Nova York: Doubleday, 1990), p. 237, 238.

As vitórias de Josué

CAPÍTULO **12**

A Bíblia diz que Deus mandou Israel eliminar alguns povos como os cananeus, filisteus, amalequitas e outros. Tal ordem choca o leitor moderno, que não consegue entender por que um Deus de amor comandaria exércitos à guerra.

Deixando de lado os aprofundamentos filosóficos da problemática – que não cabem na proposta deste livro –, podemos nos deter em dois pontos que talvez ajudem, se não a esclarecer, pelo menos a amenizar a questão. Em primeiro lugar, entendemos que Deus é o doador da vida e, por isso mesmo, Ele tem o direito de tomá-la de volta como bem entender. As pessoas supõem erroneamente que aquilo que é errado para nós é errado para Deus. Ora, se fosse assim, o Altíssimo não poderia aceitar a adoração de ninguém, porque nos é proibido aceitar a adoração de outrem. Por outro lado, também poderíamos supor que aquilo que é certo para nós deveria igualmente ser certo para Ele. Imagine, portanto, como aplicaríamos a Deus o mandamento que ordena "honrar pai e mãe"!

Norman Geisler, numa entrevista para o jornalista e ex-ateu Lee Strobel, disse: "É errado que eu tire a sua vida, porque não a fiz e não a possuo. Por exemplo, é errado que eu entre no seu jardim e arranque os seus arbustos, corte-os, transplante-os ou mude-os de lugar. Eu posso fazer isso no meu jardim porque eu sou o dono dos arbustos do meu jardim. Pois bem, Deus é o soberano sobre toda a vida e tem o direito de tirá-la se o quiser. De fato, nós temos a tendência de esquecer que Deus tira a vida de cada ser humano. Isso é chamado de morte. A única questão é quando e como, coisas que devemos deixar para Ele resolver."[1]

Um segundo ponto que devemos ter em mente é a característica da língua hebraica antiga, que coloca Deus como autor de coisas que

Ele, na verdade, apenas permite ou tolera. Quem lida com seres humanos, especialmente crianças e adolescentes, sabe que mudar a mente das pessoas não é algo fácil. Uma mudança de paradigmas leva tempo e enfrenta muita resistência mental. Quantas coisas fazíamos na juventude e que, somente na idade adulta, reconhecemos serem "idiotas" e sem sentido! Quando um pai tolera certas "lógicas mentais" de um filho de 13 anos, isso não significa que concorde com elas ou que endosse seus erros (senão viraria uma criação permissiva). Ele simplesmente tolera, por exemplo, que o filho raspe uma barba que não existe e use uma estranha camiseta estampada, porque sabe que é próprio da idade e que aquilo passará à medida que ele amadurece.

Traduzindo esse esquema para a história bíblica, devemos entender que a cultura oriental da época achava perfeitamente normal que houvesse combates mortais pela posse de um território. Se um grupo não guerreava, era morto pelo outro que via a morte como um mal necessário à sobrevivência. Era, portanto, uma questão cultural difícil de ser retirada. Deus poderia mudar instantaneamente a cultura do povo, mas se fizesse isso estaria interferindo no livre-arbítrio humano e não seríamos nada além de autômatos da vontade divina.

Assim, enquanto tomava tempo para mudar as estruturas mentais que regiam os israelitas, Deus permitia que eles guerreassem pela sua sobrevivência. Porém, nos dias do Novo Testamento, quando o paradigma da guerra já havia tido tempo de ser quebrado, Jesus condenou a guerra santa, enaltecendo o perdão acima de tudo.

A religião cananita

Mas, quem eram os grupos que Israel exterminou? Qual era o seu perfil sociológico? Quais eram os ditames de sua cultura religiosa? A resposta a essas perguntas também veio através de outro achado arqueológico.

Em 1929, um grupo de arqueólogos franceses liderados por Claude Schaffer encontrou as ruínas da antiga cidade portuária de Ugarite, hoje chamada Ras Shamra. Habitada até por volta de 1200 a.C., Ugarite teve entre 1500 a 1360 a.C. o seu período áureo, que fez dela uma grande cidade na época da conquista.

Um arquivo encontrado nas ruínas (e que remonta à mesma época do florescimento), revelou tabletes com escrita cuneiforme alfabética, redigidas nalgum tipo de idioma cananita (o ugarítico) muito importante para recuperar elementos perdidos do hebraico bíblico como: vocabulário, expressões idiomáticas, sintaxe, normas gramaticais, etc.

Letras do alfabeto cuneiforme ugarítico

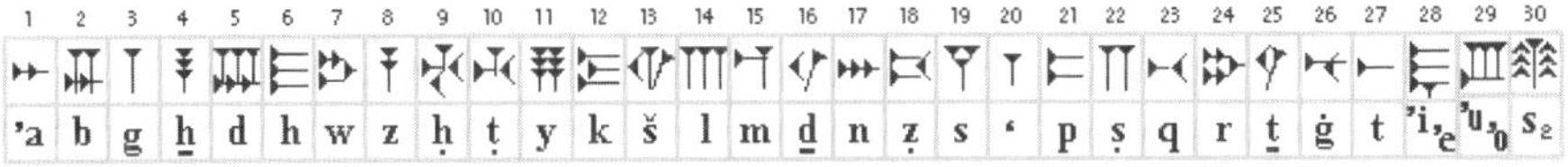

Além disso, com base nos poemas mitológicos que ali havia, foi possível conhecer diretamente a cultura e a religião praticadas pelos cananeus, e elas não eram nada elogiáveis!

Chega a ser quase um alívio que esses povos não mais existam no planeta Terra. Eles originaram nações adeptas da mais alta crueldade e carnificina de que se tem notícia, muito piores do que Roma com todos os seus delírios.

Albright argumenta que "foi bom para o monoteísmo que os israelitas da conquista fossem um tanto selvagens, providos de energia primitiva e rude vontade de sobreviver, visto que o resultante extermínio dos cananeus evitou a completa fusão dos dois povos aparentados, o que teria, quase inevitavelmente, feito baixar o padrão israelita a um nível de onde a recuperação teria sido impossível. Dessa forma os cananeus, com sua orgiástica adoração naturalística, seu culto da fertilidade na forma de uma serpente e a sua nudez sensual, e a sua mitologia grosseira, foram substituídos por Israel com sua simplicidade nômade e pureza de vida, seu elevado monoteísmo e seu severo código de ética".[2]

De fato, a primeira coisa que percebemos é que Canaã trazia a mais baixa deturpação do que um dia fora o culto monoteísta de um Deus chamado "El". A semelhança com a nomenclatura bíblica (que também chama Yahweh de "El" ou "Elohim") levou alguns a pensarem, com alta possibilidade de acerto, que aquilo que Josué encontrou em Canaã era a deterioração daquela fé monoteística que Abraão havia deixado quando morou ali nos tempos patriarcais.

Assim, a religião dos hebreus não seria uma "inovação", mas uma "reforma", um retorno às origens abraâmicas da fé. Talvez seja por isso que El tenha caído tão bem como título qualitativo do Yahweh dos hebreus!

Muitos salmos bíblicos parecem adaptações literárias de antigos hinos cananitas, que foram, desta vez, atribuídos ao Deus único de Israel.

Veja, por exemplo, o Salmo 74:13, 14:

"Tu, [Senhor,] com Teu poder, dividiste o mar; esmagaste sobre as águas a cabeça dos monstros marinhos. Tu espedaçaste as cabeças do crocodilo [leviatã/serpente do mar] e deste por alimento às alimárias do deserto."

Agora compare-o a um hino cananita em que Baal se ufana de seus atos poderosos:

"Vejam, eu dividi o Mar, o amado de El. Eu destruí os grandes rios de El, eu esmaguei Tannin [o dragão do mar]; sim eu o esmaguei, eu espedacei a Serpente Fraudulenta, o monstro de sete cabeças."[3]

El é chamado "pai dos homens", "criador", "senhor da criação", etc. Todos esses atributos são conectados a Yahweh no Antigo Testamento.

Panteão cananita

No topo do panteão cananita estava, como dissemos, a figura de El, o maior de todos os deuses. Ele habitava num tabernáculo (santuário) celestial que ficava no alto de uma montanha sagrada (símbolo do céu). A Bíblia também fala diversas vezes do "monte santo do Senhor" (Sl 68:16; Is 2:2; Mq 4:1) e repete a ordem divina para que se fizesse um santuário (tabernáculo) para servir como morada de Deus entre os homens (Êx 25:8).

As continuidades, no entanto, entre El e Yahweh são limitadas. O culto ao Deus único recebera muitas distorções politeístas. Segundo a leitura grosseira da religião cananita, El possuía três esposas que também eram suas irmãs (quem diz isso é Filo de Alexandria).

As três consortes, portanto, eram Astarte (também conhecida como Astarote), Aserah e Baaltis (provavelmente Anat). A primeira era representada por uma mulher nua montada sobre um cavalo a galope, a segunda por uma prostituta seminua e a terceira por uma virgem com um insaciável desejo de sangue.

Baal, frequentemente citado no Antigo Testamento, era o filho (ou neto) de El e seu sucessor no trono celestial.[4] Ele era, às vezes, chamado o "Senhor dos céus" (Baal-Shamen), e outras vezes, o "Senhor da chuva e da tempestade", cuja voz podia ser ouvida, reverberando no céu na forma de um trovão. Pelo menos duas mulheres de

El (Astarte e Anat) aparecem como suas consortes, o que revela uma relação incestuosa entre os deuses. Anat, diga-se de passagem, era a esposa e irmã de Baal.

O principal inimigo de Baal era Mot, o deus da morte que o assassinava todos os anos num processo de morte e ressurreição. Assim, acreditava-se que, sendo Baal o senhor das chuvas e dos trovões, seu falecimento afetava grandemente a agricultura.

Ao começo de cada estação seca, conforme o pensamento de seus adoradores, Baal era morto no céu e permanecia assim até ser revivido por Shemesh (o deus sol) e Astarte (sua consorte e deusa da fertilidade). Com a ressurreição de Baal, as chuvas voltavam e a terra florescia, porque ele e Astarte copulavam, gerando vida nas sementes.

Baal era a figura mais destacada em toda a poesia de Ugarite, na verdade, em toda a literatura religiosa. Nos tempos de Elias, quando Israel se viu atraído pelo culto de Baal, ficou demonstrada claramente a impotência desse deus para suspender a seca que durou três anos.

Junto aos deuses apresentados, havia ainda um exército de outras divindades cananitas com funções de menor importância e que, portanto, não precisam ser mencionadas. Todavia, é importante salientar que todos eles eram adorados em rituais que envolviam um reflexo terreno de sua própria história celestial: adultério, fornicação, incesto, derramamento de sangue para aplacar a ira divina, etc.

Afinal, se os deuses praticam essas coisas, por que seus adoradores não? Assim, os cultos cananitas eram festividades, na maioria das vezes, cheias de orgias, que envolviam homossexualismo, pedofilia, sacrifício de crianças e mulheres virgens, automutilação, sadismo, tortura de animais, etc. O mundo seria bem pior se tais religiões tivessem prosseguido!

As muralhas de Jericó

O *tell* que hoje cobre a antiga Jericó, já foi erroneamente identificado por Edward Robinson como sendo uma colina de lixo e nada mais. Passariam ainda sete décadas até que uma expedição austro-alemã apresentasse um primeiro estágio de conhecimento científico da área e, finalmente, identificasse o local como sendo as ruínas de Jericó.

Em 1936, o arqueólogo britânico John Garstang realizou novas escavações no local e confirmou, a partir de um método de datação desenvolvido por Albright, que houve uma destruição das muralhas por volta de 1400 a.C., o que concordava com a cronologia bíblica.

"Numa palavra, escreveu Garstang, por todos os detalhes materiais e pela data, a queda de Jericó ocorreu exatamente conforme a narrativa bíblica. Nossa demonstração é, reconhecemos, limitada. Contudo, sobre o material observado concluímos que as paredes caíram, abaladas por um terremoto, e a cidade foi destruída pelo fogo em cerca de 1400 a.C."[5]

O grande problema é que a colina mostrava uma estratigrafia muito complicada. Foram detectadas, por exemplo, 18 camadas sobrepostas quase horizontalmente e buracos cheios de escombros das escavações precedentes que não tiveram o mesmo rigor técnico das últimas investigações.

Então, após a Segunda Guerra Mundial, Kathleen Kenyon, outra arqueóloga britânica, reabriu as escavações numa limitada área e chegou a uma conclusão diferente da de Garstang que, aparentemente, invalidava a narrativa bíblica. Usando um método estratigráfico desenvolvido por Mortimer Wheeler, ela pôde lidar com os complicados sedimentos de Jericó e concluir que a cidade fora destruída e abandonada 150 anos antes de Josué.[6] Em outras palavras, não havia nenhuma Jericó habitada nos dias da conquista israelita. Logo, a história das muralhas caindo ao som de trombetas não poderia ter sido real.

Esse foi um argumento muito forte usado pelos minimalistas em livros e artigos que pretendiam desmentir o relato bíblico. Afinal, ninguém tinha refeito os estudos de Kenyon. O que todos faziam era repetir suas conclusões. Até que Bryant Wood, um doutor em arqueologia siro-palestinense pela Universidade de Toronto, estudou as notas de Kenyon, refez seus passos e chegou a outra conclusão: Garstang estava certo, Jericó fora destruída não em cerca de 1550 a.C., mas por volta de 1400 a.C. conforme a cronologia bíblica.[7]

Wood percebeu que Kenyon, além de escavar numa parte bastante reduzida do sítio, ficou por demais influenciada quando não encontrou em Jericó um tipo de cerâmica cipriota comum do final do Bronze e início do Ferro. Ela supôs, a partir dessa ausência, que a cidade não poderia ter existido nesse período, senão estaria repleta daquela cerâmica importada por várias cidades da região.

Bryant Wood, por sua vez, deu mais importância aos artefatos *in situ* e descobriu, por exemplo, que a cidade possuía túmulos – já apontados nos trabalhos de Garstang – nos quais foram encontrados selos egípcios (escaravelhos) contendo o nome de faraós que governaram de 1500 até 1380 a.C.; logo, a fortaleza tinha de existir nessa época, pois seu cemitério era comumente utilizado. Essa assertiva contradiz a antiga conclusão de Kenyon de que a cidade fora abandonada por volta de 1550 a.C.

Muitos, é claro, não aceitaram as novas conclusões de Wood. Mas, ao que parece, temos aqui algo maior do que uma discordância científica – embora, é claro, isso não seja admitido pelos minimalistas. Atualmente, Jericó está em território palestino, no grande barril de pólvora que se tornou a Palestina. A declaração de que aquele sítio jamais foi tomado pelos israelitas acalma os ânimos e afasta a possibilidade de judeus extremistas quererem reacender a discussão e não entregar o território à Autoridade Palestina. Embora seja certo promover a paz e evitar a guerra, não creio que a ocultação da história bíblica seja o meio mais coerente de fazê-lo.

Ademais, existe outro problema com as interpretações de Kenyon. Seu método de datação indicou que o muro interior da cidade dataria da idade do Bronze Antigo, entre 2300-2200 a.C. Isso o colocaria pelo menos 800 anos antes de Josué e, portanto, não poderia existir em seu tempo.

Não obstante, ao realizar escavações em Jerusalém, a equipe de Kenyon encontrou muros da antiga cidade dos jebuseus, que datavam de 1800 a.C., mas ainda eram utilizados 900 anos depois, nos tempos de Salomão! Sua datação, portanto, revelou quando os muros de Jericó foram *construídos* e não quando eles foram *derrubados*. Ademais, escavações em outras cidades antigas revelam que sólidos muros se mantiveram firmes por muitos séculos, protegendo a população.

Contudo, ainda que não se aceite datar Jericó dentro de uma cronologia bíblica, somos obrigados a admitir que sua destruição encaixa-se muito bem no que está descrito em Josué 6:1-27. E isso os minimalistas não podem negar.

A cidade mostra sinais de destruição causados por um tremor de terra que derrubou suas muralhas *de dentro para fora.*[8] Logo, não foi um ataque militar comum, que normalmente derrubaria as muralhas para dentro a partir do uso de um aríete, isto é, uma máquina de guerra para abater muralhas com um forte pedaço de tronco. Seria, portanto, a queda causada pelas trombetas? É provável. Por outro lado, porém, um abalo sísmico poderia igualmente ter provocado a queda dos muros e aí teríamos um fenômeno puramente natural. O curioso, no entanto, é que após as muralhas terem sido derrubadas, elas e a maior parte da cidade foram queimadas, fato que fica difícil de ser explicado a não ser que tivéssemos a presença de um vulcão ali por perto, o que não é o caso. Voltamos, pois, à história das trombetas seguida do ataque israelita, que parece a teoria mais razoável até o momento.

As evidências mostram que a destruição da cidade ocorreu numa época de colheita, pois havia várias sacas de cereais entre os destroços. Isso novamente corrobora a descrição bíblica de que o ataque de Josué a Jericó ocorreu num período imediatamente após as colheitas (Js 2:6; 3:15; 5:10). E mais: a presença de grandes sacas ali, demonstra que o "estranho" interesse dos invasores não era saquear, mas destruir o local. Exatamente conforme a ordem divina de que nada deveria ser levado das ruínas da cidade (Js 6:17, 18).

A derrota de Hazor

Hazor é, hoje, o maior sítio arqueológico em Israel que tem ligação direta com a historiografia bíblica. A cidade que jaz sob seus monturos foi originalmente queimada por Josué (Js 11:11), conquistada por Débora e Baraque (Jz 4:24) e ampliada por Salomão (1Rs 9:15). Localizada ao norte do país (a cinco quilômetros de Rosh Pinnah), Hazor situava-se estrategicamente na rota entre o Egito e a Babilônia. Era, portanto, uma das maiores metrópoles cananitas daquele tempo.

Escavada inicialmente por Yigael Yadin, entre os anos 1950 e 1960, ela revelou achados que premiaram a equipe de escavadores. Uma grande coleção de peças da época anterior a Josué foi encontrada nos estratos, confirmando em muitos aspectos a história contada nas Escrituras. De fato, a cidade foi quase totalmente incendiada em algum período anterior a 1200 a.C., o que, novamente, coincide com a época da conquista e o relato de Josué 11:10, 11:

"Nesse mesmo tempo, voltou Josué, tomou a Hazor e feriu à espada o seu rei, porquanto Hazor, dantes, era a capital de todos estes reinos. A todos os que nela estavam feriram à espada e totalmente a destruíram e ninguém sobreviveu; *e a Hazor, queimou.*"

Numa entrevista concedida a Randall Price, o arqueólogo israelense Ben-Tor, que hoje dirige as escavações no local, afirmou que, em Hazor, as evidências de uma destruição em massa são tão grandes que ela poderia ser chamada de "a mãe de todas as destruições"! Só para se ter uma noção do incêndio provocado pela milícia de Josué, calcula-se que o fogo que destruiu a cidade chegou a uma temperatura de 1.200 graus centígrados. Um fogo normal atinge algo entre 600 e 700 graus. Foi realmente uma intensa destruição provocada pelas chamas, exatamente conforme o texto de Josué 11:10, 11.[9]

Em Hazor, já foram escavados o templo, suas fortificações e um complexo sistema de águas que permitia aos cidadãos suportar vários meses de cerco ou estiagem, sem maiores sacrifícios de sua parte. Ídolos cananitas deliberadamente quebrados sugerem o ataque de alguma tribo israelita, possivelmente sob a liderança de Débora e Baraque.

Após assumir a direção dos trabalhos em 1990, o professor Ben-Tor, escavou novos complexos não pesquisados anteriormente e encontrou um altar cananita, alguns prédios públicos, casas e um enorme palácio real que revelou a existência de vários tabletes cuneiformes datados do século 13 a.C. A grande esperança do professor Ben-Tor é localizar ali o arquivo real ou a biblioteca do palácio (de onde os tabletes certamente provieram). Seus registros poderão revelar coisas incríveis e sua descoberta seria tão espetacular quanto o achado dos manuscritos do Mar Morto.

---

[1] Lee Strobel, *Em Defesa da Fé: Jornalista ex-Ateu Investiga as Mais Contundentes Objeções ao Cristianismo* (São Paulo: Vida, 2002), p. 166.

[2] W. F. Albright, *From Stone Age to Christianity* (Baltimore: Johns Hopkins University Press, 1940), p. 214.

[3] Citado conforme a tradução de Finegan, p. 142.

[4] Alguns tabletes trazem Baal como filho de El, outros o apresentam como neto, filho de Dagom.

[5] John Garstang, "Jericho and the Biblical Story", em *Wonders of the Past* (Nova York: Wise, 1937), p. 1.222.

[6] K. M. Kenyon, *Digging Up Jericho* (Londres: Praeger, 1957).

[7] Bryant G. Wood, "Did the Israelites Conquer Jericho?", *Biblical Archaeology Review* 16 (1990), p. 44-59. Uma polêmica posterior ao artigo de Wood foi levantada por Piotr Bienkowski, "Jericho Was Destroyed in the Middle Bronze Age, Not the Late Bronze Age", *Biblical Archaeology Review* 16 (1990), p. 45, 46, 69. A resposta de Bryant G. Wood veio através do artigo: "Dating Jericho's Destruction: Bienkowski is Wrong on All Counts", *Biblical Archaeology Review* 16 (1990), p. 45-49, 68, 69.

[8] Alfred J. Hoerth, p. 210.

[9] Randall Price, p. 150.

Reis para Israel

CAPÍTULO 13

Quando se fala no período dos reis de Israel, o nome "filisteus" é um dos primeiros que nos vem à memória. Eles roubaram a arca do concerto, alugaram um gigante mercenário para ameaçar os filhos de Israel e, ainda por cima, insistiam que Dagon era mais forte que Yahweh. A história provou que estavam errados. Enquanto sua celebração e culto se restringem hoje a um capítulo da história, o monoteísmo hebreu continua firme, principalmente através do cristianismo, que se espalhou por todo o planeta.

Segundo a Bíblia, os filisteus (que não devem ser confundidos com os grupos semitas e, portanto, não têm parentesco algum com os hebreus) foram os principais inimigos de Israel desde o período dos juízes até os tempos da monarquia. Poderosos, eles se distribuíam em cinco cidades-estado (*pentápolis*) que dominavam toda a costa marítima de Canaã desde o sul, onde está a famosa faixa de Gaza, até o norte acima do que hoje seria a moderna cidade de Tel Aviv. Depois disso começava o território dos fenícios.

Mapa do território filisteu

Eles oprimiram Israel por quatro longas décadas, durante as quais negaram aos israelitas o acesso ao ferro, que era uma matéria-prima importante para a confecção de armas e ferramentas agrícolas (1Sm 13:19-23). Isso, evidentemente, trouxe um grande atraso cultural para o território israelita que ainda subsistia com instrumentos e técnicas ultrapassadas, próprios da Idade do Bronze. Sansão foi um dos juízes que se insurgiram contra os filisteus, mas sem resultados muito efetivos, e por isso os vemos desafiando Israel ainda nos dias do rei Davi.

Através da força de sua *Pentápolis* e sua posição estratégica junto ao mar Mediterrâneo, os filisteus sempre procuraram assediar seus vizinhos com o fim de conquistá-los militarmente. Eles conseguiram controlar certas áreas pertencentes às tribos de Dã e Judá (Jz 14:4; 15:11), obrigando muitos hebreus a mudarem mais para o norte a fim de obter segurança (Jz 18:11, 29).

Foi esse constante clima de ameaça que forçou a formação da monarquia de Israel. As tribos queriam maior proteção e julgavam que a figura de um rei traria mais segurança que a de um juiz. Saul, no entanto, acabou sendo derrotado por milícias filisteias e encontrou a morte em suas mãos. Davi, por outro lado, declarou-lhes guerra, e o mesmo fez seu filho Salomão. Eles os derrotaram em cruciais batalhas, que puseram seu poder em declínio. Com a chegada de Nabucodonosor à região, em 597 a.C., os filisteus perderam o pouco que restava de sua força. Sua população foi transportada para o cativeiro, e esse foi o fim de sua nação.[1]

O nome Filisteia ou Filístia vem da palavra *pĕlĕšet* (povo do mar), que deu origem à palavra "Palestina". No passado, acreditava-se que seu estabelecimento na região de Canaã ocorrera antes de Abraão.[2] Hoje, no entanto, a despeito de alguma obscuridade em relação às origens desse povo, sabe-se que seu assentamento na costa marítima de Canaã não se deu senão no período do Ferro I, por volta de 1200 a.C.[3] Apesar disso, grupos de filisteus podem ter vivido na Palestina, ao tempo de Abraão e Isaque, como mencionado na Bíblia (Gn 21:32, 34; 26:1, 8).

Alguns monumentos mostram que os filisteus já haviam sido expulsos de outros territórios (especialmente no mar Egeu[4]) antes de invadirem Canaã. Ali enfrentaram ataques do faraó Ramsés III (1195-1164 a.C.) que tentou resistir-lhes a princípio, mas não conseguiu impedi-los de se estabelecerem na região, onde fundaram suas cinco cidades-estado. Na tensa fronteira entre seu território e o israelita foi que ocorreram algumas memoráveis batalhas como a de Davi contra o gigante Golias.

O rei-pastor

Davi constitui uma das figuras mais luminosas da história de Israel. Desde criança somos acostumados a ouvir suas histórias e decorar seus salmos que emocionam gerações. "O Senhor é o meu pastor e nada me faltará" – quem não se sente confortado com palavras tão animadoras?

Até recentemente a falta absoluta de achados que confirmassem a existência de Davi levou muitos a duvidarem de sua historicidade. Os minimalistas supunham que sua história era um mito criado pelos sacerdotes para justificar a ascendência monárquica de um determinado rei que "eles" – e não necessariamente Yahweh – queriam sobre o trono. E não se tratava de um reino unificado como supõe a narrativa bíblica, mas de um punhado de clãs nômades e sem qualquer expressão nacional.

Assim, segundo a tese minimalista, era através do mito e da ascensão de cada novo rei, descendente do "pastor-herói", que os sacerdotes controlavam a política local sem a necessidade de expor diretamente sua própria pessoa. Para representar os possíveis opositores, criou-se ainda a lendária figura de Saul, um rei ilegítimo que não honrou seu chamado e por isso teria de ser retirado do poder.

É claro que todo esse enredo estava mais para "conto policial" do que para um levantamento sério dos eventos históricos. Davi existiu, é fato! Entretanto, a força dos questionadores estava em não haver, fora do texto bíblico ou da piedade popular, uma menção antiga que testificasse a sua existência.

Estela de Tel Dã

Em 1993, no entanto, uma estela comemorativa, escrita por inimigos de Israel, foi encontrada no sítio arqueológico de Tel Dã pelo Dr. Avraham Biran, docente emérito do Hebrew Union College, em Jerusalém. Embora estivesse bastante danificada, a pedra trazia os restos de uma inscrição aramaica produzida possivelmente por ordem de Hazael, rei-usurpador da Síria que governou entre 842-800 a.C.[5] Seu governo, conforme o texto de 2 Reis 8:7-15, foi marcado por uma feroz animosidade contra Judá e Israel, o que explica a inscrição comemorativa de suas vitórias sobre aquele povo.

Do texto, chama-nos a atenção uma referência especial que aparece na linha 9. Após falar de sua valentia contra Acazias, o rei de Israel (ver 2Cr 22:1-6), Hazael menciona o que seria outra vitória, dessa vez, sobre a "casa de Davi", uma expressão que aparece mais de vinte vezes no Antigo Testamento para falar da monarquia judaica e, em especial, do rei Davi, que seria seu genitor após a retirada de Saul.

Os minimalistas tentaram objetar o achado, argumentando que a fórmula aramaica *Beyth-Dawid* – que Biran traduziu por "Casa de Davi" – não tinha vogais originalmente, de modo que, dependendo das letras que se acrescente, o *w* pode ser entendido como uma vogal e a expressão passa a ser *Beyth-Dôd*, "casa do amado" ou também "casa do tio".

O problema com essa teoria é que jamais foi encontrada qualquer referência, na Bíblia ou fora dela, a um lugar chamado "casa do amado". Há muitas cidades como *Betânia* (Casa das Tâmaras), *Bete-Arã* (Casa da montanha), *Betel* (Casa de Deus); mas nenhuma "Bete-Dôd". Ademais, a inscrição da pedra traz pontos para separar uma palavra da outra, porém, não há ponto algum entre *Beyth* e *Dawid*, o que nos faz pensar que se trata de uma só expressão técnica para se referir à dinastia real dos judeus. O nome Davi, portanto, era reconhecido e aceito no 9º século a.C. como um personagem real, o originador pátrio dos reis de Israel – até mesmo as tribos do norte reverenciavam sua memória.

Autor

Estela de Tel Dã. No detalhe, a expressão aramaica que traz o nome do rei Davi.

O ataque do faraó Sisaque

Após a morte de Davi, seu filho Salomão assumiu o poder num reinado de grandes conquistas para o país. Então veio Roboão, que, ao contrário do pai e do avô, foi um completo desastre moral, administrativo e espiritual. Durante seu governo, o povo se desviou tanto dos caminhos de Deus que, além da franca idolatria, passou a admitir prostitutos cultuais nas cerimônias religiosas, isto é, sacerdotes e sacerdotisas especializados em práticas sadomasoquistas usadas para reverenciar os deuses cananitas que nada tinham a ver com a fé monoteísta (1Rs 14:24).

Não deu noutra: a mão protetora de Deus foi retirada e logo a fúria do Egito se fez sentir sobre o povo. De acordo com 1 Reis 14:25 e também 2 Crônicas 12:2-6, quem comandou essa nova opressão sobre Judá e Jerusalém foi o faraó Sisaque, também chamado Sesonque I, fundador da 22ª dinastia.

Se visitarmos hoje o Egito, e formos às ruínas do então restaurado templo de Amon em Karnak (antiga Tebas), poderemos encontrar no segundo relevo da parede meridional uma série de inscrições contendo a relação detalhada das campanhas militares de Sisaque na região siro-palestina. Ali, amplia-se o relato bíblico, mencionando cerca de 150 cidades que o faraó haveria conquistado, inclusive em Israel, o reino do norte. Cada uma delas é representada por um judeu aprisionado em cujo corpo está escrito o nome de sua cidade de origem. O nome "Jerusalém" não aparece entre os cartuchos hieroglíficos, mas um deles traz a expressão *Judah-melek*, que alguns identificam como o rei, o reino de Judá ou a capital, Jerusalém.

Em 1939, Pierre Montet descobriu em Tânis um extraordinário complexo de tumbas reais, quase intactas. O tesouro que ali estava só perde para o de Tutancâmon, que é atualmente o mais famoso de todos. Dentre as múmias encontradas, houve uma que muitos supõem ser de Sisaque II. Não sabemos ao certo se esse era o neto ou o filho do Sisaque I mencionado na Bíblia; contudo, suas joias e máscara mortuária toda feita de ouro eram muitíssimo sofisticadas em comparação com os outros corpos. E mais, muitos daqueles preciosos objetos que estavam em seu sarcófago tinham o nome de Sisaque I, que talvez os tenha presenteado ao seu descendente.[6] Parte desse tesouro, portanto, bem poderia ser aquele saqueado de Jerusalém, conforme o testemunho de 2 Crônicas 12:9.

E quanto ao reino do Norte e o rei Jeroboão? Bem, durante as escavações realizadas em Tell el-Mutesellim (sítio da antiga cidade de Megido), foi encontrado um selo muito bem esculpido, que trazia a figura de um leão (símbolo de Judá?) com a boca aberta e o corpo tenso como se estivesse atacando alguém. Sobre ele, havia uma inscrição que dizia: "Para Shema, servo de Jeroboão". Seria esse o mesmo Jeroboão, rei de Israel, citado na Bíblia? É provável que sim. A data do estrato, em que o selo estava, aponta para um período entre o 10º e o 8º séculos, o que favorece a identificação com o monarca bíblico. O selo deve ter pertencido a algum nobre israelita que viveu sob o reinado de Jeroboão, o primeiro monarca do Norte, após a divisão de Israel.

O túnel de Ezequias

Em 1880, um grupo de garotos palestinos resolveu matar aulas para nadar no tanque de Siloé, que pode ser visto ainda hoje na parte sul da cidade de Jerusalém. Tentando evitar o castigo, pois acabaram sendo apanhados, eles contaram que sua atenção foi atraída por um estranho jogo de sinais gráficos dentro do aqueduto que liga a fonte até o tanque milenar, onde as mulheres lavavam roupas.

Conrad Schick, um dos exploradores que estava na cidade, ouviu a história e ficou interessado em saber o que poderiam ser aqueles sinais. Atravessando o túnel com um lampião, ele chegou ao ponto indicado pelos garotos e percebeu que se tratava de uma antiga inscrição, feita na época em que o canal fora construído. Ela não havia sido percebida antes porque, além da escuridão do local, a água que passava por ali deixava depósitos de calcário que cobriam as letras, impedindo sua visibilidade. Se não fosse a curiosidade dos meninos ninguém teria reparado naqueles rabiscos.

Schick limpou calmamente o local e descobriu que havia seis linhas escritas no antigo idioma hebraico, tecnicamente chamado paleo-hebraico. Elas contavam algo sobre a construção do canal na rocha maciça.

Na pedra, estava escrito que as escavações foram iniciadas nas duas extremidades do túnel. Por um pequeno erro de cálculo ao estarem prestes a encontrar-se no meio do túnel, os escavadores vinham-se pouco a pouco desviando-se um do outro. Até que um grupo ouviu a voz do outro e através disso puderam bater a picareta no lugar certo e acharem a rocha que os dividia. Assim, passaram por ela as águas que corriam por 540 metros, desde a Fonte de Giom ou Fonte da Virgem até o tanque de Siloé (que significa águas enviadas).

Veja a tradução desse texto:

"A escavação terminou e esta é a história da escavação. Quando os trabalhadores ainda estavam levantando suas picaretas, cada qual na direção de seu companheiro, e quando um metro e meio ainda precisava ser escavado, cada qual podia ouvir a voz do companheiro que estava do outro lado da escavação, pois havia uma fenda na rocha no lado direito. E no dia em que a escavação terminou, os escavadores encontraram-se, picareta contra picareta. E fluíram as águas para o poço, por quinhentos e quarenta metros; e a altura da rocha, acima de nossas cabeças, era de cinquenta metros."[7]

Um negociante de antiguidades, querendo ganhar dinheiro com o achado, foi clandestinamente ao local, e cortou a rocha, danificando uma parte da inscrição. O governo turco que, na época, administrava Jerusalém, confiscou a pedra e, em virtude disso, a inscrição está agora no Museu Arqueológico de Istambul, na Turquia.

FreeStock e E. Velázquez

Ao lado: entrada do tanque de Siloé.
Abaixo: cópia da inscrição encontrada dentro do túnel, alusiva à sua construção nos dias de Ezequias.

A construção desse túnel confirma o relato de 2 Crônicas 32:2-4 que diz: "Vendo pois, Ezequias que Senaqueribe vinha e que estava resolvido a pelejar contra Jerusalém, resolveu, de acordo com os seus príncipes e os seus homens valentes, tapar as fontes das águas que havia fora da cidade; e eles o ajudaram. Assim, o povo se ajuntou, e taparam todas as fontes, como também o ribeiro que corria pelo meio da terra, pois diziam: Por que viriam os reis da Assíria e achariam tantas águas?"

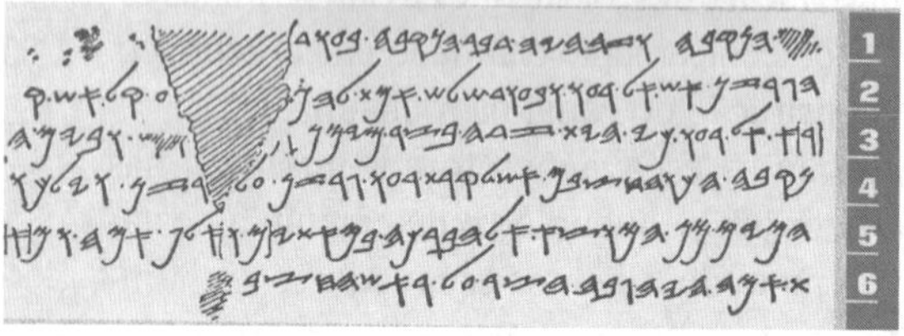

Esse evento ocorreu no ano 701 a.C., quando o rei da Assíria estava a caminho para sitiar Jerusalém. A fonte de Giom, que ficava fora da cidade, confrontava o rei Ezequias com um duplo dilema: ele tinha que garantir o abastecimento de água para a população caso os assírios chegassem e, ao mesmo tempo, evitar que o exército inimigo tivesse acesso à fonte. Daí a solução descrita na Bíblia: "Também o mesmo Ezequiel tapou o manancial superior das águas de Giom e as canalizou para o ocidente da Cidade de Davi" (2Cr 32:30).

Os textos de 2 Reis 18:13-18 e Isaías 36:1-3 completam esse relato, dizendo que o rei da Assíria finalmente chegou até Jerusalém e parou na extremidade do aqueduto do açude superior que estava junto ao caminho do campo do Lavandeiro. Ora, trata-se exatamente do canal de Siloé, ou túnel de Ezequias, que a essa altura já estava concluído.

Contudo, nem a inscrição ali encontrada convenceu os minimalistas que insistiam em dizer que o referido canal havia sido construído não na época em que a Bíblia apontava, mas 500 anos depois. Afinal, no texto traduzido por Schick, não constava o nome do rei Ezequias, o qual, segundo a teoria minimalista, não teria engenharia suficiente para construir um aqueduto tão sofisticado.

Finalmente, porém, em 2003, três cientistas revelaram a verdadeira data da inscrição e a publicaram na revista *Nature,* de 11 de setembro daquele ano. A pesquisa foi realizada com o auxílio da radiometria e do carbono 14, que revelaram não a data proposta pelos minimalistas, mas aquela que concorda com a Bíblia: o túnel foi construído por volta de 700 a.C., exatamente na época do cerco de Senaqueribe a Jerusalém.

Os condutores da pesquisa que confirmou o relato das Escrituras foram os doutores Amos Frumkin, do Departamento de Geografia da Universidade Hebraica de Jerusalém, Aryeh Shimron, do Departamento de Pesquisas Geológicas de Israel, e Jeff Rosembaum, da Universidade Reading da Inglaterra.

Os selos do rei

A arqueologia também revelou duas distintivas classes de selos monárquicos pertencentes ao rei Ezequias. A primeira, denominada pela expressão *lamelekh* (que é a transliteração hebraica de "pertencente ao rei"), está marcada em várias asas de jarro feitas de argila, que provêm da camada estratigráfica que se formou devido à destruição provocada por Senaqueribe. Esses jarros talvez contivessem os estoques de comida que Ezequias mandara armazenar devido ao iminente ataque ou por causa da administração centralizada das contribuições para o templo, que está registrada em 2 Crônicas 31:11. Note-se que, além da marca real, muitos selos trazem o nome de uma das seguintes cidades: Hebrom, Socó, Zife e *Mmst* que alguns sugerem ser Jerusalém. A função do selo era impedir que alguém abrisse os jarros sem uma prévia autorização oficial.[8]

A segunda classe de selos, também encontrada no mesmo estrato, estaria marcando bulas e documentos oficiais pertencentes ao próprio rei Ezequias. Alguns trazem claramente o nome do rei adjunto ao mesmo desenho encontrado nos jarros de barro – o que evidencia a quem pertenceriam de fato. Um desses selos, publicado por Robert Deutsch[9], dizia: "pertencente a Ezequias, [filho de] Acaz, rei de Judá". E não podemos deixar de mencionar os selos pertencentes a pessoas que se intitulam "servo de Ezequias" como é o caso de alguns que, embora devidamente autenticados, não estão em museus mas em coleções particulares.[10]

O curioso é que a marca do governo de Ezequias era, com algumas variações, um escaravelho com as asas abertas, símbolo do deus

Sol do Egito (às vezes era o próprio disco solar alado que aparecia nos selos). Por que Ezequias usaria esse símbolo egípcio como logomarca de seu governo? Seria mais um caso de apostasia?

A Bíblia não descreve algum desvio de conduta de Ezequias como o faz com outros monarcas, a exemplo de seu pai, o fraco rei Acaz. Pelo contrário, há elogios à sua pessoa, dizendo que ele "fez o que era bom, reto e verdadeiro perante o Senhor" (2Cr 31:20). Contudo, alguns episódios mostram que, embora fosse descrito como um homem "confiante em Deus" (2Rs 18:5), Ezequias teve momentos de fraqueza em que seu coração duvidou da providência divina, preferindo cercar-se da proteção humana. E ele pagou caro por essa vacilação!

A posição geográfica de Israel e Judá os fazia ficar prensados como um sanduíche cujos pães eram a Assíria ao norte e o Egito ao sul. Quando essas grandes potências guerreavam, os países menores ficavam num verdadeiro fogo cruzado, dificilmente podendo se alienar da situação.

Ruy Ernesto Schwantes

Selo do rei Ezequias contendo a expressão hebraica lamelekh, *que significa "pertencente ao rei".*

O rei Acaz, que havia antecedido Ezequias, era aliado do temível Sargão II, rei da Assíria, enquanto Samaria, capital do reino de Israel, se aliou aos egípcios. Como resultado, os assírios atacaram Samaria levando o reino do Norte ao cativeiro em 722 a.C. Judá, evidentemente, fora poupado devido ao acordo de submissão.

Mas depois a situação mudou e Sargão II cessou suas investidas contra Canaã, pois estava se preparando para reconquistar Babilônia. Os reis vassalos viram nisso um sinal de debilidade e promoveram uma rebelião conjunta, confiados na ajuda militar prometida pelos egípcios. Que essa ajuda fora prometida, torna-se claro pelos textos assírios e pelo que está escrito em Isaías, capítulo 20. Aliás, se voltarmos a Isaías 18, veremos os embaixadores do rei etíope vindo a Ezequias a fim de obter sua cooperação.

Em Judá, as opiniões estavam divididas entre aceitar ou recusar a parceria. Inspirado por Deus, Isaías se opôs com veemência ao projeto, chegando a andar desnudo nas ruas de Jerusalém só para mostrar simbolicamente como seria insensato confiar nos egípcios.

A princípio, Ezequias seguiu as orientações do profeta, o que o fez prosperar (2Rs 18:5-7). Isso talvez tenha lhe trazido uma autoconfiança excessiva, a ponto de desafiar os assírios não em nome de Yahweh, mas de si mesmo. Com a morte de Sargão, em 705 a.C., sentiu-se ainda mais confiante. Supôs que Senaqueribe, o novo rei, não teria a mesma força de seu pai e, contrariando o conselho de Deus, acreditou que o pacto com os egípcios seria a segurança que necessitava para rebelar-se contra a tributação dos assírios.

Provavelmente por isso usou aqueles emblemas em seu selo real. Eles eram o símbolo do seu novo acordo. Judá então estava aliado a faraó – o que se revelou um desastre, pois, conforme previsto pelo profeta, os egípcios não vieram em sua defesa. Foi por essa razão que seu ânimo oscilou tão rápido entre a coragem e a covardia. Veja que, em público, ele liderou o povo na construção do aqueduto e o conclamou à resistência (2Cr 32:1-8). No entanto, em ambiente íntimo, sucumbiu ao ouvir da aproximação do exército de Senaqueribe e enviou para o inimigo o próprio ouro do templo que, por definição, pertencia exclusivamente a Deus (versos 9-20).

O resultado está escrito no "Prisma de Taylor", um obelisco assírio datado de 686 a.C., em que Senaqueribe conta sua vitória sobre Jerusalém. Embora o texto confirme que Ezequias se recusou a submeter ao seu jugo (o que concorda com 2 Reis 18:7), também apresenta seu vexame. O que poderia ter sido um triunfo para o rei de Judá – caso tivesse confiado em Deus –, transformou-se numa chacota militar. Diz o texto: "Quanto a Ezequias... confinei-o em Jerusalém como um pássaro numa gaiola... Os guerreiros e tropas de elite que ele convocou para fortalecer sua cidade não compareceram [os egípcios?]. Ele mandou para mim em Nínive, minha cidade real, 30 talentos de ouro, 800 talentos de prata, o melhor antimônio, grandes blocos de pedra vermelha, camas decoradas com marfim, cadeiras decoradas com marfim, couro e presas de elefante, ébano, madeira de buxo, preciosidades de todo tipo, e suas filhas, mulheres do seu palácio, cantores e cantoras. Mandou seu mensageiro pagar tributo e me prestar homenagem."[11]

O prisma de Taylor confirma o texto de 2 Crônicas 32:25 que diz: "Ezequias não correspondeu aos benefícios que lhe foram feitos, pois o seu coração se exaltou. Pelo que houve ira contra ele e contra Judá e Jerusalém." Esse foi o preço de confiar em poderes humanos e não em Deus!

Porém o Senhor ainda teve misericórdia do rei. Em 2 Reis 19:35-36 está a descrição do fracasso dos assírios ao tentar invadir Jerusalém. O máximo que fizeram foi sitiá-la e, em seguida, irem embora devido a uma estranha moléstia que ceifou a vida de 185 mil homens.

Senaqueribe, é claro, não contaria isso em seu prisma. Seria absurdo guardar para a posteridade a história de uma epidemia que impediu seu exército de completar uma conquista. Mas note que ele não diz ter invadido Jerusalém. Apenas menciona que confinou o seu rei dentro dela.

Ainda outro fato faz supor que o conquistador assírio não conseguiu realmente entrar em Jerusalém. No seu palácio, em Nínive, foi descoberta uma sala cujas paredes estavam adornadas com relevos que ilustravam sua campanha contra Judá. Curiosamente as ilustrações concentram-se na tomada de Laquis, que é mencionada em 2 Reis 18:14, mas nada dizem sobre Jerusalém. Se Senaqueribe tivesse mesmo invadido a capital de Judá, contrariando o que diz a Bíblia, ele não deixaria de destacar esse fato nas paredes de seu palácio!

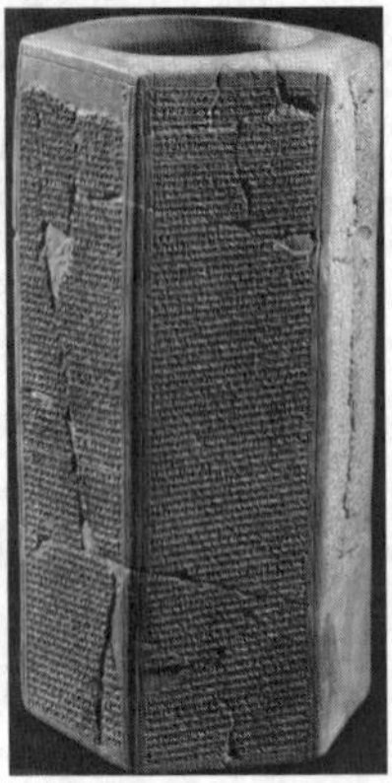
Museu Britânico - divulgação

O "Prisma de Taylor", ou os anais de Senaqueribe (691-689 a.C.), que contém referências a Jerusalém.

---

[1] Um interessante artigo de André Lemaire mostra que foi a visão monoteísta e onipresente de Yahweh que lhes permitiu regressar do cativeiro e reconstruir sua nação. Como os filisteus não tinham isso, acabaram sendo destruídos. Veja André Lemaire, "The Universal God – How the God of Israel Became a God for All", *Biblical Archaeology Review* 31 (2005), p. 57-59.

[2] Veja, por exemplo, W. M. Smith, *Bible Dictionary* (Filadélfia: Universal Book and Bible House, 1948), p. 513.

[3] Amihai Mazar, p. 262-278.

[4] A Bíblia diz que os filisteus vieram de Caftor (Amós 9:7), geralmente identificada com a ilha de Creta. O nome egípcio para Creta, *Keftyw*, favorece essa identificação.

[5] Ben-Hadade (852-843 a.C.) poderia ser outra possibilidade. E. Puech, "La Stele Arameene de Dan: Hadad II et la Coalition des Omrides et de la Maison de David", *Revue Biblique* 101 (1994) p. 215-241.

[6] Bob Brier, "Treasures of Tanis", *Biblical Archaeology Review* 58 (2005), p. 13-23.

[7] Seguiu-se aqui a tradução inglesa publicada em *ANET*, p. 321.

[8] Para uma visão geral sobre os selos do tipo *lamelekh,* veja Yohanan Aharoni, *The Land of the Bible: A Historical Geography* (*Filadélfia:* Westminster, 1979), p. 394-400. Na internet há um site dedicado inteiramente ao estudo e apresentação dos vários selos do tipo *lamelekh* encontrados no Oriente Médio: <http://www.lmlk.com/research/>. Acesso em 11 de abril de 2006.

[9] Robert Deutsch, *Messages from the Past* (Tel Aviv: Archaeological Center Publications, 1999), p. 42. A primeira edição em hebraico desse livro saiu em 1997; por isso, creio ter sido esta a primeira publicação científica do selo mencionado.

[10] Robert Deutsch, "Lasting Impressions", *Biblical Archaeology Review* 28 (2002), p. 42-51, 60.

[11] O texto completo pode ser encontrado em Alan Millard, p. 124.

Porta-vozes de Deus

CAPÍTULO **14**

Quem visita o museu Britânico, em Londres, pode ver logo à entrada das exposições mesopotâmicas um grande obelisco negro repleto de imagens que contam as vitórias de Salmaneser III, que governou a Assíria de 858 a 824 a.C.

No primeiro painel da segunda linha (contando de cima para baixo), temos a figura de um homem prostrado diante do monarca assírio, humilhando-se como se intentasse beijar o chão. Acima da cena lê-se a inscrição "Tributo de Yaua, filho de Humri." Ora, Yaua é a forma assíria do nome Jeú e Humri seria Onri. Ambos foram reis de Israel e mais uma vez vemos o vexame de um governante israelita, sujeitando-se por causa de sua apostasia.

Autor

Obelisco negro contendo as vitórias de Salmaneser III. No destaque, a cena de Jeú, rei de Israel, prostrando-se diante do monarca assírio.

Jeú, na verdade, não era filho de Onri, mas seu sucessor. Seu pai era Josafá e, embora tenha se saído bem em destronar a casa de Acabe e combater a adoração a Baal, "não teve o cuidado de andar de todo o coração na lei do Senhor, Deus de Israel" (2Rs 10:31). O resultado de sua apostasia está hoje exposto no obelisco negro.

Em geral, a queda desses reis se dava por não seguirem as orientações de Yahweh através de Seus profetas, e isso valia também para o povo. Aliás, o próprio sistema monárquico era exemplo de uma decisão que o povo tomou em detrimento da vontade divina. "Queremos um rei", diziam eles, "para sermos como os demais povos!" O profeta Samuel lhes apresentou os problemas que adviriam desse sistema, mas eles insistiram e o próprio Deus falou ao vidente: "Atende à voz do povo em tudo que te diz, pois não te rejeitou a ti, mas a Mim, para Eu não reinar sobre eles" (1Sm 8:7). Daí os desastres governamentais que se seguiram. Desatender, pois, à palavra de um profeta verdadeiro não era erro de pequena magnitude!

Algumas profecias eram dedicadas inteiramente à orientação, conduta ou correção dos cidadãos de Judá e Israel. Contudo, havia também denúncias e ameaças contra nações pagãs que oprimiam o povo de Deus. A Bíblia traz algumas delas, que veremos neste capítulo.

A queda de Tiro

Pertencente à região da Fenícia, Tiro era uma importante cidade situada em uma ilha que hoje está ligada ao continente por meio de um aterro. No tempo de Ezequiel (6º século a.C.), ela era o mais importante porto fenício. Seu território, na verdade, compreendia duas partes: uma na costa do continente (que hoje é parte da moderna cidade de Tiro [também chamada Sur], a quarta maior metrópole do Líbano), e outra, principal, na ilha que, segundo o testemunho de Estrabão, distava cerca de 5,6 km do continente.[1] A fortaleza marítima jamais havia sido dominada por um rei estrangeiro. Nem Senaquerib ou Assurbanipal, os maiores conquistadores da Assíria, conseguiram, de fato, anexá-la ao seu vasto império. Dizem os historiadores que a posição geográfica de Tiro era o que a tornava uma fortaleza praticamente inexpugnável. Não é por acaso que o nome Tiro significa "rocha" ou "muralha petrificada".

Contrariando, no entanto, essa história de invencibilidade, o profeta Ezequiel revelou que Tiro seria capturada por Nabucodonosor, rei da Babilônia. Esse oráculo está em Ezequiel 26:7-11 e foi escrito por volta de 587 a.C.

Naquele ano, Nabucodonosor havia completado seu terceiro e determinante ataque a Jerusalém, destruindo por completo a cidade e seu precioso templo. As notícias do massacre correram por todos os lados, chegando até à cidade de Tiro, onde os judeus viraram tema de deboche e pouco caso. Por isso veio a sentença do Céu anunciando que ela seria destruída a ponto de se transformar numa "penha descalvada" (verso 14).

Pelos registros históricos atuais, isso se cumpriu quase literalmente. Quando Babilônia se tornou a grande opressora do Oriente Médio, Tiro ainda resistiu por algum tempo aos ataques do exército inimigo.

Mas, o cerco prolongado logo fez com que a cidade caísse nas mãos dos babilônios, o que finalmente ocorreu em 574 a.C., treze anos após Ezequiel ter pronunciado seu presságio. Cumpriu-se então o anúncio que diz: "Eu trarei contra Tiro a Nabucodonosor..." (verso 7).

Há, porém, um detalhe intrigante no oráculo. Se atentarmos aos versos 4, 5 e 12 do mesmo capítulo, notaremos que ali está escrito que a cidade seria completamente destruída (o que inclui a ilha). Seus muros e torres cairiam, pedaços de sua estrutura seriam lançados no meio do mar e os pescadores estenderiam suas redes em cima dos escombros que haveriam de sobrar. Tiro viraria, no dizer do profeta, "um enxugadouro de redes"(verso 14). A princípio, essa parte do anúncio parece ter falhado, pois, embora Nabucodonosor tenha invadido a cidade na parte continental, ele ainda manteve a ilha como um importante porto durante o seu governo. E assim Tiro permaneceu ainda poderosa por mais uns 250 anos.

Mas note que o texto muda o sujeito da oração quando aponta os detalhes acima mencionados. Lá não diz que "ele" – Nabucodonosor – destruiria a cidade e sim "elas", ou seja, as muitas nações mencionadas no verso 3. O significado claro desse plural é difícil de precisar. Não obstante, temos uma óbvia alternância de sujeitos para ações diferentes uma da outra, que nos faz supor que, de acordo com a profecia, Nabucodonosor seria o *conquistador*, mas não o *destruidor* da cidade. A única coisa que ele derrubou foram seus muros e nada mais (versos 9-11).

De fato, sabe-se que Nabucodonosor fez campanhas contra os fenícios, as quais são comemoradas por duas inscrições gravadas na pedra. Mas nenhuma menção específica é feita a Tiro. É Flávio Josefo, historiador judeu do primeiro século, quem completa a história, informando que o cerco à cidade durou treze anos.[2] Aliás, Ezequiel 29:18 realmente dá a entender que o cerco de Tiro foi bastante penoso para os babilônios e que o despojo não compensou o sacrifício feito. A parte continental da cidade, separada da ilha por um braço de mar de um quilômetro, foi a primeira a sofrer as investidas de Nabucodonosor, que conquistou um acordo de rendição, segundo o qual os habitantes de Tiro pagariam um pesado tributo a Babilônia para não serem destruídos. Mas a ilha parece ter ficado um tanto protegida pelo mar que a circundava.

Então surge em cena o império macedônico e com ele Alexandre, o Grande, que veio terminar o que Nabucodonosor havia começado 256 anos antes. Construindo um aterro que ia do continente à ilha,

Alexandre e seus homens atingiram os portões da cidade de Tiro. O povo, no entanto, desdenhou do pequeno exército, confiando novamente na firmeza de seus muros (que haviam sido reconstruídos) e na segurança de seus portões de ferro. Segundo Plutarco, o cerco durou sete meses, até que, finalmente, foram derrubados os muros e a cidade ficou completamente arrasada.[3] Na sequência das ações, os macedônios fizeram exatamente o que está descrito em Ezequiel 26:12. Roubaram as riquezas e mercadorias e ainda derrubaram os palácios e as casas luxuosas que ali havia. O que sobrou de pedras e entulhos, eles jogaram no meio do mar, aumentando ainda mais o aterro recém-construído.

Tiro conheceu outras destruições e reconstruções. Na época dos selêucidas, ela recobrou parte de seu esplendor, assim como sua independência (126 a.C.), que conservou durante a administração romana iniciada por Pompeu. Depois passou para o domínio bizantino no 4º século e o islâmico a partir de 636 d.C.

O sítio arqueológico daquela Tiro de 587 a.C. só pôde ser localizado por causa das informações dadas por antigos historiadores. Dos velhos palácios, nada restou, a não ser um monte de ruínas que ainda podem ser vistas "lançadas no meio do mar". Por essa razão, o que nos tempos de Ezequiel era uma ilha tornou-se agora uma insólita península ligada por seus próprios escombros ao continente. E para completar, o local tornou-se um reduto de pescadores que usam as antigas ruínas como enxugadouro para suas redes de pesca – exatamente conforme o oráculo proferido há mais de 2.500 anos!

Tudo ficou reduzido a uma "pedra descalvada". Fora as partes incrustadas no istmo, pouco ou quase nada existe para se ver. Até mesmo a parte continental da cidade é difícil de ser escavada, pois os alicerces da cidade que o profeta conheceu encontram-se há milênios soterrados em baixo de outras construções dos períodos grego, romano, bizantino e atual. Tal exatidão profética não pode ser reduzida a mera coincidência.

A tragédia de Sidom

Tiro possuía uma cidade vizinha, distante 40 km, que era sua mais forte ligação diplomática na região. Tratava-se de Sidom, cujo nome significa "fortaleza". Quem a fundou foi possivelmente um bisneto de Noé que tem o mesmo nome que posteriormente foi dado à cidade (ver Gn 10:15).

No Novo Testamento, Sidom é mencionada juntamente com Tiro, o que mostra o quanto as duas metrópoles eram politicamente ligadas uma à outra (ver, por exemplo, Mt 15:21). Contudo, as duas cidades-irmãs foram objeto de diferentes profecias. Sobre essa última é dito: "Eis-me contra ti, ó Sidom, e serei glorificado no meio de ti; saberão que Eu sou o Senhor, quando nela executar juízos e nela Me santificar. Pois enviarei contra ela a peste e o sangue nas suas ruas, e os traspassados cairão no meio dela, pela espada contra ela, por todos os lados; e saberão que Eu sou o Senhor" (Ez 28:22, 23).

Ao contrário de Tiro, a profecia não menciona os detalhes de uma destruição dos prédios e muros, mas prevê a vinda de doenças e abundante derramamento de sangue. Isso também aconteceu de fato. A história registra Sidom como uma das cidades mais atacadas do mundo. Pouco tempo depois dessa profecia, ela quase foi destruída pelos persas. Seu rei, Tennes I, se rebelou contra Artaxerxes III, rei da Pérsia. Enfurecido, o rei persa foi até a cidade com um exército de 300 mil soldados e 30 mil cavaleiros. Sidom foi incendiada e, num só dia, morreram 40 mil pessoas, incluindo o rei e sua família.

Pensando não sofrer mais derramamento de sangue, os sidônios resolveram entregar a cidade a Alexandre Magno. Mas logo vieram os romanos, os bizantinos e, finalmente, os árabes em 667 d.C., que acabaram dando-lhe o nome atual de Saydã. Durante todo o período das cruzadas e também nas guerras otomanas, muito sangue foi derramado dentro de suas portas, fazendo-a passar por uma série de conflitos que duram até hoje nos entraves políticos entre o Líbano e Israel.

O castigo de Petra

Houve ainda outra cidade que tinha um nome muito parecido com o de Tiro. Era a fortaleza de Petra, cujo significado, fácil de deduzir, também é "rocha maciça". Cenário de filmes como "Indiana Jones e a Última Cruzada", as ruínas de Petra são um espetacular ponto turístico que atrai milhares de visitantes, todos os anos. Seus palácios cravados na rocha avermelhada chamam a atenção de todos os que têm a oportunidade de visitar aquela região que hoje pertence à Jordânia. E mais do que isso, Petra é ainda um testemunho vivo da verdade inserida na palavra dos profetas.

Imponente entre as rochas, Petra era parada obrigatória numa das principais rotas do comércio de incenso, vidro, cerâmicas e especiarias.

O povo que lá vivia, os anabateus, ficara rico com a venda de mantimentos e o aluguel de pousadas para os viajantes que por ali passavam. O governo local também engordava seus cofres com pedágios e impostos que eram cobrados dos comerciantes ricos que estavam em trânsito.

Contudo, Petra também era uma cidade tremendamente ímpia. Por isso, vários profetas, especialmente Ezequiel e Jeremias, lançaram lamentos proféticos sobre o que haveria de acontecer com aquela próspera metrópole. Os oráculos ameaçadores estão em Jeremias 49:16-18 e Ezequiel 35:3-9. Lá não se encontra o nome Petra, mas sim Edom e o monte Seir, pois constituíam a região arábica da qual Petra era a capital.

De acordo com os oráculos proféticos, aquele lugar, outrora populoso, ficaria desolado e ninguém mais moraria ali. Petra viraria um deserto em todos os sentidos. E foi justamente isso que aconteceu.

Depois que os romanos conquistaram a cidade em 106 d.C., Petra perdeu sua independência. Contudo ainda continuou habitada e famosa por mais algumas centenas de anos. Até que no 4º século d.C. desapareceu dos anais da história. Os constantes terremotos e a súbita saída dos moradores fizeram com que os edifícios ficassem abandonados e esquecidos. Até que, com o tempo, nada mais estava em pé a não ser as ruínas do antigo palácio, o templo, alguns prédios públicos e vários túmulos esculpidos na rocha.

Autor

Ruínas atuais da antiga cidade de Petra.

Esquecida por mais de 1.500 anos, Petra só foi descoberta em 1812, quando um explorador chamado Johann Burckhardt a encontrou por acaso, numa expedição pelo local. Mesmo assim, demorou ainda mais um século até que os arqueólogos chefiados por W. F. Albright resolvessem escavá-la em 1934. Hoje, fora alguns animais do deserto e abutres, ninguém mais vive em seus palácios completamente abandonados. Quando tive a oportunidade de conhecer Petra, foi como se os oráculos proféticos soassem pelo céu afirmando que a mão de Deus um dia pesou sobre aquele lugar. Uma advertência clara aos que brincam com os avisos de Deus!

[1] *Geografia* 16.2.

[2] *Antiguidades* 10.1.1.

[3] Plutarco, *Vidas Paralelas: Alexandre* 24.5, tradução de Júlia Rosa Simões (Porto Alegre: L&PM, 2005).

Descobrindo o cativeiro

CAPÍTULO **15**

Você já viu um acadêmico respeitado indo a um canal de TV para dizer que não acredita na veracidade de determinada passagem da Bíblia? Como você se sente? Afinal, trata-se de alguém com respaldo científico e nem sempre temos provas que corrijam imediatamente sua descrença, pois, como dissemos, uma grande parte do tesouro arqueológico ainda está por ser descoberto. Mas veja o que aconteceu em 1930 e tire suas próprias conclusões.

C. C. Torrey era professor da conceituada Universidade Yale, nos Estados Unidos. Em uma de suas entrevistas, ele anunciou a publicação de um estudo que desmentiria por completo o livro de Ezequiel e o contexto histórico que o circundava. O título da obra, *Pseudo-Ezekiel and the Original Prophecy* [O falso Ezequiel e a profecia original], já dava uma boa ideia de seu conteúdo minimalista.

Muitos correram para adquirir o *best-seller*, pois Torrey já era conhecido por publicar outros livros polêmicos sobre a Bíblia. Ele e seus seguidores já haviam lançado dúvidas sobre o cerco de Nabucodonosor a Jerusalém, desacreditando, inclusive, que houvesse ocorrido um "cativeiro babilônico" e um retorno dos judeus sob o governo de Ciro.

Antes dele, outros céticos oriundos do Racionalismo e do Iluminismo alemão haviam posto em dúvida a existência da própria cidade de Babilônia![1] Apesar de historiadores extrabíblicos tais como Beroso e Heródoto mencionarem-na em seus escritos, a cultura racionalista do século 18 parecia ter um fascínio em usar sua não descoberta como argumento para negar passagens da Bíblia que falavam da grande cidade. Foi preciso mais de um século de espera até que, em 1898, o arquiteto e arqueólogo alemão Robert Koldewey desenterrasse a cidade sob a colina de Hillah e provasse não somente sua existência, mas seu gigantesco tamanho em relação às cidades da época.

No caso de Torrey, entretanto, bastaram oito anos após a publicação de seu livro para que se verificasse a impropriedade daquilo que ele dizia (apesar de ser professor de Yale!). Uma equipe britânica estava escavando a impressionante elevação de Tell Duweir, situada entre Hebrom e Ascalom, quando percebeu que se tratava da antiga cidade de Laquis, mencionada mais de vinte vezes no Antigo Testamento.[2] Sua evidência histórica já havia sido firmada desde o achado dos relevos de conquista do palácio de Senaqueribe, em Nínive. Mas sua localização ainda era uma incógnita.

A fortaleza encontrada em Tell Duweir indicava claramente que, além do ataque assírio de Senaqueribe em 701 a.C., a cidade também sofrera, juntamente com outras cidadelas da Judeia, um massivo ataque sequencial ocorrido nos dias de Nabucodonosor, o que aumentava a chance de terem sido realmente os babilônios que saquearam a região, conforme o relato bíblico. A evidência estava tanto ali quanto em outras cidades escavadas na região como Eglom, Bete-Semes, En Gedi, Gibeá e Arade.

O mais importante achado, no entanto, ainda estava no futuro. Um dos estratos de Laquis (o de nível 2), datado por volta do 6º século a.C., mostrava que a cidade foi finalmente destruída em 586 a.C. e que ficou abandonada até por volta de 450 a.C., quando, então, começa o estrato de nível 1. Isso indica um hiato correspondente a 136 anos que cobre com sobra o período de 70 anos em que o povo judeu esteve cativo em Babilônia e sua terra praticamente desabitada.

O estrato também apresentava marcas de que toda a região fora saqueada e destruída pelo fogo. Seus muros queimados e vasos partidos eram uma lembrança viva do ataque dos babilônios mencionado em Jeremias 34:7: "... o exército do rei da Babilônia pelejava contra Jerusalém e contra todas as cidades que restavam de Judá, contra Laquis e contra Azeca; porque só estas ficaram das cidades fortificadas de Judá".

Junto aos restos de uma torre contígua ao portão principal, os arqueólogos encontraram, no mesmo estrato de nível 2, um total de 18 ou 20 cartas escritas em hebraico antigo, muitas das quais foram datadas de 589 a.C., três anos antes da destruição da cidade. Elas estavam entre o lixo existente no recinto e constituíam um tipo de correspondência chamada *ostracon* ou *ostraca* (no plural).

As *ostraca* eram pedaços de cerâmica que as pessoas usavam para escrever bilhetes, notas comuns, exercícios de caligrafia ou relatórios oficiais em tempos de guerra. Como o papel era muito caro e escasso, alguém imaginou que textos corriqueiros poderiam ser reproduzidos em cacos de barro dos potes quebrados que existiam em abundância na região. Esse talvez tenha sido um dos mais antigos exercícios de reciclagem do mundo! E foram justamente tais pedacinhos de argila que ajudaram a desmentir a tese do famoso professor de Yale.

O texto das cartas

Os primeiros textos foram descobertos em 1938 e traziam depoimentos pessoais de militares que estavam no meio do ataque de Nabucodonosor. Infelizmente, apenas um terço do material estava em condições suficientes para ser lido; as outras cartas estavam bastante apagadas e sua reconstrução permaneceu duvidosa. Não obstante, o pouco que se achou lança bastante luz sobre o texto das Escrituras.

A carta número 4, remetida de alguma cidade adjacente, é a que confirma ser aquele o local da antiga Laquis. Ela também traz na parte final uma referência à cidade de Azeca, com a qual diziam estar preocupados, pois não havia notícia sobre o que lhe sucedera. Acima citamos a passagem de Jeremias 34:7 que também menciona Azeca como uma das cidades que, juntamente com Laquis, caíram nas mãos dos babilônios.

O texto ainda nos leva a crer que eles se comunicavam por sinais de fumaça: "Estamos aguardando os sinais de fogo de Laquis, segundo todas as indicações que meu senhor me tem dado."[3] Talvez seja isso que quis dizer Jeremias ao escrever diante do iminente ataque: "Fugi, filhos de Benjamim, do meio de Jerusalém, tocai a trombeta em Tecoa e *levantai o facho* sobre Bete-Haquerém" (Jr 6:1).

As cartas número 2, 4, 5, 8 e 9 trazem o nome de Deus grafado na forma do antigo tetragrama YHWH (ou Yahweh). Além disso, muitos dos nomes próprios que aparecem nas sentenças trazem sua terminação vinculada ao nome divino, através da abreviatura "Yah" ou "iah", o que indica um forte domínio do culto *javista*. Isso, é claro, deve ter sido fruto da reforma religiosa de Josias, ocorrida quarenta anos antes, que expelira os deuses e idólatras do país. Contrária a essa disposição, a evidência encontrada nas escavações de Samaria, durante o governo de Acabe, mostrava uma tendência de nomes próprios mais ligados a Baal que a Yahweh. Nas cartas de Laquis não foi encontrado nenhum nome próprio ligado a qualquer deus pagão.

Um dos detalhes mais significativos nos textos é a possível referência real ao profeta Jeremias. O trecho está no fim da carta 3, que diz:

"E quanto à carta de Tobias, servo do rei, a qual veio a Shallum, filho de Jaddua, *através do profeta*, dizendo: 'Cuidado!', o teu servo a enviou ao meu senhor."[4]

Aqui o escritor chamado Hosaia – que, aliás, parece ser o autor de praticamente todas as missivas – dá satisfação ao destinatário de que uma carta contendo o aviso do profeta foi passada de mão em mão, mas, finalmente, foi entregue por ele mesmo ao seu senhor. Infelizmente, o texto não diz quem era esse profeta. Mas define sua mensagem como um alerta, tal qual fora a mensagem de Jeremias. Não obstante, a carta número 16 faz menção de um profeta (talvez o mesmo) e completa de maneira bastante danificada o seu nome, cujas primeiras letras são impossíveis de ser lidas. Apenas sabemos o seu final; era alguém cujo nome terminava em "iah". Alguns pensam que poderia ser uma referência a Urias (mencionado em Jr 26:20-23), mas também existe a possibilidade de se tratar do próprio Jeremias, que era o vidente de Deus na ocasião.[5] Ambos os nomes em hebraico terminam com a sílaba *iah*, pois, como dissemos, eram vinculados ao tetragrama sagrado de Yahweh.

Crônicas babilônicas

Como se não bastassem as evidências encontradas em Laquis e cidades vizinhas, outro importante testemunho contra o ceticismo de Torrey veio à luz nos porões do Museu Britânico, de Londres.

Ali havia várias caixas repletas de tabletes cuneiformes que foram levados para a Inglaterra no fim do século 19, mas que ficaram sem tradução até 1956. Muitos estavam ainda com a terra original e se amontoavam numa miscelânea de cartas, orações, recibos e, principalmente, relatos de vitórias, evidenciando uma avassaladora propaganda política e militar.

Uma dessas crônicas mencionava o avanço de Nabucodonosor sobre a Judeia. Ela dizia:

"No sétimo ano, ao mês de Kislimu [nov./dez.], o rei de Akkad [Babilônia] reuniu suas tropas e marchou para Hatti [região siro-palestinense]. Ele acampou contra a cidade de Judá [Jerusalém] e no segundo dia do mês de Addaru [16 de março?][6] tomou a cidade e capturou o rei. Ele apontou um rei de sua própria escolha, tomou seus pesados tributos e retornou para Babilônia."[7]

Sobre o rei nomeado por Babilônia, temos um indício num antigo selo de impressão escrito em hebraico, que foi encontrado nas escavações. Ele dizia: "Pertencente a Gedalias, que está [governando] sobre esta casa."[8] Ora, Gedalias, filho de Aicão, era justamente o governador – segundo a Bíblia – nomeado pelos babilônios, para administrar o remanescente de Judá que ficou no território após o início do cativeiro (2Rs 25:22).

Na verdade, Nabucodonosor se apoderou três vezes de Jerusalém, todas de forma muito violenta. Nas duas primeiras (605 e 597 a.C.) ele não intentou destruir a cidade. Apenas levou cativos uns tantos milhares de judeus, alguns dos quais escolheu para trabalhar para si dentro do próprio palácio. Até que, finalmente, em 586 a.C., a rebelião de Zedequias o impulsionou a apoderar-se novamente da cidade e, dessa vez, destruí-la por completo. Tudo isso está perfeitamente documentado nos textos cuneiformes encontrados no Iraque.

Confirmando Daniel

Foi numa dessas levas de Nabucodonosor (quase certamente a primeira) que o profeta Daniel e seus companheiros se tornaram cativos de Babilônia. Eles foram obrigados a viajar cerca de 1.500 km até a capital do império, despedindo-se para sempre de sua terra natal.

O livro de Daniel começa relembrando o primeiro dos três ataques babilônicos à região: "No terceiro ano de Jeoaquim, rei de Judá, veio Nabucodonosor, rei da Babilônia a Jerusalém e a sitiou" (Dn 1:1). Temos evidências da historicidade desses reis?

A resposta é sim! Selos de inscrição encontrados em Debir e Bete-Semes continham o nome de Jeoaquim, apontado textualmente como *rei de Judá*.[9] Além disso, um bom número de tabletes cuneiformes desenterrados nas ruínas do palácio de Nabudoconosor foram traduzidos pelo professor Ernst F. Weidner, que descobriu serem uma lista de provisões alimentícias feitas pelo governo para empregados, estrangeiros e nobres exilados que residiam nos limites de Babilônia. Entre os beneficiários está o nome de Joaquim, filho de Jeoaquim, rei de Judá, e seus cinco filhos.[10] Isso prova não somente sua existência, mas também que ele e sua família eram cativos de Babilônia na época em que os tabletes foram escritos (cerca de 592 a.C.).

Nabucodonosor, o rei do sonho esquecido (Dn 2), foi outro a ter sua historicidade negada pelos críticos. Mesmo após serem obrigados a admitir a existência de Babilônia, pois Koldewey a havia encontrado, alguns autores sugeriram que ela havia sido fundada por uma rainha chamada Semíramis e não por Nabucodonosor. Esse rei, insistiam eles, jamais existiu!

A decifração, porém, dos caracteres sumerianos, iniciada por Henry Rawlinson, ajudou a decifrar a antiga escrita neobabilônica e, graças a isso, foi possível ler o conteúdo de vários tabletes, bem como de centenas de inscrições encontradas nas paredes de edifícios públicos que traziam, com algumas variações, sentenças de louvor ao grande administrador e idealizador daquela obra: Nabucodonosor, o rei de Babilônia.

Ruy Ernesto Schwantes

Antigo tijolo babilônico contendo o nome de Nabucodonosor.

O próprio autor deste livro teve a oportunidade de receber um desses tijolos com inscrições cuneiformes vindo diretamente do sítio arqueológico da antiga Babilônia. O artefato já estava no Brasil, havia mais de 20 anos, numa coleção particular, sem que seu proprietário soubesse o significado das letras ali grafadas.

Com a ajuda de um léxico acadiano foi possível traduzir a inscrição e perceber que continha o seguinte texto: "Eu sou Nabucodonosor, rei de Babilônia, provedor dos templos de Esaguila e Ezida, o filho primogênito de Nabopolassar, rei da Babilônia." Compreendendo a importância histórica do objeto, seu antigo proprietário, Prof. Paulo Barbosa, doou-o para o Museu de Arqueologia Bíblica do Centro Universitário Adventista de São Paulo, onde permanece até hoje, exposto à visitação pública.

E quanto a Belsazar?

A redescoberta de Belsazar constitui outro glorioso capítulo na história da arqueologia bíblica. Embora os céticos tivessem de admitir seu erro ao negar a historicidade de Babilônia e também de Nabucodonosor, tinham a seu favor que as listas monárquicas da Babilônia jamais trouxeram um rei por nome Belsazar.

Tanto Xenofonte[11] quanto Heródoto[12] – os mais antigos escritores a contarem a queda de Babilônia – não diziam qual era o rei presente ali quando as tropas medo-persas chegaram. Ademais, as listas monárquicas de Beroso e Ptolomeu apontavam, como nos próprios textos cuneiformes, que Nabonido fora o último rei da Babilônia. Não havia menção alguma de qualquer regente por nome Belsazar. Isso levou o crítico Ferdinand Hitzig a escrever, em 1850, que Belsazar era "uma fantasia nascida na imaginação do escritor judeu".[13]

Seria esse um caso em que a arqueologia e a história desmentiriam a Bíblia? Afinal, enquanto uma dizia que o último rei babilônio foi Nabonido, a outra apontava um certo Belsazar, cujo nome não era mencionado por mais ninguém, a não ser pelo próprio texto bíblico.

A luz para o impasse começou a vir em 1861, quando o assiriólogo W. H. F. Talbot publicou a tradução de um tablete cuneiforme intitulado "A Oração de Nabonido", que H. C. Rawlinson havia descoberto sete anos antes, mas que ficara arquivado nos porões do Museu Britânico. No texto, o rei pede ao deus Sin (deus Lua) que proteja seu filho primogênito, cujo nome era claramente grafado como *Bel-shar-usur* ou Belsazar.[14] Então, houve alguém na família real com esse nome, e era filho de Nabonido.

Mas a Bíblia chama Belsazar de "filho de Nabucondonosor". Isso, porém, não será um problema, se entendermos que era normal nas listagens antigas chamar qualquer sucessor ao trono de "filho" do rei mais brilhante da genealogia, mesmo que este seja, na verdade, seu tataraneto ou nem tenha relação sanguínea com ele. Jesus, por exemplo, quando aclamado por alguns para ser o rei de Israel foi corretamente chamado de "Filho de Davi". Uma antiga inscrição assíria, já mencionada, chama Jeú de "filho de Omri" quando, na verdade, este era filho de Josafá. Omri assumiu o trono trinta e poucos anos antes de Jeú. Logo, a palavra "filho", aplicada nessa situação de realeza, simplesmente significava um sucessor ao trono e não precisava ser um parente do rei nem o seu substituto imediato. Bastava ser legitimamente coroado.

A entronização de Nabonido se deu após o assassinato de dois sucessores diretos de Nabucodonosor. Ele não era descendente do rei nem tinha sangue real, contudo, conseguiu fazer alianças suficientes para colocar-se no poder e manter-se firme por muitos anos.

Suas inscrições mostram seu intento de apregoar que sua ascensão ao poder, mesmo sem o direito sanguíneo, se deu pela vontade dos deuses da Babilônia.[15] Nabonido também era um excelente soldado e tinha idade o bastante para ter um filho maduro como Belsazar.

Portanto, embora relutantes, os críticos tiveram de aceitar a historicidade de Belsazar, cujo nome começou a aparecer em outros textos de Nabonido, à medida que iam sendo traduzidos. Mas ainda havia o argumento de que nenhum desses documentos o apontavam como "rei", tal qual fazia o relato bíblico.

Não obstante, Theophilus G. Pinches escreveu uma nota em 1882 citando um verso das "Crônicas de Nabonido" (outra coleção de tabletes encontrada) que mencionava Belsazar como uma espécie de "rei".[16] O verso referido está nas linhas 18-21 da segunda coluna das Crônicas de Nabonido (Tablete 38, 299). Ele diz: "Ele confiou o país ao seu [filho] primogênito, as tropas em todo lugar no país ele ordenou obedecerem seu [comando]. E ele mesmo saiu para uma longa viagem."

Segundo a compreensão de Pinches, ao "confiar" o país e o exército a seu filho, Nabonido fez dele uma espécie de general ou chefe de estado interino durante suas constantes ausências na capital do reino. Por isso recebia um tratamento monárquico, embora, oficialmente não fosse o rei.

Outro trecho mencionado por Stephen L. Caiger[17] confirma o entendimento de Pinches: "No sétimo ano (549?) Nabonido estava na cidade de Tema [sua nova residência de verão construída na Síria]. O filho do rei [Belsazar], o grande homem e suas tropas estavam na terra de Akkad [nome dado ao império babilônico]. O rei mesmo não veio a Babilônia [a capital]".

Agora faz sentido o fato de que Daniel o chame "rei". Também fica perfeitamente claro que, em sua oferta de honra para o decifrador da escrita na parede, Belsazar ofereça o *terceiro* lugar no reino, e não o *segundo,* como fez Faraó na história de José (compare Dn 5:29 com Gn 41:40-44). Afinal, ele mesmo já ocupava o segundo lugar e, portanto, só poderia oferecer o posto imediatamente inferior ao seu; no caso, o terceiro.

Cilindro de Ciro descrevendo a conquista de Babilônia (6º século a.C.).

A queda de Babilônia

As Crônicas Babilônicas confirmam que não era Nabonido quem estava no comando da capital quando os medo-persas atacaram a cidade. Exatamente conforme o capítulo 5 de Daniel. Em várias partes o texto cuneiforme, que aponta os principais anos do governo de Nabonido, dá a impressão de que ele era um monarca ausente, que preferia a paz do oásis de Tema aos afazeres burocráticos da capital do seu reino. A expressão constantemente repetida que nos leva a pensar assim é: "...o rei [Nabonido] [permaneceu] em Tema, pois o príncipe da coroa [Belsazar], seus oficiais e seu exército [estavam] em Akkad [Babilônia]."[18]

A seguir, o texto menciona que os exércitos de Ciro e de um certo Gobryas [Dario?] "entraram na cidade de Babilônia *sem batalha*"[19] – o que faz total sentido se lembrarmos que, conforme o livro de Daniel, todos estavam bêbados, pois havia uma festa em homenagem aos deuses. E mais, o relato prossegue dizendo que Gobryas entrou no palácio no 11º dia, à noite, e matou, segundo a tradução feita por Pinches, "o [próprio] filho do rei".[20]

Nessa entrada do "11º dia" é possível ver uma concordância com a afirmação bíblica que diz: "naquela mesma noite foi morto Belsazar, rei dos caldeus" (Dn 5:30).

---

[1] Cf. Frederico A. Arborio Mella, *Dos Sumérios a Babel:* A Mesopotâmia, História, Civilização, Cultura (São Paulo: Hemus, s.d.), p. 11; C. W. Ceram, *Deuses, Túmulos e Sábios* (São Paulo: Melhoramentos, 1972), p. 193.

[2] Exemplo: Josué 10:3, 5, 31-35; 12:11; 15:39; 2 Reis 14:19; 18:14, 17; 2 Crônicas 11:9; 25:27; 32:9; Neemias 11:30; Isaías 36:2; Jeremias 34:7, etc.

[3] *ANET,* p. 322.

[4] Ibid.

[5] W. F. Albright, "The Oldest Hebrew Letters", *Bulletin of the American Schools of Oriental Research* 7 (1938), p. 17; Stephen L. Caiger, apêndice II.

[6] Data sugerida em <http://www.bible-history.com/map_babylonian_captivity/map_of_the_deportation_of_judah_archaeology_and_the_babylonian_captivity.html>. Acesso em 4 de maio de 2006.

[7] *ANET,* p. 564.

[8] Alfred J. Hoerth, p. 369.

[9] W. F. Albright, "The Seal of Eliakim and the Latest Preexilic History of Judah With Some Observations on Ezekiel", *Journal of Biblical Literature* 51 (1932), p. 77-106.

[10] W. F. Albright, "King Joiachin in Exile", *The Biblical Archaeologist* 5 (1942), p. 49-55.

[11] Cyropaedia, 7.5.28-30.

[12] As Histórias, 1.191

[13] Citado em Allan R. Millard, "Daniel and Belshazzar in History", *Biblical Archaeology Review* (1985), p. 72-78. Veja também Edwin M. Yamauchi, "The Archaeological Confirmation of Suspect Elements in the Classical and Biblical Traditions", *The Law and the Prophets*. Editado por J. Skilton (1974), p. 54-70.

[14] William Shea, "Nabonidus, Belshazzar, and the Book of Daniel: An Update", *Andrews University Seminary Studies* (1982), p. 133-149; C. Mervyn Maxwell, *God Cares – The Message of Daniel* (Mountain View: Pacific Press, 1981), p. 86, 87.

[15] R. F. Harper, *Assyrian and Babylonian Literature* (Londres: Appleton and Co., 1901), p. 163-168.

[16] Theophilus G. Pinches, *Transactions of the Society of Biblical Archaeology*, v. 7, (1882), p. 150. Veja ainda William Shea, "An Unrecognized Vassal King of Babylon in the Early Achaemenid Period, III", *Andrews University Seminary Studies* 10 (1972), p. 88-117 [espec. 95-111].

[17] Stephen L. Caiger, p. 51.

[18] *ANET,* p. 306.

[19] Ibid.

[20] O texto é obscuro, pois está danificado nessa parte. Pinches traduz por: "e o filho do rei morreu", mas o *ANET* sugere que seria: "e a [espo]sa do rei morreu".

Podemos confiar no texto bíblico?

CAPÍTULO **16**

Embora a Bíblia seja a legítima Palavra de Deus franqueada a todas as pessoas, existe uma parte de seu estudo que demanda um empenho mais técnico e científico. A história de uma produção literária que reflete uma época e cultura longínquas pode, às vezes, ser misteriosa. Por isso, criou-se a Ciência Bíblica, mais comumente conhecida por Hermenêutica ou, nalguns casos, Exegese.

A disciplina é dividida em muitas ciências auxiliares e especialidades que podem beneficiar o leitor comum em seu estudo das Escrituras Sagradas. É claro, no entanto, que em vista dos limites e da precariedade de qualquer ciência humana, essa também não está isenta de possíveis erros. Logo, ela não deve ser um fim em si mesma nem arvorar qualquer superioridade ao próprio texto da Bíblia.

E por falar em texto bíblico, destacamos a importância da Crítica Textual – uma disciplina que procura restaurar o texto original de um documento antigo que foi alterado no processo de cópia e recópia ao longo da história.

Como você sabe, antes da invenção da imprensa, os livros eram escritos e reproduzidos à mão e isso ocasionava erros e descontinuidades das cópias em relação ao original. Imagine que um escriba estivesse copiando uma epístola e, num momento de "cochilo", escrevesse "Bernardo", enquanto o texto original trazia a palavra "Mercado". Isso poderia criar um erro sistêmico, pois outro escriba que usasse sua cópia como texto iria reproduzir a falha, passando-a para um documento seguinte e assim por diante. Alguém ainda poderia confundir "Bernardo" – que já era um erro – com "Abelardo" e aí a coisa ficaria mais complicada, teríamos dois enganos em vez de um.

Isso, porém, não seria de modo algum um problema caso tivéssemos o autógrafo em mãos, isto é, o texto original que saiu das mãos do autor. Era só compará-lo com as demais cópias e ver qual estaria certa e qual(is) estaria(m) errada(s). Mas é aqui que inicia o problema hermenêutico das Escrituras: não possuímos o autógrafo de nenhum livro da Bíblia; temos apenas cópias mais ou menos exatas.

Todos os originais de Paulo, João, Pedro, Lucas e outros se perderam com o tempo. E, para piorar, as cópias preservadas são tardias; datam de pelo menos três ou quatro séculos depois de Cristo, excetuando, é claro, alguns fragmentos mais antigos que contêm apenas uns poucos versículos, como é o caso do Papiro John Rylands (p^{52}), comumente datado em torno do ano 130 d.C. e que contém no anverso o texto de João 18:31-33 e, no verso, João 18:37 e 38. Quem garante, portanto, que os autógrafos não foram drasticamente modificados ao longo do tempo?

A indagação torna-se ainda mais séria se lembrarmos que os livros do Antigo Testamento são mais antigos que os do Novo. Logo, o hiato entre eles e a coleção disponível é bem maior. A cópia hebraica de Isaías, por exemplo, produzida por copistas judeus da Idade Média (chamados de *massoretas*), distava mais de mil anos de seu original.

Que houve mudanças durante esse tempo está claro no fato de que praticamente não existem duas cópias exatamente iguais dos manuscritos da Bíblia. Tanto o é que as diferenças já foram catalogadas nas edições críticas e receberam o nome técnico de "variantes textuais". Um exemplo simples pode ser visto na passagem de Apocalipse 22:14. Alguns textos trazem "bem aventurados os que guardam seus mandamentos", enquanto outros transcrevem "bem aventurados os que lavam suas vestes". Grosso modo, é possível dizer que essa variante surgiu, da semelhança entre as palavras "mandamento" (*entolas*) e "vestes" (*stolas*), que são muito parecidas em grego, mesmo em sua forma acusativa plural. Aqui fica nítido que houve um descuido do copista, embora seja difícil – nesse caso – saber com exatidão qual era o texto original.

A questão, portanto, é quanto ao grau de modificação sofrida nos textos. Foi ela periférica ou afetou o conteúdo de modo substancial? Estaria a mensagem bíblica prejudicada pelas variantes?

Na verdade, são poucos os textos com elevado grau de incerteza, como o caso de Apocalipse 22:14. A grande maioria já foi cientificamente analisada, de modo que a Bíblia é o livro mais bem pesquisado em termos de crítica textual. Ela ganha disparado de todos os outros clássicos antigos da humanidade. Para se ter uma noção do que isso significa, basta dizer que só do Novo Testamento existem mais de 5.300 cópias antigas, fora umas 8.000 da Vulgata Latina e cerca de 9.300 em outras versões primitivas como o copta e o siríaco. Isso contrasta em muito com o segundo livro mais autenticado do mundo, *A Ilíada*, de Homero, da qual existem apenas 643 cópias manuscritas.

Veja no quadro a seguir um pequeno exemplo da "vantagem" textual do Novo Testamento sobre alguns antigos clássicos da humanidade:[1]

Autor	Quando foi escrito	Cópia mais antiga que possuímos	Intervalo entre o original e a cópia mais antiga que possuímos	Número de cópias
Júlio César (Guerra Gaulesa)	100-44 a.C.	900 d.C.	1.000 anos	10
Tito Lívio (Anais do Povo Romano)[2]	59 a.C.-17 d.C.	300 d.C.	360 anos	20
Sófocles	496-406 a.C.	1000 d.C.	1.400 anos	193
Platão (Tetralogias)	427-347 a.C.	900 d.C.	1.200 anos	7
Tácito (Anais e Histórias)	100 d.C.	1100 d.C.	1.000 anos	2
Heródoto (História)	480-400 a.C.	900 d.C.	1.300 anos	8
Plínio, o moço (História)	61-113 d.C.	850 d.C.	750 anos	7
Homero (A Ilíada)	900 a.C.	400 d.C.	1.300 anos	643
Demóstenes	383-322 a.C.	1100 d.C.	1.400 anos	200
Aristóteles	384-322 a.C.	1100 d.C.	1.400 anos	49
Suetônio (História)	75-160 d.C.	950 d.C.	800 anos	8
Novo Testamento	50-100 d.C.	130 d.C.	menos de 100 anos	mais de 5.300

Como se pode ver, só o Novo Testamento em grego possui quase cinco vezes mais cópias do que a soma de todos esses clássicos. E essa comparação textual não para por aqui. Bruce Metzger,[3] um dos mais renomados especialistas em Crítica Textual, fez uma acurada comparação entre *A Ilíada* de Homero, o *Mahabarata* (livro sagrado dos hindus) e o Novo Testamento. Sua conclusão foi que, das quase 20 mil linhas que compõem o Novo Testamento, apenas 40 permanecem dúbias quanto ao seu original. Logo, 99,5% do texto é criticamente confiável. Da *Ilíada*, porém, percebeu-se que das suas 15.600 linhas, 764 eram questionadas pelos especialistas, ou 19 vezes mais que o montante bíblico! E, finalmente, do *Mahabarata,* que é 8 vezes maior que a *Ilíada*, teríamos pelo menos 26 mil linhas cuja originalidade também pode ser posta em dúvida – um número bem maior que o percentual bíblico.

Cabe ainda observar que nenhuma dessas disputadas passagens do Novo Testamento apresenta perigo à fé cristã. São cerca de 400 palavras dúbias como aquelas que aparecem no texto já mencionado de Apocalipse 22:14. Note-se também que nenhuma doutrina fundamental do cristianismo se assenta sobre passagens cuja leitura é disputada entre os especialistas. A doutrina da Trindade, por exemplo, não se sustenta no texto de 1 João 5:7, cuja autenticidade é seriamente questionada pelos especialistas.

Existem outros excelentes argumentos a favor da fidedignidade textual da Bíblia. Mas não os reproduziremos aqui por questão de espaço e por fugir ao objetivo deste livro. Não obstante, vejamos uma confirmação a mais, desta vez acerca da integridade textual do Antigo Testamento: trata-se da sensacional descoberta dos Manuscritos do Mar Morto.

O achado

Até a descoberta dos manuscritos do Mar Morto, a mais antiga cópia em hebraico que possuíamos do texto completo do Antigo Testamento datava de 1008 d.C. Era o *Codex Babylonicus Petropolitanus,* que fora produzido 1.400 anos após o Antigo Testamento haver sido completado – um hiato deveras longo para se estabelecer a fidedignidade textual das Escrituras. Havia, é claro, o *Papiro Nash* – uma porção hebraica de Deuteronômio 6:4 e 5 – que fora encontrado em 1902 e datado em torno do 1º século a.C., mas seu conteúdo, como se pode notar, era muito pequeno para grandes conclusões.

Assim, com cópias de manuscritos tão tardias em mãos, os especialistas em Teologia Bíblica se viam às voltas com o problema de provar que não houve graves alterações anteriores às cópias que possuímos. Imagine se algum capítulo houvesse sido deliberadamente acrescentado ou suprimido?

Em 1939, Sir Frederic Kenyon,[4] diretor do Museu Britânico, expressou seu pessimismo ao dizer que não acreditava na possibilidade de se encontrar sequer um manuscrito do texto hebraico que fosse anterior ao período da formação do texto massorético (copiado provavelmente entre 500 e 1000 d.C.).[5] A "impossibilidade" tornou-se miraculosamente "possível", num achado bastante providencial. E Kenyon viveu o suficiente para poder testemunhá-lo.

Tudo aconteceu por volta de 1947 quando, segundo uma das muitas versões, um garotinho beduíno chamado Muhammed Ahmed el-Hamed (conhecido como "edh-Dhib," o lobo) saiu à procura de algumas cabras perdidas e se deparou com uma gruta na região de Qumran, próximo ao Mar Morto, no sul da antiga Judeia. Curioso, ele jogou umas pedrinhas dentro da fenda (talvez para verificar se os animais estavam lá dentro) e o que ouviu foi o barulho de jarros se quebrando. Correndo para o acampamento de sua tribo (os *ta'amireh*), ele chamou um adulto e o levou até o local do achado, na esperança de que se tratasse de um grande tesouro. Juntos eles escalaram a parede (pois a fenda ficava num escorregadio terreno na ponta do platô) e se surpreenderam ao encontrar dentro da gruta grandes jarros de barro com tampa, o que aumentou a ideia de conterem ouro ou pedras preciosas.

Para sua frustração, no entanto, o que encontraram nos potes foram rolos de manuscritos envoltos em tecido. Alguns dizem que eles venderam os vasos (sete ao todo) para um comerciante de Belém, que chegou a enfeitar sua loja com os antigos pergaminhos. Outros afirmam que foi para um sapateiro cristão sírio, que os comprou com o fim de usar o couro no remendo de sapatos. Seja como for, ao que parece, alguns membros do grupo perceberam que os manuscritos poderiam ser valiosos para colecionadores e investigaram por conta própria outras cavernas em busca de novos pergaminhos. Até que, finalmente, foram presos pelo Departamento de Antiguidades da Jordânia, que proibia escavações clandestinas. O Estado de Israel (reconhecido formalmente apenas em 14 de maio de 1948) só ocuparia a Cisjordânia após a Guerra dos Seis Dias, em 1967; por isso, a região ainda estava sob domínio da Jordânia.

Com as pistas dadas pelos beduínos e a ajuda dos arqueólogos da École Biblique de Jerusalém, da American School of Oriental Research (hoje Albright Institute of Archaeological Research) e do Archaeological Museum of Palestine (hoje Rockefeller Museum),

11 grutas foram descobertas, pesquisadas e catalogadas como contendo manuscritos antigos. Entre os rolos havia muitas cópias de textos do Antigo Testamento, datadas de aproximadamente 300 anos antes de Cristo,[6] o que corresponde a cerca de 1.000 anos mais antigas que as cópias massoréticas! Só para lembrar: a cópia massorética mais antiga de que dispomos data de 850 d.C.[7]

Quando se comparou, por exemplo, a cópia de Isaías encontrada em Qumran com o texto que hoje possuímos, verificou-se que, de fato, Deus protegeu a integridade do texto, pois, se houvesse qualquer mudança mais comprometedora, ela estaria evidente. Afinal, o texto qumrânico foi produzido muito antes de existir o cristianismo.

Na verdade encontraram-se, nas grutas, cópias de todos os livros do Antigo Testamento, menos Ester, que talvez estivesse num estado fragmentário e acabou se perdendo junto com centenas de outros pergaminhos de todos os tamanhos que foram manipulados indevidamente pelos beduínos ou já estavam deteriorados pela ação do tempo.

A gruta 4 revelou-se a mais importante de todas. Embora nenhum manuscrito completo tenha sido encontrado ali, o relatório oficial supõe que, no mínimo, uns 15 mil fragmentos foram lá recolhidos.[8] Era um verdadeiro quebra-cabeças gigante, que correspondia a um total de aproximadamente 584 textos. Desses, 127 são bíblicos e o restante culturais. Todos eles foram muito importantes para o estudo crítico-textual do Antigo Testamento e também para o conhecimento do substrato cultural de muitas ideias do Novo Testamento. Um exemplo é o fragmento de um apocalipse aramaico que traz as expressões "Filho de Deus" e "Filho do Altíssimo" aplicadas ao

FreeStock

Ao lado: O rolo do profeta Isaías. Abaixo: Uma das grutas onde foram encontrados os manuscritos do Mar Morto.

Autor

Messias vindouro: "[Ele] será denominado Filho de Deus, e lhe chamarão Filho do Altíssimo. ... Seu reino será um reino eterno, e todos os seus caminhos em verdade e direito. A Terra [estará] na verdade, e todos construirão a paz. Cessará a espada na Terra, e todas as cidades lhe renderão homenagem. Ele é um Deus grande entre os deuses [?]. ... Seu domínio será um domínio eterno."[9]

Quem guardou os textos?

A atitude de esconder objetos sagrados devido a uma ameaça iminente não era estranha nos tempos bíblicos. Em 2 Crônicas 34:14-30 está a descrição do momento em que, em meio à reforma do Templo, Hilquias encontrou os originais de Moisés que sacerdotes piedosos haviam escondido durante o idolátrico reinado de Manassés. A arca dos dez mandamentos, pelo que se sabe, foi escondida um pouco antes do ataque de Nabucodonosor a Jerusalém e ali permanece oculta nalgum lugar ainda não descoberto até os dias de hoje.

Os manuscritos do Mar Morto também podem ter se originado desse procedimento. Pelo menos é o que dizem, com algumas diferenças, autores como Karl Heinrich Rengstorf,[10] da Universidade de Münster, na Alemanha, e Norman Golb, um conceituado professor da Universidade de Chicago.[11] Ambos acreditam que os manuscritos foram trazidos às pressas de Jerusalém (possivelmente da biblioteca do templo), para serem guardados nas grutas como medida de precaução devido ao avanço dos romanos sobre Jerusalém.

Outra teoria mais popular sugere que alguns manuscritos foram copiados no local. Pelo menos é o que sugere a localização dos restos de uma comunidade judaica que havia no platô. Eles possuíam ali uma escola, possivelmente sectária, que abrigava quartos, refeitórios, local de culto e até um *scriptorium*, isto é, um ambiente especial para o trabalho dos copistas. O achado de alguns tinteiros e canetas corrobora essa opinião.

Mas quem seriam os habitantes dessa comunidade? Bem, Josefo fala de três segmentos judaicos de sua época: fariseus, saduceus e essênios.[12] O terceiro é descrito como o mais "extraordinariamente interessado em antigos escritos".[13] Além disso, o historiador Plínio, em sua *História Natural*, menciona a região do Mar Morto, entre En Gedi e Massada, como o lar dos essênios que moravam no deserto. Ora, os restos de Khirbet Qumran estão perfeitamente enquadrados nessa localização!

Ademais, autores como Todd Beall[14] e Magen Broshi[15] fizeram uma detida comparação entre as crenças essênias (recuperadas de antigas descrições como as de Josefo) e os textos de Qumran. Não só a semelhança é surpreendente, como admira-se que não haja ali nada que destoe do pensamento do grupo. O mesmo não pode ser dito nem dos fariseus nem dos saduceus, que possuíam muitas divergências doutrinárias com o conteúdo dos manuscritos encontrados.

Contudo, existem objeções também a essa teoria, supondo que a comunidade fosse outro grupo separatista ainda desconhecido, que teria rompido com o sistema do templo e, por isso, criou uma comunidade isolada no deserto. Outra ideia mais recente sugere que Qumran era originalmente uma escola de sacerdotes que se formou em Jerusalém, mas foi obrigada a migrar para o deserto por causa das perseguições de Antíoco Epifânio.

Seja qual for a teoria assumida, o fato é que os manuscritos mostraram para o mundo inteiro a integridade textual de mais de 90% da Bíblia Hebraica e isso, por si só, já é o bastante para se comemorar.

Especulações e sensacionalismo

Como sempre aconteceu em toda a história da arqueologia bíblica, novamente aqui, os tabloides sensacionalistas não perderam tempo e começaram a divulgar ideias de um suposto complô para impedir que o conteúdo dos manuscritos viesse à tona. Eles conteriam, segundo alguns jornalistas, uma gama de informações que comprometeriam a história do cristianismo.

De fato, houve certa demora na publicação dos textos, que deu combustível para a fogueira das especulações. O problema era que o trabalho de montagem de milhares de fragmentos, às vezes medindo pouco mais de um centímetro, não era tão simples assim.

Na mente leiga dos sensacionalistas, os manuscritos teriam sido encontrados como se fossem livros empoeirados numa estante de pouco mais de 50 anos. Bastava lê-los e dizer o seu significado. O meticuloso trabalho das equipes não era nem de longe parecido com isso.

Os milhares de fragmentos tinham de ser desdobrados e separados (pois, às vezes, estavam grudados uns aos outros). Então vinha o delicado trabalho de limpeza, que exigia bastante perícia e soluções muitíssimo caras. Então vinha a hora de classificá-los por grupo e começar o lento trabalho de montagem do quebra-cabeça.

Visto que faltavam muitas partes, algumas vezes era praticamente impossível reconstruir o parágrafo ou até mesmo um texto inteiro, embora o tivessem agrupado pela cor do pergaminho e pelo formato da letra. Toda essa identificação exigiu dinheiro, tempo, paciência e alto grau de habilidade. Por isso houve a demora.

Posteriormente, outras razões de ordem técnica e política (devido às guerras do Oriente Médio) resultaram num atraso para as publicações que deveriam vir a público entre 1960 e 1970. Hoje, porém, passada toda essa efervescência, os manuscritos estão em sua maioria publicados em edições críticas e populares, inclusive em português.[16] Ao contrário da previsão dos minimalistas, nada houve que pudesse enfraquecer, numa vírgula sequer, a mensagem e o entendimento que temos acerca de Jesus Cristo. Pelo contrário, ampliou-se a compreensão do contexto histórico de seu movimento.

Os manuscritos do Mar Morto trouxeram à luz uma grande quantidade de dados que detalham de forma inédita o judaísmo praticado no 1º século antes e depois de Cristo. Seja ou não correta sua identificação com os essênios, o fato é que eles apresentam inúmeras informações sobre um grupo específico de judeus que, como os primeiros seguidores de Jesus, também não estavam contentes com muitas coisas que ocorriam na grande cidade de Jerusalém.

Tudo isso, é claro, além de apresentar de forma clara a confiabilidade textual das Escrituras Sagradas, a verdadeira e legítima Palavra de Deus.

---

[1] Esse quadro comparativo foi adaptado de várias fontes: F. F. Bruce, *The New Testament Documents: Are they Reliable?* (Dowers Grove: InterVarsity, 1960), p. 16; Norman L. Geisler, "New Testament Manuscripts", em *Baker Encyclopedia of Christian Apologetics*, ed. Norman Geisler (Grand Rapids: Baker, 1999), p. 532; Richard M. Fales, "Archaeology and History Attest to the Reliability of the Bible", em *The Evidence Bible*, ed. Ray Comfort (Gainesville, FL: Bridge-Logos Publishers, 2001), p. 163; e Paul D. Wegner, *The Journey from Texts to Translations:* The Origin and Development of the Bible (Grand Rapids: Baker, 2002), p. 235.

[2] Dessa obra de Tito Lívio, é importante acentuar que apenas 35 dos 142 volumes da obra original sobreviveram até nossos dias. E dos 20 manuscritos apenas um (contendo o fragmento de três parágrafos) pode ser datado do 4º século; os demais são bem mais tardios. Cf. F. F. Bruce, p. 16; Paul D. Wegner, p. 235.

[3] Bruce M. Metzger, "Trends in the Textual Criticism of the Iliad, the Mahabharata, and the New Testament", *Journal of Biblical Literature* 65 (1946), p. 339-352.

[4] Frederic G. Kenyon, *Our Bible and Ancient Manuscripts* (Nova York: Harper & Brothers, 1941).

[5] Julio Trebolle Barrera, *La Biblia Judía y la Biblia Cristiana: Introducción a la Historia de la Biblia* (Madri: Editorial Trotta, 1993), p. 318. Há, contudo, autores que colocam a produção do texto massorético apenas a partir de 750. Veja Josef Scharbert, *Das Sachbuch zur Bibel* (Aschaffenburg: Paul Pattloch Verlag, 1965), p. 160.

[6] A mais recente datação radiométrica, chamada de espectrometria com acelerador de massas, registrou que alguns manuscritos de Qumran teriam cerca de 200 anos a mais que a data hasmoneia dada pelos paleógrafos (300 a.C. e não 100 a.C.). Veja o relatório em G. Bonani e outros, "Radiocarbon Dating of the Dead Sea Scrolls", *Atiqot* 20 (1991), p. 27-32; "Radiocarbon Dating of Fourteen Dead Sea Scrolls", *Radiocarbon* 34/3 (1992), p. 843-849.

[7] Até a descoberta de manuscritos em Qumran (Mar Morto), os mais antigos e mais importantes manuscritos do Antigo Testamento em hebraico eram os seguintes:

- Manuscrito Oriental nº 4.445 do Museu Britânico: trata-se de uma cópia do Pentateuco (Gênesis 39:20 a Deuteronômio 1:33), cujo texto remonta a 850 d.C.
- O Códice dos Profetas Anteriores e Posteriores da Sinagoga Caraíta do Cairo. Foi escrito em Tiberíades, em 895 d.C. Os Profetas Anteriores são: Josué, Juízes, Samuel, Reis. Os Posteriores são: Isaías, Jeremias, Ezequiel, Os Doze (Profetas Menores).
- O Códice Petropolitano, escrito em 916 d.C. (ou 930 d.C.), veio da Crimeia. Contém apenas os Profetas Posteriores. Está na biblioteca de Leningrado (Rússia).
- O Códice de Alepo, de cerca de 980 d.C., contém todo o texto do Antigo Testamento. Era guardado zelosamente pela sinagoga sefárdica de Alepo. Foi contrabandeado em anos recentes da Síria para Israel. Será utilizado como base da nova Bíblia Hebraica, em preparo pela Universidade Hebraica, de Jerusalém.
- O Códice de São Petersburgo (B 19a). Também está na biblioteca de Leningrado. Foi escrito cerca do ano 1000 d.C. Foi copiado no ano 1008-9 d.C., no Cairo. Esse, por um tempo, foi o mais antigo manuscrito completo do Antigo Testamento com data conhecida. Ele é a base da moderna *Biblia Hebraica Stuttgartensiana*.

[8] R. de Vaux e J. T. Milik, "Qumrân grotte 4.II: Archéologie; II: Tefilin, Mezuzot et Tergums (4Q128-4"157), em Benoit [ed.], *Discoveries in the Judaean Desert* (Oxford: Clarendon, 1977).

[9] 4Q246 em Florentino García Martínez, *Textos de Qumran* (Petrópolis: Vozes, 1995), p. 179.

[10] Karl-Henrich Rengstorf, *Kirbert Qumran und die Bibliothek vom Toten Meer* [coleção: Studia Delitzchiana] (Stuttgart: Kolhammer, 1960).

[11] A tese de Norman Golb pode ser encontrada em português sob o título *Quem Escreveu os Manuscritos do Mar Morto?* (Rio de Janeiro: Imago, 1996).

[12] *Guerras Judaicas* 2. 8. 2.

[13] *Antiguidades* 18. 2.

[14] Todd S. Beall, *Josephus' Description of the Essene Illustrated by the Dead Sea Scrolls,* Society for New Testament Studies Monograph, Series 58 (Cambridge: University Press, 1988).

[15] Citado por Randall Price, *Secrets of the Dead Sea Scrolls* (Eugene: Harvest House, 1996), p. 105.

[16] A primeira e mais importante publicação dos manuscritos da edição completa de todos os manuscritos em microfichas que permitiam ao leitor ver os originais e visualizar os textos foi feita em 1993. Emanuel Tov e Stephen Phann [ed.], *The Dead Sea Scrolls on Microfiche: A Comprehensive Facsimile Edition of the Texts from the Judaean Desert,* (Leiden: IDC- E. J. Brill, 1993). No Brasil, temos a versão portuguesa de Valmor da Silva, feita a partir da tradução espanhola de Florentino García Martínez, *Textos de Qumran* (Petrópolis: Vozes, 1995).

A arqueologia e Jesus

CAPÍTULO 17

No século 18, a Alemanha passou por um período de forte sobrevalorização do racionalismo em detrimento à fé, especialmente aquela "fé cristã" que se baseia nos evangelhos. Foi o chamado Iluminismo Alemão (Aufklärung), que surgiu como resultado óbvio de um espírito crítico-racionalista que dominava toda a Europa.

A pretensão básica dos iluministas alemães era criar uma religião cristã mais racional e menos sentimentalista. Eles se sentiam pressionados a não ceder para o extremo de um dogmatismo infundado, como julgavam ser as crenças oficiais da Igreja, nem cair na negação completa de Cristo, como fizeram os pensadores franceses. Logo, começaram a surgir vários teólogos pretendendo expor teorias sobre quem fora Jesus Cristo. Suas novas ideias acerca do fundador do cristianismo, é certo, contradiziam totalmente a visão tradicional da Igreja acerca do Filho de Deus. Eles faziam uma distinção entre o Jesus Histórico (*historischer Jesus*) e o Cristo da Fé (*geschichtlicher Christus*).[1] O primeiro, se existiu, constitui o Jesus historicamente real, ao passo que o segundo, seria um ser mitológico "inventado" e "mantido" pela Igreja através dos tempos.[2]

Jesus existiu?

A grande pergunta levantada pelos críticos europeus era: Podemos conhecer historicamente a Jesus? Podemos ter certeza de Sua existência e da confiabilidade histórica dos quatro evangelhos?

De todos os ramos científicos disponíveis naquele momento, a arqueologia bíblica recém-inaugurada seria, com certeza, a melhor opção para responder a essa problemática. Muita coisa já havia sido descoberta confirmando a historicidade de várias partes do Antigo Testamento. Faltava agora saber se o mesmo método teria algo a dizer a respeito de Jesus.

As respostas começaram a surgir com as já mencionadas escavações na Palestina (hoje Israel), e também com a redescoberta de vários documentos romanos e judaicos, que confirmaram a primeira de todas as questões: a existência histórica de um homem chamado Jesus de Nazaré.

Flávio Josefo (cerca de 37-100 d.C.), um historiador judeu que se aliou aos romanos, escreveu um clássico tratado sobre a história dos judeus, desde os primórdios até o primeiro século d.C., período em que ele mesmo viveu. Ele menciona nominalmente Jesus pelo menos três vezes, embora a última seja reconhecidamente uma interpolação tardia e, portanto, não mereça ser avaliada.

Numa designação muito clara do ministério de nosso Salvador, ele escreveu:

"Por esse tempo, surgiu Jesus, homem sábio (se é que na realidade se pode chamar homem). Pois ele era obrador de feitos extraordinários e mestre dos homens que aceitam alegremente a verdade [coisas estranhas][3]*, que arrastou após si muitos judeus e muitos gregos. Ele era considerado [chamado] Messias. Embora Pilatos, por acusações dos nossos chefes, o condenasse à cruz, aqueles que o tinham amado desde o princípio não cessariam [de proclamar que]*[4] *passado o terceiro dia apareceu-lhes novamente vivo; os profetas de Deus tinham respeito dele. Ademais, até o presente, a estirpe dos cristãos, assim chamada por referência a ele, não cessou de existir."*[5]

Note que Josefo admite os feitos extraordinários de Cristo, o que poderia ser uma evidência testemunhal dos milagres. Ele não era seguidor do Nazareno e, portanto, não teria por que repetir o testemunho de seus feitos, a menos que fossem "históricos" o bastante para serem mencionados. Josefo, mui provavelmente, não teria visto pessoalmente nenhum dos milagres (pois nasceu depois da morte de Jesus), mas conheceu testemunhas pessoais dos fantásticos acontecimentos relacionados ao ministério do Filho de Deus, inclusive Sua morte e ressurreição.

Falando do golpe de Estado dado pelo Sumo Sacerdote Anã (ou Hananias), após a morte de Festo (62 d.C.), Josefo também diz que o sacerdote saduceu "convocou uma assembleia ('Senedrim') de juízes e colocou diante deles o irmão de Jesus que é cognominado Messias;

o nome dele era Tiago, e havia outros também. Ele os acusou de terem transgredido a lei e os entregou para serem apedrejados."[6]

A partir do século 16, muitos autores colocaram em dúvida a autenticidade desses parágrafos que, se pertencentes à obra, datariam do ano 93/4 d.C. Alguns mais céticos tentaram argumentar que essas partes seriam interpolações feitas posteriormente por escribas cristãos que viviam enclausurados em mosteiros produzindo cópias de manuscritos. Contudo, sua conjectura carece de maior atestação textual, pois todas as traduções mais antigas e todos os manuscritos gregos de Josefo (desde os melhores até os menos confiáveis) trazem, com pequenas variações, esse conteúdo.[7]

A obra *Guerra dos Judeus*, esta sim, possui um longo trecho, atestado apenas numa antiga versão eslava que, definitivamente, parece ser uma interpolação tardia não digna de crédito. Por isso, como já dissemos, não a mencionaremos aqui.

Fontes romanas

Vamos mencionar, como ilustração, duas menções históricas romanas acerca de Cristo. A primeira vem do historiador Tácito que, descrevendo por volta do ano 115 o incêndio de Roma em 64 d.C., mencionou a perseguição de Nero aos cristãos e o nome de *Cristo* que, para seu entendimento, não era um título, mas um nome próprio:

"Nenhum esforço humano, nem o poder do imperador, nem as cerimônias para aplacar a ira dos deuses faziam cessar a opinião infame de que o incêndio [de Roma] havia sido mandado. Por isso, com vistas a abafar o rumor, Nero apresentou como culpados e condenou à tortura aquelas pessoas odiadas por sua própria torpeza, que a população chamava de 'cristãos'. Tal nome vem de Cristo, que no principado de Tibério, o procurador Pôncio Pilatos entregou ao suplício. Reprimida na ocasião, essa execrável superstição fez-se irromper novamente, não só na Judeia, berço daquele mal, mas também em Roma, para onde converge e onde se espalha tudo o que há de horrendo e vergonhoso no mundo. Começou-se, pois, por perseguir aqueles que confessavam; depois, por denúncia deles, uma multidão imensa, e eles foram reconhecidos culpados, menos do crime de incêndio ... À sua execução acrescentaram zombarias, cobrindo-os com peles de animais para que morressem devido à mordida de

cães de caça, ou pregavam-lhes em cruzes, para que, após o fim do dia, fossem usados como tochas noturnas e assim consumidos."[8]

A segunda menção a Cristo parece vir de Suetônio (cerca de 69-122 d.C.). Ele também foi outro historiador romano que apresentou por volta de 120 d.C. dois registros históricos encomendados por Roma: um sobre a vida de Cláudio e o outro sobre a vida de Nero. Em ambos, ele menciona algo que pode ser uma referência a Jesus Cristo.

No primeiro texto, Suetônio comenta a expulsão dos judeus de Roma por volta do ano 49 (ver Atos 18:2), durante o reinado de Cláudio e menciona uma estreita ligação entre os judeus e um certo "Chrestos", que poderia ser uma grafia errada do nome de Cristo.

"Como os judeus se sublevavam continuamente por instigação de Chrestos, [Cláudio] os expulsou de Roma."[9]

Falando de repressões rigorosas instituídas pelo governo de Nero, ele comenta:

"... foi proibido vender nas tabernas qualquer alimento cozido, fora legumes e hortaliças, quando antes eram servidas nesses lugares comidas de todos os tipos; os cristãos, espécie de gente dada a uma superstição nova e perigosa, foram entregues ao suplício; foram proibidas as perambulações dos condutores de quadrigas,[10] *autorizados por um costume antigo a vagabundear pela cidade, enganando e roubando os cidadãos para se divertirem; foram proibidos os pantomimos*[11] *e suas atuações."*[12]

Contexto histórico

A vinda de Jesus ao mundo foi circundada por uma série de detalhes contextuais que muito nos ajudam a compreender o ambiente no qual Ele viveu. James H. Charlesworth chegou a referir-se à expressão "Pesquisa de Jesus" (*Jesus Research*) como um termo técnico para representar os estudos científicos mais recentes (posteriores a 1980) que giravam em torno da vida de Jesus de Nazaré.[13]

Como ocorreu com os estudos do Antigo Testamento, alguns autores mantêm também aqui uma visão minimalista do assunto. Um exemplo pode ser visto no modo como alguns encaram a historicidade do julgamento de Cristo. De fato, se olharmos com precisão a sequência dos fatos e o modo como se seguiu o processo, detectaremos uma série de irregularidades técnicas. Do ponto de vista judeu, a Mishná determinava que "em casos de crime capital, o julgamento deve ser feito durante o dia e deve se chegar a um veredicto também durante o dia".[14] Essa era uma regra muito antiga, que certamente devia estar em vigor nos dias de Jesus. Ademais, a mesma Mishná também determina, na mesma passagem, que os julgamentos não podem ser realizados nem na véspera de um sábado, nem na véspera de uma festa (aquela, lembramos, era a véspera da páscoa judaica!). Acrescente-se a isso o fato de que os judeus não tinham, na ocasião, poder legal de sentenciar alguém à morte. Somente os romanos poderiam fazê-lo. Logo, o julgamento de Jesus foi um acontecimento bastante irregular.

Tal condição foi o suficiente para autores como Haim Cohn[15] concluírem que o relato evangélico do julgamento de Cristo é quase totalmente fantasioso. Eles até admitem que houve uma condenação à morte, mas não foi como os evangelhos apresentam. Ora, se aplicarmos esse princípio a toda a história dos julgamentos – isto é, duvidarmos do fato com base na sua irregularidade forense –, questionaremos a historicidade de vários processos reconhecidamente reais, mas que foram bastante irregulares em sua condução. Casos como o de Joana D'Arc e Tiradentes ilustram bem essa situação.

Em termos arqueológicos, podemos mencionar pelo menos quatro achados relacionados diretamente com o contexto histórico de Jesus de Nazaré:

1. O ossuário de Caifás – Em novembro de 1990, profissionais da construção civil trabalhando na edificação de um parque aquático na *Peace Forest*, sul da cidade velha de Jerusalém, encontraram uma tumba selada desde a guerra romana de 70 d.C.

Os arqueólogos da universidade hebraica correram ao local e encontraram 12 ossuários (caixas para ossos feitas de calcário). Dentro delas estavam os restos mortais de pelo menos 63 indivíduos, todos possivelmente aparentados entre si, pois se tratava de um jazigo familiar.

Um dos ossuários, o mais ornamentado deles, surpreendeu a todos. Conforme o costume da época, alguns desses caixões traziam na tampa ou do lado o nome daquele que estava ali sepultado. A inscrição aramaica estava suficientemente bem preservada para ser lida pelos especialistas. Ela dizia: *Yehoseph bar Kapha* ou "José filho de (ou da família de) Caifás." Esse era exatamente o nome completo do sumo sacerdote que prendeu Jesus. A Bíblia limita-se a chamá-lo de Caifás, mas o restante de seu nome está bem documentado nos escritos de Josefo, que assim se refere à sua pessoa.[16]

No interior do ossuário existiam os restos de um homem de aproximadamente 60 anos, o que aumentam as chances de ser o mesmo Caifás descrito no Novo Testamento. Esse memorável achado provê, pela primeira vez, os restos físicos de alguém mencionado nas Escrituras.

2. *Barco da Galileia*[17] – No inverno de 1986, após vários anos de seca, o nível da água do Mar da Galileia baixara em vários metros e a linha costeira havia recuado consideravelmente. Dois jovens estavam caminhando ao longo da praia ao sul do kibutz de Ginnosar, situado na margem ocidental do lago, e perceberam os contornos de uma estrutura de madeira enterrada na lama. Novamente os especialistas foram chamados para examinar a descoberta e concluíram tratar-se dos restos de um antigo barco. Decidiu-se, então, escavar o local imediatamente, antes que o nível da água subisse.

Foi necessário o uso de técnicas modernas e sofisticadas para erguer e transportar o barco. Em primeiro lugar, foi construído um maciço dique em volta do local, a fim de impedir que o lago o inundasse, também usaram bombas para afastar as águas em baixo dele. Ao mesmo tempo, porém, era preciso manter a madeira molhada enquanto a lama era removida do casco, que foi então reforçado com fibra de vidro e preenchido com poliuretano – uma substância sintética que também contribuiu para a preservação da estrutura.

Depois de cavarem algumas valetas e reforçarem os lados do barco, os técnicos finalmente terminaram o empacotamento da frágil estrutura. Era então o momento de bombear água para dentro das valetas, permitindo que o barco flutuasse novamente depois de quase dois mil anos enterrado na lama do lago. Várias pessoas foram ver a cena, que foi digna de aplausos e até lágrimas por parte de alguns membros da equipe.

O trabalho, porém, não havia terminado. Uma vez que o barco foi seguramente retirado das águas, os técnicos o levaram para um tanque especialmente construído no kibutz onde puderam, com muita calma e paciência, retirar o invólucro de poliuretano e mergulhá-lo de novo numa água com produtos químicos que ajudariam a preservar a madeira, até que fosse revestida de cera sintética e finalmente exposta à visitação pública no próprio museu do kibutz, chamado Yigal Allon Center.

Pelas técnicas de construção e os dois vasos de cerâmica encontrados nas proximidades, os arqueólogos consideram que o barco era do período romano. Testes de carbono-14 confirmaram que o barco foi construído entre 100 a.C. e 70 d.C.

Ao todo o barco mede 8,2 m de comprimento, 2,3 m de largura e 1,2 m de profundidade. Ele foi construído segundo o conhecido modelo de "casca primeiro", com encaixes de tábuas de cedro e armações de carvalho. Boa parte de sua madeira era de "segunda mão", tendo sido removida de barcos mais velhos e obsoletos. Outros fragmentos de madeira foram descobertos nas proximidades, o que prova que o local onde o barco foi encontrado era um estaleiro.

A embarcação tinha tamanho suficiente para transportar 15 passageiros, inclusive uma tripulação de cinco pessoas. Embora tenha sido aparentemente usado para a pesca, talvez tenha servido também para o transporte de pessoas e mercadorias.

A importância desse achado está no fato de que as poucas informações que possuíamos a respeito de barcos no Mar da Galileia durante a época dos romanos eram provenientes de fontes escritas, como Flávio Josefo e o Novo Testamento, ou de mosaicos com desenhos de barcos. A descoberta desse barco milenar no Mar da Galileia despertou, portanto, a atenção mundial. O curioso é que alguns minimalistas chegavam a duvidar da realidade de alguns episódios em que Cristo era visto no barco com seus discípulos. Afinal, supunham ser inconcebível que houvesse naquele tempo algum tipo de barco pesqueiro (evidentemente de pequeno porte) que comportasse 13 pessoas de uma só vez (Jesus e os doze apóstolos). Bem, embora a Bíblia não afirme "quantos" discípulos estavam com Jesus nesses episódios, está claro, por esse achado da Galileia, que os barcos de pesca tinham condições de levar Jesus, os doze e ainda sobrava lugar para alguns que quisessem uma "carona". Os críticos, é claro, não fizeram mais esse tipo de observação.

3. O ossuário de Tiago – Esse é o achado que tem despertado grande polêmica entre os especialistas em paleografia e arqueologia. Uns defendem sua autenticidade, enquanto outros a rejeitam. Caso seja verdadeiro, esse achado contém a mais antiga menção a Jesus fora das páginas da Bíblia.

Conforme o que já foi dito, essas urnas de pedra costumavam trazer uma inscrição tumular que identificava os restos mortais daquele que estava ali sepultado. No caso específico desse ossuário, temos os seguintes dizeres grafados em aramaico – uma língua próxima ao hebraico e largamente falada nos tempos de Cristo: "Tiago, filho de José, irmão de Jesus."

Quem primeiro anunciou essa descoberta foi o paleógrafo André Lamaire, que a publicou num extenso artigo da *Biblical Archaeology Review.*[18] Ele chamou a atenção para o fato de que a expressão "Tiago, filho de José" poderia não indicar muita coisa, pois era a fórmula comum daqueles dias ("fulano, filho de sicrano"). Contudo, o complemento "irmão de Jesus" seria algo completamente inédito, pois não se colocava o nome de outro parente além do próprio pai. A menos, raciocinou Lamaire, que esse parente fosse famoso o bastante para merecer tal destaque.

Daí o que se seguiu foi um jogo de probabilidades combinadas. Qual a chance matemática de haver dois Tiagos na Jerusalém do 1º século que teriam um pai chamado José e um irmão famoso chamado Jesus? Praticamente nenhuma. Logo, cogitou-se da forte possibilidade de ser esse Tiago o mesmo mencionado em Mateus 13:55 e Marcos 6:3. Ou seja, o irmão do Salvador que se tornou um dos primeiros líderes da igreja cristã após a ressurreição de Cristo.

A favor dessa identificação temos o fato de que Josefo também o menciona em sua obra historiográfica acerca dos judeus. Ele cita o seu apedrejamento, que teria ocorrido em algum período entre a morte de Festo e a chegada de Albino, seu sucessor (62 d.C.): "Festo estava agora morto e Albino estava a caminho. Então ele reuniu o sinédrio dos juízes e trouxe diante deles o irmão de Jesus, que era chamado Cristo, cujo nome era Tiago, e também alguns outros. Então os acusaram de transgressores da lei e os sentenciaram a serem apedrejados."[19]

Hoje, a questão está dividida nas seguintes teorias: Para uns, tudo não passa de uma grosseira falsificação feita por algum comerciante de antiguidades – afinal, o caixão não foi encontrado num sítio arqueológico, mas entre as peças de um colecionador. Os especialistas também se contradizem. Uns creem na autenticidade do ossuário, mas negam a inscrição, que a seu ver teria sido produzida mais tarde (para uns no 3º ou 4º século d.C., para outros no século 20). E outros ainda pensam que a primeira parte ("Tiago, filho de José") seria verdadeira, enquanto a segunda ("irmão de Jesus") seria falsa.

Depois de um julgamento de mais de mais cinco anos com 138 testemunhas, mais de 400 exposições e um dossiê de 12 mil páginas, o juiz Aharon Farkash, do Tribunal Distrital de Jerusalém, também com formação em arqueologia, inocentou os réus de todas as acusações de falsificação. No seu veredicto, proferido em 14 de março de 2012, nenhuma evidência conclusiva foi apresentada que possa negar a veracidade do achado.[20]

4. Pilatos – Além do palácio em Jerusalém, Pilatos possuía outra residência oficial, localizada em Cesareia Marítima. Era uma espécie de Palácio de Verão onde o procurador se refazia nalguns prolongados descansos. Cesareia Marítima foi por muito tempo o maior porto romano do leste do Mediterrâneo. Dali partiam as grandes navegações em direção a Roma. Paulo embarcou várias vezes nesse local, inclusive na sua última viagem, quando foi finalmente levado preso para comparecer perante o tribunal de César.

Em 1961, arqueólogos italianos que escavavam o teatro romano da cidade localizaram uma placa de pedra que estava sendo disposta no que os arqueólogos chamam de "uso secundário", isto é, seu posto original fora demolido já no passado e os escombros usados posteriormente como alicerces de um novo edifício.

Assim, alguém de "vista mais atenta" percebeu que entre as pedras reutilizadas na reconstrução do anfiteatro havia uma disposta entre os pisos de uma escadaria que parecia conter uma inscrição em latim. Removida, a inscrição parcialmente destruída pôde ser decifrada. Ela dizia: "Pôncio Pilatos, Prefeito da Judeia". Ao que tudo indica, Pilatos havia mandado construir em Cesareia um *Tiberium*, isto é, uma estrutura em homenagem ao imperador e, portanto, colocou ali o seu nome como o executor da obra. Mais um personagem bíblico que tem sua existência confirmada na história!

Autor

Réplica da estela comemorativa contendo o nome de Pilatos como governador da Judeia.

[1] Também chamado Cristo querigmático.

[2] A distinção entre o *Jesus historische* e o *Christus geschichtliche* só foi sistematizada, de fato, na virada do século 19 para o século 20, com a obra de M. Kähler, *Der Sogenannte Historische Jesus und der Geschichtliche Biblische Christus* [traduzida para o inglês por Carl E. Braaten e prefaciada por Paul Tillich sob o título: *The So-Called Historical Jesus and the Historic Biblical Christ* (Filadélfia: Fortress, 1964)]. Ao apresentarmos, contudo, autores alemães anteriores a Kähler como distinguindo o Jesus histórico do Cristo da fé, dizemos que eles o fizeram em sentido prático. Ao teólogo posterior, pertenceu apenas o crédito por uma tarefa já comumente feita pelos escritores iluministas sobre Jesus. Mesmo assim, a nomenclatura inaugurada por Kähler só encontrou maior divulgação após o trabalho de Bultmann, na década de 50. A bibliografia sobre este assunto é bastante vasta, mas podemos citar algumas excelentes obras: Joachim Jeremias, *Das Problem des Historischen Jesus* (Stuttgart: Katholisches Bibelwerk, 1969); M. Borg, *Jesus: a New Vison* (San Francisco: Harper & Row, 1987), p. 15-21; C. C. Anderson, *Critical Quest of Jesus*, Grand Rapids: Eerdmans, 1969. Em português temos: J. Meier, *Um Judeu Marginal: Repensando o Jesus Histórico* (Rio de Janeiro: Imago, 1992), v. 1, p. 31-49; D. M. Bailey, *Deus Estava em Cristo* (Rio de Janeiro: coedição JUERP/ASTE, 1990), p. 37 e seguintes; J. E. M. Terra, *Jesus Histórico e Cristo Querigmático* (São Paulo: Loyola, 1978), p. 29-37; Fabris, R., *Jesus de Nazaré: História e Interpretação* (São Paulo: Loyola, 1991), p. 7-32.

[3] A oração grega é dúbia (*ton hêdonê palethê dechomenon*). Ela pode supor tanto que alguns receberam a pregação de Jesus com sincera alegria, quanto com ingênuo entusiasmo. Mas essa dubiedade é própria do estilo de Josefo, que queria agradar a todos os leitores, quer fossem judeus, romanos ou gregos.

[4] Esse parece ser o entendimento de *epausanto,* mas há outras possibilidades: "Não cessaram de amá-lo"; "não deixaram de existir (como movimento)". Ver W. Goodwin e C. Gulik, *Greek Grammar* (Boston: Ginn & Co. 1958), p. 333.

[5] *Antiguidades* 18.3. 3.

[6] *Antiguidades* 20.9. 1.

[7] Até mesmo o historiador Eusébio, no 4º século, ao citar essa passagem de Josefo mencionando a Cristo, demonstra que já naquele tempo o texto estava como o temos em nossos dias (*Hist. Ec.* 2.23, 22). Alguns autores entendem que a versão mais próxima do texto original de Josefo foi uma tradução referida por Ápio em sua *História Universal,* em língua árabe. Essa também não apresenta diferenças substanciais de conteúdo. Menciona inclusive a ressurreição. William Whiston apresenta uma defesa pré-crítica da autenticidade total dos textos flavianos mencionados em "The Testimonies of Josephus Concerning Jesus Christ, John Baptist, and James the Just Vindicated", em *Josephus: Complete Works* (Grand Rapids: Kregel, 1960), p. 639-647. Veja ainda S. Pines, *An Arabic Version of the Testimonium Flavianum and its Implications* (Jerusalém: Publications of the Israel Academy of Sciences and Humanities, 1971); A. M. Dubarle, "Le Temoignage de Josèphe sur Jésus d'Après la Tradition Indirecte" em Josephus, *The Jewish War* [Ed. de Cornfield] (Grand Rapids: Zondervan, 1982), p. 481-513.

[8] *Anais*, 15. 44. Veja Lémonon, Jean Pierre, *Pilate et le Governement de la Judée: Textes et Monuments* (Paris: Gabalda, 1981), p. 173.

[9] *A Vida de Cláudio* 25. A informação é imprecisa. Ele parece referir-se a esse Chrestos como se fosse um agitador presente em Roma durante os acontecimentos relatados.

Assim, alguns descreem que seja uma referência efetiva a Jesus. Contudo, levando-se em conta a data em que ele escreve (120 d.C.), não é improvável que relate os fatos de forma um tanto distorcida. Meyer e Brown apresentam mais dois argumentos em favor da identificação entre Chrestos e Jesus de Nazaré e não com um agitador judeu de origem romana. Primeiro, o bom estilo latino pediria uma conjunção (*quodam*) após o nome *Chrestos*, caso se tratasse de um personagem novo ou até então desconhecido. E, segundo, entre várias centenas de nomes de judeus romanos descobertos em catacumbas judaicas, jamais encontrou-se o nome *Chrestos* ou um que lhe pareça familiar. Cf. J. Meier, p. 107, e R. Brown e J. Meier, *Antioch and Rome* (Nova York: Paulist Press, 1983), p. 100. Para o texto, veja: J. C. Rolfe [ed.], *Suetonius*, Col. Loeb Classical Library, (Cambridge, Londres: coedição Havard University Press e Heinemann, 1914). O texto em latim traz: *Iudeos impulsore Chrestos assidue tumultuantis Roma expulit.*

[10] Conjunto de quatro cavalos que puxam um carro.

[11] *Pantomimos* eram artistas circenses que viviam nas praças à noite alegrando o povo com mímicas, teatro de sombras e coisas do gênero.

[12] *A Vida de Nero,* 16.

[13] James H. Charlesworth, "Jesus Research and Archaeology: A New Perspective", em *Jesus and Archaeology*, ed. James H. Charlesworth (Grand Rapids: Eerdmans, 2006), p. 11.

[14] *Sanhedrin* 4.1.

[15] Haim Cohn, *The Trial and Death of Jesus* (Nova York: Konecky & Konecky, 2004). Em princípio, a tese do ex-juiz Cohn é apresentar elementos técnicos que acabem com o antissemitismo criado em termos da acusação de deicídio sofrida pelos judeus, que há séculos são responsabilizados pela morte de Cristo. Essa é, realmente, uma distorção que deve ser corrigida, mas não ao custo de descartar a historicidade dos evangelhos de forma a colocar sobre os romanos toda e qualquer responsabilidade pela crucifixão de Jesus de Nazaré.

[16] *Antiguidades* 18. 2. 2; 4. 3.

[17] Parte da descrição do achado segue o texto publicado em <http://www.mfa.gov.il>. Acesso em 29 de agosto de 2006.

[18] André Lemaire, "Earliest Archaeological Evidence of Jesus Found in Jerusalem", *Biblical Archaeology Review* 28 (2002), p. 25-33, 70.

[19] *Antiguidades* 20. 9.1.

[20] Para informações sobre o julgamento de falsificação do Ossário de Tiago, cf. Biblical Archeological Review, disponível em http://biblicalarchaelogy.org/daily/news/verdict-not-guilty/. Acesso em 6 de abril de 2012.

Nos passos do Mestre

CAPÍTULO **18**

A vida de Jesus Cristo na Terra foi marcada por momentos de alegria, tristeza, perigo, meditação e ansiedade. Enfim, por uma gama de sentimentos semelhantes àqueles que experimentamos no nosso dia a dia. Não é por acaso que a doutrina da encarnação oferece uma tremenda singularidade ao cristianismo: Deus nos falou com sotaque humano, e mais do que isso: Ele Se fez um de nós!

Seguindo a trajetória dada pelos evangelhos, Cristo passou por algumas localidades hoje bem conhecidas de todos que têm a oportunidade de visitar Israel e os territórios palestinos. Vejamos brevemente um resumo arqueológico de alguns desses locais:

Belém

Belém de Judá, hoje localizada na moderna Belém, que fica no território palestino, era uma vila conhecida desde os tempos do Antigo Testamento. Gênesis (35:19; 48:7) a menciona através de seu antigo nome: Efrata (ou Efrath). Essa designação também aparece na profecia de Miqueias 5:2.

Ali também foi o lar de Rute e do grande rei Davi (1Sm 16), que, nalgum tempo de seu governo, a perdeu temporariamente para o exército filisteu (2Sm 23:14). Contudo, Roboão a transformou em uma fortaleza, após a separação das tribos do norte (2Cr 11:5-6).

Hoje, a arqueologia de Belém está praticamente reduzida às escavações relacionadas com a antiga Igreja da Natividade. No subterrâneo da igreja há uma gruta que, desde o segundo século, é identificada como aquela que abrigou Maria no momento de dar à luz ao Filho de Deus. Quem sustenta essa tradição é o escritor Justino, que morreu como mártir por volta de 165 d.C. Com base, portanto, nesse depoimento patrístico, Constantino construiu uma basílica no local que, apesar de muitas demolições e restaurações, permanece parcialmente original até os nossos dias.

Na verdade, é difícil fazer alguma afirmação adicional a esse testemunho. As estruturas escavadas são, em sua grande maioria, do período bizantino, e o esforço do imperador Constantino e sua mãe de demarcar locais santos é, como já vimos, bastante suspeito.

Nazaré

Segundo os evangelhos, Nazaré foi o lar de Jesus e Seus pais desde o retorno do Egito até mudar-se para Cafarnaum, por volta dos trinta e poucos anos de idade. Seus pais viveram ali antes de seu nascimento e Ele, com certeza, possuía parentes entre os habitantes do vilarejo.

Nos períodos romano e bizantino (até o 4º século), Nazaré fora uma insignificante vila, habitada em sua maioria por judeus pobres e incultos que se dedicavam à produção de vinho e óleo. Isso pelo menos é o que nos revelam as escavações de Bellarmino Bagatti, iniciadas em 1955, que trouxeram a lume um considerável número de prensas para azeitonas e uvas, além de depósitos de água, vinho e pão.[1]

Como se pode notar, o ofício de José não era a especialidade local, de modo que não é improvável supor que a família de Jesus fosse a única engajada no ramo da carpintaria construtora. O tamanho ínfimo da cidade nos leva a crer nisso.

Confirmando a insignificância do vilarejo onde viveu Jesus, temos o fato de que nem o Antigo Testamento nem Josefo ou sequer o Talmude, mencionam seu nome em qualquer parte de seus textos. Daí entendermos o comentário de Natanael, preservado por João: "Pode vir alguma coisa boa de Nazaré?" (Jo 1:46). De fato, a localização de 23 sepulturas ao norte, oeste e sul nos ajudam a decifrar o contorno e o modesto tamanho da vila, pois os cemitérios ficavam fora das cidades. Nazaré, portanto, teria algo em torno de 700 a 900 metros de extensão com uma população estimada em 500 habitantes.[2]

Ainda não se localizou com precisão a sinagoga de Nazaré, mencionada em Lucas 4:16. Mas há duas possibilidades: de que ela esteja no mesmo local da igreja de Bagatti (a sinagoga transformada em lugar de reuniões cristãs) ou sob o atual cemitério muçulmano, também chamado "lugar do forte". As evidências em favor deste último são que os romanos destruíram as sinagogas judaicas no período de Adriano, construindo fortalezas sobre seus escombros, por isso o nome "lugar do forte". Mais tarde, vieram os muçulmanos com o costume de colocar túmulos sobre todos os locais judaicos considerados sagrados, pois assim pensavam impedir a chegada do Messias que, como sacerdote, não poderia pisar em cemitérios.

Vários autores têm suposto que, com o passar dos anos e o constante avanço da pregação apostólica, alguns dos parentes sanguíneos de Jesus pretenderam fazer de Nazaré o centro administrativo da igreja cristã.[3] Pistas históricas têm levado a crer que ao mesmo tempo em que os apóstolos pregavam o evangelho em Jerusalém, Samaria, Antioquia e Ásia, uma pequena comunidade judaico-cristã, formada sobretudo por familiares de Cristo, fixou-se em Nazaré, sobrevivendo até meados do 3º século. Essa comunidade estaria separada administrativamente do grupo dos doze e, em princípio, até em atrito com eles, devido aos problemáticos assuntos da circuncisão e da pregação aos gentios. Ao que tudo indica, a postura de Tiago apoiando o ministério gentílico não agradou muito aos demais filhos de José.

A favor dessa tradição temos dois antigos testemunhos: o primeiro de Julio Africano (160-240 d.C.), que afirmava ser Nazaré o centro da atividade missionária judaico-cristã;[4] o segundo vem-nos de um certo Conon, martirizado durante o reinado de Décio, que teria confessado perante a corte romana: "Eu sou de Nazaré [situada] na Galileia, sou da família de Cristo, ao qual ofereço culto desde a época de meus ancestrais."[5] Um ponto, porém, vulnerável desses testemunhos é o completo silêncio do livro de Atos a respeito de um centro missionário com sede em Nazaré. Todavia, também é digno de nota que o autor canônico não pretendia escrever uma minuciosa história do cristianismo primitivo. Há outras importantes tradições, como a crucifixão de Pedro e a decapitação de Paulo, que também se encontram ausentes no texto produzido por Lucas. Mas, nem por isso seriam menos dignas de confiabilidade histórica.

Há ainda outra evidência, desta vez vinda da arqueologia, que também parece sustentar a historicidade da *organização nazarena*.[6] Ao escavar alguns estratos abaixo da antiga igreja bizantina de Nazaré, Bagatti encontrou os alicerces de outra igreja do 3º século, construída no mesmo formato de uma sinagoga judaica.

A presença de símbolos cristãos, como o peixe, certificaram que se tratava de uma estrutura da comunidade judaico-cristã que viveu no local por volta do ano 200.[7]

Hoje, os restos dessa "igreja-sinagoga" e da igreja bizantina posterior podem ser vistos num sítio que se estende desde fora até dentro da moderna Igreja da Anunciação. Alguns estudiosos também acreditam ser ali o local da casa onde morava Maria, mas quanto a essa posição faltam-nos elementos sólidos que permitam uma alegação conclusiva a respeito do assunto.

Cafarnaum

Embora o Antigo Testamento não faça menção a essa cidade, há uma tradição judaica que a identifica, talvez por causa de seu nome, como a vila onde morou o profeta Naum. Daí o nome hebraico *Kefar* (ou *Kaper*) + *Nahum*: "vila de Nahum".

O sítio arqueológico de Cafarnaum, está situado perto das cidades de Tabgha (3 km) e Tiberíades (16 km). A apenas 5 km dali é possível alcançar o curso do rio Jordão.

Dos edifícios ali escavados, chamam a atenção do visitante os restos de uma sinagoga e os alicerces de uma casa com forte probabilidade de ter sido a residência do apóstolo Pedro, mencionada nos sinópticos como sendo o lugar onde Jesus tomava refeições e algumas vezes dormia. Também foi ali que o Mestre curou a sogra do apóstolo, episódio referido em Mateus 8:14, 15.

Sinagoga

A sinagoga foi a primeira das ruínas reconhecidas em Cafarnaum, pelo relato do explorador americano E. Robinson, em 1838. Estudos mais recentes revelaram que aquela seria, na verdade, uma construção do 3º ou 4º séculos d.C. No local, foram encontradas cerca de 30 mil moedas do período romano tardio, além de várias cerâmicas e pedaços de uma arquitetura bizantina – elementos que confirmam uma datação tardia do edifício.

Contudo, sob as ruínas da sinagoga, mais especificamente sob a nave central, há um pavimento de pedras de basalto diferente do encontrado noutras áreas do local. Junto dele há cerâmicas, certamente pertencentes a um período bem anterior ao bizantino. Segundo a opinião de alguns sérios estudiosos, esse pavimento seria do 1º século e pode muito bem pertencer à mesma sinagoga dos dias de Jesus, referida em Mateus 8:5-13 e Lucas 7:1-10.[8] Como evidência disso, existe ainda um manuscrito do século 12, onde certo diácono por nome Pedro, baseado no *Itinerarium* de Egéria, do 4º século, afirma que a sinagoga mencionada no Novo Testamento ficava no mesmo lugar onde estava a monumental sinagoga bizantina.

O costume oriental de se construir novos edifícios de culto sobre os restos de um outro explica o porquê de duas sinagogas de diferentes períodos terem ocupado o mesmo local. Ali, portanto, poderia ter sido o local onde Cristo esteve muitos sábados enquanto morou na cidade de Cafarnanum.

Casa de Pedro

Também de basalto, a 30 metros da sinagoga, estão os restos daquela que seria a casa de Pedro. Ali, Jesus passou muitas horas comendo, conversando, distraindo-se ou preparando-se para Suas viagens missionárias.

Hoje, quem visita o local vê, elevada sobre as ruínas, uma igreja moderna, inaugurada em 1990. Mas o que interessa está embaixo. Logo na superfície, antes de se chegar aos alicerces da residência do apóstolo, estão os restos de uma igreja do 5º século, chamada Igreja Octogonal, devido ao formato de sua construção. Abaixo dela estariam os alicerces da casa de Pedro.

Mas, como se chegou a essa conclusão, ou seja, de que se tratava mesmo dos alicerces da casa de Pedro? Bem, para responder a essa pergunta é preciso retomar um pouco a história das escavações no local. Quase um século e meio após a publicação das notas de E. Robinson, os arqueólogos G. Orfali e A. Gassi desenterraram os alicerces da Igreja Octogonal, descobrindo um mosaico que identificaram como sendo um tanque batismal cristão pertencente ao 5º século.

Contudo, foi somente a partir de 1968, com o reinício das escavações, que foram descobertos os demais níveis da construção. Abaixo dos alicerces da Igreja Octogonal havia dois estratos mais antigos que não tinham sido devidamente identificados. Um era o alicerce de outra igreja cem anos mais velha, e o outro, a base de uma casa particular de meados do 1º século.

No solo mais profundo (pertencente à casa particular) foram encontrados dois anzóis de pesca, enterrados junto a potes domésticos e lâmpadas de óleo, que ajudaram na datação do estrato e na identificação com a propriedade de um pescador simples da Galileia. Mas até aí, o que se podia afirmar com base na evidência arqueológica era que ali estavam os restos de uma casa particular do 1º século, que pertencera a um certo pescador. Identificá-la com a casa de Pedro era outra história.

Mas a peça-chave para completar o quebra-cabeça veio de uma passagem do já mencionado *Itinerarium* de Egéria: "A casa do príncipe dos apóstolos foi transformada numa igreja; contudo, as paredes [da casa] ainda estão em pé, como eram originalmente." Essa era uma chamada *domus ecclesia* (igreja do lar), muito comum entre os cristãos dos primeiros séculos, que se reuniam em casas particulares com o fim de realizarem seus cultos (especialmente o da Santa Ceia). Nesse tempo, havia o temor de se construir edifícios de oração que fossem confundidos com alguma seita de judeus zelotes. Além do mais, o cristianismo havia se tornado ilegal em várias partes do império, o que obrigou os crentes a se reunirem em lugares mais discretos.

Assim, quando um dos membros possuía uma casa maior, com melhor localização, ou que fosse menos suspeita aos romanos e judeus, os demais cristãos se reuniam lá, separando aquele lugar como local de reuniões. A casa, então era apelidada de *minim,* que no latim bárbaro parecia significar "diminuta", ou "pequenina".

Com a conversão de Constantino e a peregrinação de Helena pelas terras bíblicas, muitas dessas igrejas domésticas foram transformadas em capelas ou basílicas, dependendo do maior ou menor domínio romano sobre a região. Desse modo, preservou-se sob o piso de algumas igrejas latinas, se não a forma, pelo menos o local de antigos sítios do cristianismo.[9]

Testemunho da cruz?

Em junho de 1968, um ano após a Guerra dos Seis Dias, as tropas israelenses ocuparam Jerusalém e dali comandaram as novas construções da parte central do país. Distante pouco mais de 2 km da cidade velha havia um lugar chamado *Givat ha Mivtar* (Colina da Fronteira), que o governo mandara aplainar com a finalidade de construir um conjunto habitacional para colonos judeus, que vinham de toda a parte. Então, acidentalmente, os tratores bateram em algumas rochas que revelaram ser quinze túmulos judeus contendo os esqueletos de 25 pessoas.

Vassilios Tzaferis, diretor do departamento de Antiguidades e Museus do Estado de Israel, foi ao local e constatou, depois de algumas pesquisas, que esses túmulos poderiam ser datados como do período entre os anos 70 a.C. e 70 d.C. Porém, sua atenção se fixou num ossuário que continha a ossada de uma criança e um jovem adulto. Fora estava o nome aramaico *Yehohanan* ("João"), que, muito provavelmente, se referia ao mais velho dos esqueletos, pois – segundo os costumes da época – uma criança jamais teria a preeminência naquela situação.

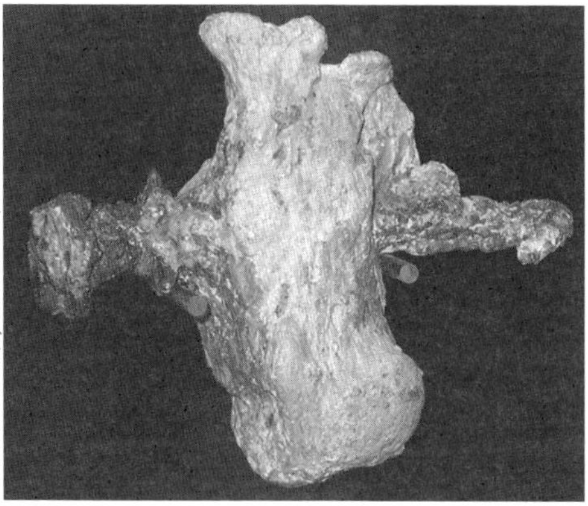

Osso do calcanhar de um crucificado encontrado em Givat ha Mivtar, Jerusalém. A presença do prego romano e de fragmentos de madeira foram essenciais na identificação da causa mortis *do indivíduo.*

O mais interessante, porém, é que a ossada do adulto possuía um cravo atravessando os calcanhares – o que muito interessou ao pesquisador Niqu Haas, um judeu romeno que era o diretor da Seção de Anatomia na Faculdade de Medicina da Universidade Hebraica. Ele pediu para examinar o esqueleto, e não somente confirmou a morte por crucifixão, mas concluiu ainda que se tratava de um jovem de 20 a 30 anos, com 1,65 m de altura, que usava barba e jamais realizara qualquer trabalho árduo (o que indica pertencer a uma classe abastada). Sua única deformidade física era o palato meio torto e uma saliência no crânio devido, talvez, a problemas de parto.

Essa é a primeira e única ossada, encontrada quase inteira, de um homem morto por crucifixão (há outras, mas com ossos muito fragmentados). Através dela, reconstituiu-se a forma como Jesus deve ter morrido.

O condenado ficava nu e assentado com uma das nádegas apoiada sobre um banquinho (*sedicula*). Os cravos eram geralmente pregados no antebraço entre o rádio e o cúbito. A Bíblia, no entanto, diz que os de Jesus foram afixados através das mãos.

Com os braços suspendidos em forma de V, a vítima tinha de erguer-se sobre as pernas para poder respirar melhor, o que provocava um sofrimento terrível, com danos ao nervo ciático. Contudo, a tortura não era imediatamente mortal para o condenado. A pessoa que era crucificada poderia ficar dias agonizando sobre o madeiro. Por isso, Pilatos admirou-se de que Jesus houvesse morrido tão rapidamente (Mc 15:44).

Quando, por alguma razão, os romanos queriam apressar a morte do indivíduo, aplicavam-lhe um golpe de misericórdia chamado *crurifragium*. Este consistia de uma pancada certeira nas pernas, que quebrava a tíbia e matava o condenado por asfixia. Foi exatamente isso que os soldados fizeram com os ladrões. Como Jesus já estava morto, não foi necessário quebrar-lhe as pernas (Jo 19:32, 33).

É surpreendente que uma dantesca cena de condenação tenha se transformado na maior demonstração de amor que a história poderia registrar: o próprio Filho de Deus morrendo para dar vida aos pecadores!

---

[1] Sobre as escavações e conseguintes conclusões desse arqueólogo, veja suas notas em B. Bagatti, *The Church from the Circumcision* (Jerusalém: Franciscan, 1971).

[2]Bellarmino Bagatti, *Excavations in Nazareth: From the Beginning till the XII Century* (Jerusalém: Franciscan Printing House, 1969), v. 1, p. 28; Richard A. Horsley, *Archaeology, History and Society in Galilee: The Social Context of Jesus and the Rabbis* (Valley Forge, PA: Trinity Press International, 2000), p. 102.

[3] Veja, por exemplo: J. Murphy-O'Connor, *The Holy Land: An Oxford Archeological Guide from Earliest Times to 1700* (Nova York: Oxford University Press, 1998), p. 374.

[4] Cf. Julio Africano, "The Extant Writings", em *ANF,* v. 6, p. 125-139.

[5] Citado por J. Murphy-O'Connor, p. 374.

[6] Veja Ray A. Pritz, *Nazarene Jewish Christianity: From the End of the New Testament Period Until Its Disappearance in the Fourth Century* (Jerusalém: Magnes Press, The Hebrew University Press, 1992).

[7] Berlamino Bagatti, *The Church from the Circumcision* (Jerusalém: Franciscan Printing House, 1971), p. 12 e seguintes.

[8] Veja H. Shanks e J. F. Strange, "Synagogue Where Jesus Preached Found at Capernaum", *Biblical Archaeology Review* 9 (1983), p. 24-32; V. Tzaferis, "New Archeological Evidence on Ancient Capernaum", *Biblical Archeologist* 46 (1983), p. 201; S. Loffreda, "Ceramica Ellenistico-Romana nel Sottosuolo della Sinagoga di Cafarnao", *Studia Hierosolymitana* 3 (1982), p. 313-357.

[9] Faz-se necessário dizer que nem todas as igrejas latinas erguidas por Helena são testemunhos seguros de locais históricos relativos a Cristo. Muitas delas foram fruto de especulação e excesso de pietismo religioso.

Conclusão

Acabo de voltar de outra viagem arqueológica a Israel e, numa breve passagem pelos Estados Unidos, pude adquirir novos livros, recentemente publicados, que servirão para atualizar o meu acervo. Deixe-me falar de dois em especial: o primeiro, intitulado *A Century of Biblical Archaeology* (Um Século de Arqueologia Bíblica), foi escrito por R. S. Moorey, curador do Ashmolean Museum, de Oxford, traz um breve resumo das relações entre a arqueologia e a Bíblia desde os anos de 1890 até 1990, quando a parceria parece ter entrado numa espécie de ocaso. O outro livro, intitulado *The Future of Biblical Archaeology* (O Futuro da Arqueologia Bíblica), traz a coletânea de vários artigos e ensaios monográficos produzidos por respeitados especialistas, como James K. Hoffmeier e Alan Millard, que debatem as diretrizes da arqueologia bíblica para os próximos decênios.

Com a leitura dessas publicações pude ter uma visão do passado e uma perspectiva do futuro. Olhando para trás, sinto que muito pouco foi feito e, olhando para frente, vejo um longo caminho a percorrer. Grandes tesouros ainda estão por serem descobertos – se é que já não foram destruídos por ladrões de túmulos ou colecionadores inescrupulosos.

Por outro lado, porém, fico radiante, porque, se com o pouco que foi encontrado pudemos ter iluminadas tantas passagens bíblicas, imagine se a providência divina permitir o achado de outras coisas mais. E não posso deixar de ver aqui uma lição de humildade e grandeza de Deus: o Altíssimo poderia ter usado grandes e variadas descobertas para dar testemunho de si, mas Ele é tão grandioso que precisou apenas de alguns pequenos cacos de cerâmica para silenciar os críticos de Sua Palavra.

E, de tempos em tempos, talvez no momento preciso apontado por Deus, a pá dos arqueólogos nos revela verdadeiras "novidades da antiguidade". No exato momento em que termino de redigir este livro, acaba de ocorrer uma fantástica descoberta em Israel: o túmulo do rei Herodes, o Grande, o mesmo monarca que procurou matar o menino Jesus, quando era um bebê de aproximadamente dois anos.

Na verdade, esse era um achado aguardado com ansiedade desde que Ehud Netzer iniciou, em 1973, as escavações do Herodium, o palácio que o rei mandara construir como memorial do seu nome, em pleno deserto da Judeia. O historiador Flávio Josefo já havia dado, no 1º século d.C., a informação de que no Herodium estaria o túmulo do sinistro rei, mas ninguém sabia exatamente onde. Netzer havia encontrado a câmara mortuária e estava pronto para escavar o lugar, em 1997, quando ameaças terroristas o fizeram suspender as escavações. Agora, finalmente, o túmulo foi encontrado e, curiosamente, vazio e bastante danificado, pois milícias romanas o haviam depredado por volta do ano 70 d.C.

Outra pesquisa, ainda inconclusa, mas que promete excelentes resultados, é a expectativa criada pelas escavações da arqueóloga israelense Eilat Mazar de que a estrutura por ela escavada nos arredores da cidade velha de Jerusalém sejam os restos do palácio de Davi, rei de Israel. Ainda é cedo para tirar conclusões taxativas, mas as possibilidades não deixam de ser fantásticas. Aliás, fico sempre me perguntando: que tesouros históricos Deus ainda permitirá que sejam encontrados no sagrado solo do Oriente Médio? Somente essa expectativa já é uma emocionante aventura.

Espero ter mostrado um pouco dessa fantástica saga nos capítulos que compuseram este livro. Mas, como disse a princípio, há um longo caminho a percorrer e as dificuldades acompanham, de maneira crescente, cada quilômetro de história neste mundo tenebroso. A jornada, porém, terá um fim, e ele coincidirá com o dia em que os arqueólogos poderão definitivamente aposentar as ferramentas de trabalho, pois a glória de Cristo dominará o grande dia da chegada de Deus. Ele há de vir assim como prometeu e, mesmo que eu não possa usar a arqueologia para "provar" essa promessa, posso verificar nos rastros do passado as evidências e os passos de um Deus que se aproxima. Vislumbrar Sua face entre nuvens e anjos no céu será, sem dúvida, o maior de todos os achados!